리더의
서재에서

리더의
서재에서

대한민국 대표 리더 34인의 책과 인생 이야기

· 윤승용 지음 ·

21세기북스

일러두기

1. 이 책에 실린 내용은 2013년 6월 10일부터 2015년 2월 17일까지 「아시아경제」에 게재된 인터뷰 기사를 재구성하였습니다.
2. 인터뷰이 순서는 가나다 순으로 하였습니다.
3. 인터뷰 내용은 취재 당시의 현직을 명기하였습니다.
4. 이 책에 실린 사진의 저작권은 「아시아경제」에 있습니다.

경세經世의 대가가 된 간서치看書痴들을 만나다

2005년 「한국일보」 정치부장을 끝으로 언론계를 떠났다가 2013년 4월 「아시아경제」 논설고문이라는 직책으로 언론 현업으로 복귀했다. 다시 돌아온 언론계는 조금 낯설었다. 하지만 송충이는 솔잎을 먹어야 한다든가? 정말 모처럼만에 컴퓨터 자판을 두드려 내 기사를 쓴다는 기쁨에 설레기만 했다. 스스로 "아, 나는 천성이 기자였구나"라는 사실을 깨닫고 행복했다.

처음엔 오피니언란에 기명 칼럼을 쓰는 본업에만 충실했다. 그러다한 달여가 지나자 본면에 또 다른 기사를 쓰고 싶은 욕망이 슬그머니피어나기 시작했다. 마침 이때 관훈클럽 저술지원기금을 받아 기획 중이던 주제를 적용하면 좋겠다는 생각이 스쳤다. 이 책은 바로 이러한과정을 통해 태어났다.

당초 기획은 대한민국의 각계 리더 또는 사회적 멘토들의 책에 대한생각과 독서 습관은 과연 어떨까 하는 궁금증에서 비롯됐다. 편집국과의 협의를 통해 격주로 1면을 배정받는 데 성공했다. 주인공의 간단한 프로필과 메인 인터뷰, 그리고 그들이 추천하는 도서 및 추천 이유, 마지막으로 평소 읽었던 책 가운데 가장 감명 깊은 구절을 배열하는식으로 지면을 구성하기로 했다.

기본적인 지면 구성은 확정됐으나 정작 문제는 이 지면에 어울리는 주인공을 발굴하고 섭외하는 일이 그리 쉽지 않다는 점이었다.

다른 신문에서 이런 구성과 유사한 연재물이 있었고 단행본 또한 나와 있었다. 하지만 내가 구상하는 콘텐츠와는 성격이 조금 달랐다. 그래서 완전히 새로운 스타일로 시작하기로 했다. 일단 현재 우리 사회에서 '리더Leader' 하면 떠오르는 인사들의 리스트를 만들었다. 평소 내가 생각하던 기준으로 평가한 리더 그룹과 사회적으로 리더로 평가받고 있는 이들을 적절히 안배했다. 그리고 경제지라는 성격을 고려해 가능하면 CEO나 창업자 등 경제인 가운데 인문학적 관심과 소양을 갖춘 이들을 추가했다.

이런 과정을 통해 엄선한 인물을 격주간으로 만나 취재했다. 여기에 등장하는 주인공들과의 취재는 통상적 의미의 취재와는 좀 성격이 달랐다. 일반적인 인터뷰 기사에서는 인터뷰이에게 최대한 도발적 질문을 퍼부어 인터뷰이가 숨기려 하거나 왜곡하려는 사안을 다양한 방법으로 끄집어내는 게 상례다. 그런데 이번에는 가급적 인터뷰이를 편하게 해주면서 그들의 내면세계를 자연스럽게 드러내 보이는 것이 중요하다고 판단했다. 그러다 보니 당대의 호주가라는 남재희 전 장관과는 북촌의 허름한 한정식집에서 오찬을 겸하며 대낮부터 불콰할 정도로 반주를 곁들여야 했다. 또 한승헌 전 감사원장을 인터뷰할 때는 국악이 낮게 흐르는 인사동 전통찻집에 앉아 옛날 서당에서 학동이 훈장님 대하듯 조심스럽게 그분의 말씀을 새겨들어야 했다.

내 이름을 내건 인터뷰 형식의 연재물을 쓰기로 결정한 후 새로운 고민거리가 뇌리를 맴돌았다. 과연 어떤 스타일로 인터뷰를 진행할 것인가. 즉, 기사의 포맷에 관한 문제였다. 사실 일선 취재 기자의 업무를 요약하자면 넓은 의미에서 인터뷰의 연속이라 할 만하다. 사람을 만나 이야기를 듣는 게 기자들의 일상사다. 그런 면에서 데스크 생활을 포함해 이미 20여 년을 기자 밥을 먹은 터라 새삼 인터뷰 기사에 겁을 낼 이유는 없었다. 하지만 이번 경우는 그 내용과 형식이 근본적으로 달랐다. 인터뷰 대상자가 각자 해당 분야에서 일가를 이룬 이들이었기 때문이다. 이들로부터 무언가를 얻어내기 위해선 상대방을 능가하지는 못할지언정 적어도 맞장구는 칠 정도의 견문을 갖추어야 한다는 사실이 부담스러웠다.

「한국일보」 선배 대기자로서 당대 최고의 문장가로 평가받는 김성우 전 「한국일보」 주필은 그의 자전 에세이 『돌아가는 배』에서 이렇게 말했다.

"각 분야의 대가들 앞에서 신문 기자의 천지淺知로 무엇을 물을 것인가. 그러나 신문 기자는 만문萬問의 박사여야 한다. 더구나 일반 독자를 위한 신문 기자의 질문은 전문 지식을 상식화할 줄 알아야 현문賢問이다. 인터뷰가 약속되면 그날부터 그 인물과 그의 세계에 대한 집중 연구가 시작되었다. 수험생과 같은 불면의 밤들이 있었다."

그가 프랑스 파리 주재 특파원 시절 프랑스에 거주하던 알랭 로브그리예, 프랑수와즈 사강, 클로드 레비스트로스, 롤랑 바르트 등 당대 최고의 문화계 거장들과의 인터뷰를 준비하며 겪었던 일화를 소회한 대목이다. 나는 초년 기자 시절부터 대문장가인 김성우 선배의 글을 저널리즘적 문장의 사표로 생각해왔기에 인터뷰를 앞두고 부담감은 더 클 수밖에 없었다. 그래서 인터뷰 대상자 섭외가 끝나면 그 이후엔 인터뷰이에 대한 연구로 매주 허덕여야 했다.

이 책은 그와 같은 2년여의 탐색 과정 끝에 나온 기록물이다. 인터뷰이와의 만남 하나하나는 세상에 대한 갈증을 충족시켜나가는 '즐거운 지적 여행'이나 다름없었다. 하지만 여러 사정으로 인터뷰를 하지 못한 인터뷰이들이 적지 않았고, 신문이라는 지면의 특성상 양적인 측면에서 진지하고 깊이 있는 대화를 소개하지 못해 아쉬움이 남는다.

부족한 점이 있지만, 한 권의 책으로 묶어 내도 크게 흠이 없는 내용이라고 감히 자부해본다. 2013년 이원석 작가가 『거대한 사기극』이란 도발적 제목의 저술로 지적한 주제, 즉 한국 사회에 열풍처럼 불고 있는 자기계발서의 문제점을 염두에 두면서 참된 인문학과 오도된 인문학을 구별하려고 신경 썼다.

'간서치看書痴(책만 보는 바보)'라는 별호를 얻을 정도로 독서광이었던 조선말 실학자 이덕무와 조선조 최고의 독서광이었다는 현종 시대의 문신 백곡 김득신의 일화가 떠오른다. 이덕무는 간서치로 불리는 자신을 부끄러워하고 학문을 연찬하며 유득공, 박제가, 이서구를 비롯하여 홍대용, 박지원, 성대중 등과 교유했다. 그의 다방면적 지적 네트워크가 있었기에 뒤이어 다산 정약용을 비롯한 본격 실학자들의 르네상스가 가능했다.

마찬가지로 김득신도 명문 양반 가문에서 태어났지만, 열 살이 되어서야 겨우 글을 깨칠 정도로 지진아였다. 하지만 그는 한 번 읽은 책을 몇백, 몇천 번 거듭 읽었다. 심지어는 『사기』의 「백이전」은 11만

3천 번(1억 1만 3천 번으로 기록되었으나 옛날 1억 번은 현재의 10만 번이다)을 읽고, 「노자전」, 「분왕」, 「벽력금」 등은 2만 번을 읽는 식으로 반복 학습을 통해 학문을 닦았다. 다소 과장이 섞여 있겠으나 그가 남달리 책에 매달린 것만은 분명하다. 그 덕에 그는 이미 남들은 벼슬을 마치고 퇴촌했을 나이인 59세에 과거에 급제하고 당대를 대표하는 명시인의 반열에 오를 수 있었다.

여기 소개한 연부역강年富力强한 주인공들 역시 이덕무나 김득신에 못지않은 간서치가 많았다. 하지만 이분들 역시 독서와 경영 혹은 독서와 경세 등 다양한 분야에서 멀티 태스킹을 훌륭하게 해내는 남다른 노력을 경주했음을 알 수 있었다. 내가 인터뷰를 통해 독자들에게 전하려는 메시지도 바로 이것이다. 그들은 한결같이 책과 인문학을 생활의 일부로 반려하면서도 세상에 대한 관심과 애정을 동시에 아우르는 열정과 부지런함을 겸비하고 있었다.

다시 언론인으로 글을 쓰도록 기회를 준 「아시아경제」 최상주 회장과 이세정 사장, 그리고 멋진 사진을 취재해준 조용준 부장 등 사진부 동료들, 맛깔스럽게 편집해준 편집부 직원들, 그리고 보잘것없는 내용을 선뜻 출판해준 북이십일 김영곤 대표께 감사드린다. 또한 기획 출판에 도움을 준 관훈클럽, 그리고 무엇보다도 공사다망한 가운데에도 시간을 내어 인터뷰에 응해준 모든 분께 감사드린다.

2015년 6월

윤 승 용

차례

고도원

아버지의 낡은 책에서
캐낸 보물

고도원 아침편지문화재단이사장

고도원

곤궁한 시골 목사였던 부친의 영향으로 신학을 전공했으나 대학 신문 기자를 하며 '저널리즘'에 매력을 느껴 신문 기자가 됐다. 중견 언론인으로 활약하다 대통령 스피치 라이터로 잠시 외도를 했다. 자신이 밑줄 쳐 가며 읽었던 책의 감명 깊은 구절을 혼자 간직하기엔 아까워 이를 '아침편지'라는 제목을 붙여 이메일로 발송하기 시작한 게 장안의 화제가 됐다. 충주에 세운 명상 센터는 이제 대한민국 최고의 '행복 비타민 공장'으로 불린다.

- 1952년 전북 전주 출생
- 연세대학교 신학과, 연세대학교 대학원 정치학과, 미국 미주리대학교 언론대학원(연수)
- 연세대학교 신문 「연세춘추」 편집국장
- 월간 「뿌리 깊은 나무」 기자
- 「중앙일보」 기자, 정치부 차장
- 국민의 정부(김대중 정부) 청와대 대통령 연설 담당 비서관
- '고도원의 아침편지' 운영자, 재단법인 아침편지문화재단 이사장(현)

당신의 빛을 비추려면
어둠 속으로 들어가야 한다.

– 데비 포드, 『그림자 그리고』

시골 교회 목사였던 고도원의 아버지는 늘 손에 책을 들고 있었다. 보릿고개란 말이 너무나 익숙하던 시절, 돈만 생기면 아버지는 책방에 가서 밀린 외상값을 갚고 책을 사 들고 오시며 기분 좋아하셨다. "너희 아버지 책 사는 바람에 내가 아주 못살겠다"라는 어머니 말씀을 듣고 살아야 했다. 그의 아버지는 3남 4녀의 자녀를 회초리로 때려가면서 책을 읽게 했다. 그 바람에 고도원의 형은 스파르타식 독서 교육에 반항해 한때 가출을 하기도 했다.

하지만 온유했던 그는 대학에 간 후 연세대학의 「연세춘추」 기자를 하면서 아버지가 물려준 책을 들춰보다 책마다 그어진 밑줄을 발견하곤 깜짝 놀랐다. 거기서 아버지의 살아 있는 숨결과 말씀을 느낄 수 있었기 때문이다. 그래서 그는 자연스레 좋은 구절에는 밑줄을 긋게 됐고 결국 이를 모태로 현재 320만 명에게 아침마다 '마음의 비타민'인 '아침편지'를 배달하는 생명의 배달부를 하고 있다.

한때 잘나가던 민완 기자였다가 김대중 대통령의 스피치 라이터였던 고도원은 이제 충북 충주의 깊은 산속에 자리한 명상 센터 '깊은 산속 옹달샘'에서 새로운 삶을 꾸리고 있다. 옹달샘처럼 아름다운 아침편지 집필실에서 책과 인생에 관한 그의 깊은 내면을 들여다봤다.

．．

아침편지 우체부로 나선 게 벌써 13년이 돼간다. 청와대 연설 비서
관이던 2001년 8월 1일 첫 편지를 발송했는데 어떤 계기로 시작했
는가?

당시 김대중 대통령의 스피치 라이터로 일했는데 5년간 4일만 쉴
정도로 과로의 연속이었다. 정말 치열하게 고민하고 맹렬히 일했
는데 어느 날 아침 마치 벼락 맞은 것처럼 뇌혈관 질환으로 쓰러졌
다. 며칠 쉬다 보니 이제는 나를 위한 치유의 글을 쓰고 싶다는 생
각이 들었다. 그때 한창 인터넷 열풍이 불어 이메일이 대중화되었
는데 컴퓨터에 정리해놓은 좋은 글귀들을 이메일로 전달하면 좋
겠다는 생각에 그 분야 전문가들의 도움으로 이메일을 전달하는
시스템을 만들었다. 그동안 읽었던 독서 카드 정보를 정리하고 좋
은 내용을 주변 사람들에게 보내기 시작했는데 지금처럼 애독자
가 323만 명까지 늘어날 거라고는 상상도 못했다.

첫 편지가 기억나는가?

당연하다. 중국의 루쉰이 쓴 『고향』 중 한 구절이다.

"희망이란 본래 있다고도 할 수 없고 없다고도 할 수 없다. 그
것은 마치 땅 위의 길과 같은 것이다. 본래 땅 위에는 길이 없었다.
걸어가는 사람이 많아지면 그것이 곧 길이 되는 것이다."

내 코멘트는 이랬다.

"희망은 처음부터 있었던 것이 아닙니다. 아무것도 없는 곳에서도 생겨나는 것이 희망입니다. 희망은 희망을 갖는 사람에게만 존재합니다. 희망이 있다고 믿는 사람에게는 희망이 있고, 희망이 없다고 생각하는 사람에게는 실제로도 희망은 없습니다."

청와대 재직 시에 시작한 셈인데 비서실 내부에선 별 문제가 없었나?
현직 청와대 비서관의 일종의 일탈 행동인데 왜 말이 없었겠는가. 하지만 내 취지와 진정성을 이해하신 김대중 대통령의 배려로 힘을 얻을 수 있었다. 나중엔 매일 비서실 회의 때 "오늘 아침편지 독자는 몇 명입니다"라는 보고가 고정 메뉴로 이뤄질 정도였다.

13년째 매일 편지글을 쓴다는 게 쉽지만은 않았을 것 같은데?
쉽지 않다. 지금도 한 5년은 써먹을 수 있는 독서 카드가 있긴 하지만 그때그때의 시대 상황 등을 고려해 글귀를 고르려면 여간 어려운 일이 아니다. 하지만 내 글을 보며 힐링을 하고 희망과 용기를 얻었다는 독자들의 반응을 보며 다시 에너지를 얻는다.

아침편지 우체부를 하다가 현재의 명상 센터를 세우게 된 동기가 궁금하다.
아침편지 우체부를 하다 보니 글이라는 게 내 안에서 에너지와 영감이 솟구쳐 나와야 손쉽게 써지는 것임을 깨달았다. 그래서 명상 공부를 시작했는데, 삶에 여유와 에너지가 생겼다. 많은 사람과 함께 상처를 치유하고, 자신만의 꿈을 꿀 수 있는 공간이 있으면 좋겠다는 생각으로 재단을 만들기로 결심했다. 실행에 옮기기 전 인도의 오쇼 라즈니쉬 명상 센터 등 외국의 유명 명상 센터를 모두 답사했다. 그다음 내가 집을 기부해서 5억 원의 기금을 마련하고, 아침편지 회원분들이 벽돌 하나에서부터 건물까지 하나씩 소중한 마음으로 기부해주셔서 마침내 모습을 드러내게 됐다. 이곳은 누가 와도 비타민을 줄 수 있는 공간, 긍정의 힘을 극대화하는 공간, '꿈 너머 꿈'을 꿀 수 있는 공간이 돼줄 수 있다고 생각한다.

'꿈 너머 꿈'이란 게 무엇인가?

명상 센터에 온 청소년들에게 미래의 꿈을 물었더니 대개 "돈 많이 벌겠다", "안정적인 직업을 갖겠다" 등의 대답을 한다. 그런데 꿈의 진정한 의미는 내 꿈을 바탕으로 다른 이들에게 사다리를 놓아주는 거다. 백만장자가 되는 게 꿈이 아니라 내가 백만장자가 돼서 의미 있는 일을 하는 게 꿈이라고 생각한다. 한 사람의 꿈이 두 사람, 세 사람, 백 사람에게 자라나는 것이다. 꿈 너머의 꿈은 자신뿐만 아니라 더불어 행복해지는 것을 의미한다.

나만의 독서법은?

책을 자기 것으로 만들려면 책 읽는 요령이 필요하다. 쉬운 책, 재미있는 책은 요령이 필요 없다. 그냥 속독으로 읽으면 된다. 그런데 어려운 책, 꼭 읽어야 할 책들은 처음부터 정독하면 힘들다. 이런 책은 처음에는 그냥 책장만 넘겨본다. 그러면 어떤 단어가 말

을 걸어온다. 그렇게 마지막까지 넘겨보면 그 책이 훨씬 편안해진
다. 그다음에 또 한 번 넘겨보면 된다. 마치 책과 함께 노는 것처럼
책장을 넘기면서 놀다 보면 이제는 어떤 문장이 말을 걸어온다.
그다음 세 번째부터 자세히, 즉 정독하기 시작하면 책이 재미있어
진다. 그런 방식으로 책 읽기에 흥미를 갖고 습관화하면 책이 겁
나지 않는다. 어떤 책을 자기 손안에 둬도 이 책을 내 것으로 만들
수 있다는 자신감이 생겨난다. 즉, 책 읽기의 달인이 된다.

인생에서 가장 의미 있게 다가온 책을 꼽는다면?

아버지가 회초리를 들며 강제로 읽게 한 책들인데 그중에서도 함
석헌 선생님의 『뜻으로 본 한국역사』와 아놀드 조셉 토인비의 『역
사의 연구』가 떠오른다. 특히 『역사의 연구』는 동교동 출입 기자로
일할 때 김대중 의원과 역사에 관해 토론한 일이 있었는데, 그때
내가 그 책의 중요한 구절을 모조리 외우며 나름대로 해석까지 덧
붙였다. 김대중 대통령께서 이런 나를 눈여겨보고 나중에 청와대
로 불러들였다. (김대중 대통령은 아버지가 물려줬다는 누렇게 바랜 이 책
들의 1950년대 초판본을 들어 보였다.)

링컨학교는 뭐하는 곳인가?

2011년에 개교했는데 미래에 대한 불안과 학습에 대한 압박감에
시달리는 청소년과 청년들을 위한 멘토링 프로그램 학교이다. 꿈
을 가진 전 세계 청년들이 만나 인적 네트워크를 이루며 링컨을 멘
토로 삼아 글로벌 리더로 성장하게 하는 목표를 갖고 있다.

● **뜻으로 본 한국역사**   함석헌, 한길사

사상가 함석헌이 30대 초반인 1930년대 초에 「성서조선」에 연재
한 '성서적 입장에서 본 조선역사'를 모태로 한 역사서. 처음에는
한국역사에 나타난 기독교적 의미를 확인하려는 목적이 컸으나
해방 후 재간 때 수정하며 초교파적 입장을 가미했다. 우리 역사
를 '고난의 역사'로 정의하고 고난에 좌절할 게 아니라 극복하자고
강조했다.

● **역사의 연구**   아놀드 조셉 토인비, 동서문화사

중학교 2학년 때 아버지의 회초리를 맞으며 읽은 후 10여 번을 독
파. 사회에 나온 후 이 책에서 많은 영감을 얻었다. 동서고금의 유명
한 인물과 역사를 '도전과 응전'이라는 주제를 가지고 풀어낸 책. 모
든 일은 우리가 어떻게 응전하느냐에 따라서 쇠퇴할 수도 흥할 수
도 있음을 알려준다. 삶의 계획을 세우는 데 굉장히 도움이 된다.

● **링컨 당신을 존경합니다**   데일 카네기, 함께읽는책

에이브러햄 링컨에 대한 책 가운데 가장 핵심을 잘 정리한 책. 이
순신 장군처럼 링컨도 자기 삶의 이기적 동기를 초월한 사람이다.
자기 혼자만을 위해서 살지 않고 동시대의 사람, 후대 사람까지
생각하면서 살아간 모습이 생생하다. 개인의 안락에 머물지 않고
오히려 이타적이었다. 대통령이 되어서 무엇을 할 것인지까지 생각
한 링컨의 면모를 잘 보여준다.

● 나의 사랑 백남준

구보타 시게코·남정호, 이순

비디오 아티스트 백남준의 일본인 아내 시게코의 회고를 통해 인간 백남준의 모습을 잘 보여준다. 열여덟 살에 고향을 떠나 세계를 떠돌며 살아온 백남준이 20세기를 대표하는 예술가가 되기까지 겪어야 했던 극적인 삶이 펼쳐진다. 천재 예술가 백남준의 땀과 눈물, 가난과 외로움, 좌절이 잘 나타나 있다.

● 위대한 시작

고도원, 꿈꾸는책방

내가 쓴 졸저. 행복한 인재가 되고 싶은 청소년들에게 꿈을 심어주고 위대한 '나'의 이야기를 시작하게 하는 징검다리가 되어주는 책이다. '깊은 산속 링컨 멘토 학교'를 거쳐 간 약 3,000여 명의 청소년들의 꿈과 고민을 바탕으로 쓴 책으로 '9형제·자매 맺기', '2분 스피치', '몸 만들기 마음 만들기', '꿈, 그리고 꿈 너머 꿈 찾기'라는 네 가지 커리큘럼을 거쳐야 한다는 내용을 담았다.

공병호

배우기 위해 책을 쓴다

공병호 공병호경영연구소 소장

공병호

대표적 시장경제론자이자 자유주의자. 미국 텍사스 라이스대학에서 경제학 박사를 취득한 후 시장경제론을 주창하는 저술과 특강 등으로 신자유주의 전도사를 자임하고 있다. 최근에는 소크라테스, 플라톤, 아리스토텔레스 등 서양 철학의 고전을 현대적으로 재해석하는 저작과 자기계발서로까지 관심 영역을 넓힌 데 이어 성경을 새롭게 재해석하는 일에도 나섰다.

- 1960년 경남 통영 출생
- 1983년 고려대학교 경제학과 졸업
- 1987년 미국 라이스대학교 대학원 졸업(경제학 박사)
- 1990년 6월~1997년 3월 한국경제연구원 연구위원, 산업연구실장
- 1997년 4월~2000년 2월 재단법인 자유기업원 초대 원장 및 창립자
- 2002년 4월~2012년 6월 교보생명주식회사 사외이사
- 2001년 10월~ 공병호경영연구소 소장(현)

악은 절대로 평범하지 않다. 악행을 하는 사람이 평범할 뿐이다.
그렇기 때문에 인간은 어떤 조건으로도 악과 흥정해서는 안 된다.
그 조건은 언제나 악의 조건이지 인간의 조건은 아니기 때문이다.

– 피터 드러커, 『피터 드러커 자서전』

이 시대의 대표 시장경제론자이자 자유주의자인 공병호 박사의 지
적 호기심은 도대체 어디까지일까?

공병호 박사는 미국 텍사스 라이스대학에서 경제학 박사를 취득한
후 경제·경영 분야 연구소 등에서 줄기차게 시장경제론을 옹호하는
서적을 펴내는 한편, 각종 특강 등을 통해 역시 같은 주장을 전파하는
전도사 역할을 해왔다. 그러다 21세기 들어서는 고뇌하는 젊은이들을
위해 삶의 방향을 함께 고민하는 자기계발서를 잇달아 출간해 단번에
이 분야 최고의 힐링 메신저로 자리 잡았다.

하지만 그게 끝이 아니었다. 공병호 박사는 이어 고대 그리스의 소
크라테스, 플라톤, 아리스토텔레스 등 서양 철학의 고전을 현대적으
로 재해석하는 인문 철학자의 길도 개척하더니 최근에는 성경을 통해
인생과 세계를 재해석하는 작업에도 발을 내디뎠다.

자신의 이름을 브랜드로 내건 '공병호경영연구소'를 14년째 홀로 이
끌면서 경영·경제 관련 서적 100여 권 외에도 최근 『공병호의 고전 강
독』 시리즈, 『공병호의 인생사전』, 『공병호의 성경공부』 등을 잇달아
펴내며 낙양의 지가를 올리고 있는 공병호 박사를 서울 가양동 자택

서재에서 만났다. 꼼꼼한 그의 성격대로 서재에는 2만여 권의 책이 마치 도서관처럼 서가별로 대분류돼 있었다.

．．

어릴 적부터 책을 좋아했는가?

1960년대의 시골은 책을 사줄 형편이 별로 되지 않았다. 본격적으로 책을 읽기 시작한 것은 직장을 다니면서 한국은행 총재를 지냈던 최창락 씨(당시 전경련 부회장)와 자주 대화하면서 크게 자극을 받았던 게 결정적이었다. 디지털이 가져올 미래 사회의 변화에 대한 그의 해박한 지식과 통찰력이 젊은 나에게 큰 자극이 되었다. 나는 호기심이 강하고, 무언가를 계속 알려고 하는 성향이 있다. 거기에 더 나아짐을 향한 욕심도 매우 강하다. 그래서 계속 책을 자꾸 읽다 보니 좋아하게 되고 책까지 쓰게 되었다.

조시 카우프만의 『처음 20시간의 법칙』을 자주 소개하던데 이게 무슨 의미인가? 말콤 글래드웰의 '1만 시간의 법칙'과는 어떻게 다른가?

특별한 이야기는 아니다. 무엇인가를 배우고 싶을 때 무턱대고 열심히 할 것이 아니라 어떤 기술이나 지식을 하위 기술로 세분화한 다음에 핵심 기술이나 지식부터 일정한 시간을 투입해서 장악하면 그다음은 자연스럽고 쉽게 배울 수 있다.

100여 권의 책을 펴냈는데 강의와 독서로 바쁜 와중에도 책을 쓸 수 있는 비결은?

집중적으로 글쓰기를 하면 충분히 가능하다고 생각한다. 무엇보다 책을 쓰는 행위 자체를 학습법의 하나로 받아들이기 때문에 아는 것을 쓰는 것이 아니라 알기 위해서 책을 쓴다는 표현이 정확할 것 같다. 나는 계속해서 알고 싶기에 계속해서 책을 쓰는 시간을 확보한다. 또 한 가지는 책을 쓰면 생각을 정리할 수 있고 지식을 체계화할 수 있으며 영혼을 정화할 수 있어 좋다.

책은 어떤 시간에 어떤 식으로 읽는가?

틈틈이 읽는 것이 기본이다. 가방에 책을 2권 정도 넣고 다니면서 차를 기다리면서, 이동하는 지하철 안에서, 사람을 기다리면서 읽는다. 그리고 책을 자꾸 읽다 보면 핵심 내용을 빠른 시간 내에 간파하는 능력이 계발되기 때문에 효율적인 독서가 가능하다.

경제학자이면서도 독특하게 성경에 관한 책도 냈는데, 그 이유와 그 책에서 말하고자 했던 요지는 무엇인가?

지난 2년 동안 『공병호의 고전강독(전 4권)』을 냈다. 실용 지식이 전부는 아니다. 나이가 들면서 근본적인 지혜에 대한 관심을 갖게 된다. 그런 관심에서 고전 읽기를 시작하였고 그 과정에서 성경의 진리에 깊이 매료되었다. 그 과정에서 하나님에 대한 믿음까지 생겼다. 좋은 것은 무엇이든 배우고 자기 것으로 만든다는 나의 삶의 방침대로 이루어진 일이다.

공부법에 대한 책도 냈는데 그 비법을 요약하자면?

사람은 저마다 배우는 방법이 다르다. 그런데 사람들은 이 사실을 잘 깨닫지 못한다. 배우는 방법을 시스템으로 잘 정리하면 시간 단위당 생산성을 크게 올릴 수 있고 흥미진진한 삶을 살아갈 수 있다. 『운명을 바꾸는 공병호의 공부법』은 내가 즐겨 사용하는 공부법을 체계화한 책이라고 보면 된다. 독자들은 좋은 방법을 벤치마킹할 수 있다고 본다. 나는 두 가지 질문을 던진다. 당신은 잘 배우는 분인가요? 잘 배우는 방법을 체계화하고 계신가요?

좋은 습관에 대해서도 많이 언급을 했는데, 왜 습관이 그토록 중요한가?

습관은 한 사람의 삶을 결정하는 기둥에 해당한다고 본다. 최근에 읽었던 메이슨 커리의 『리추얼』이란 책에서도 창작하는 161인들의 습관을 공개하였다. 결국 습관은 반복이기 때문에 좋은 습관만큼 믿을 수 있는 것도 드물다. 습관은 성품이나 성격, 성과 등 거의 모든 것을 결정한다고 본다.

군 장병들을 위한 책도 냈다. 군 복무 중인 젊은이들에게 해주고 싶은 이야기는?

인생에는 리허설이 없다. 인생에서 버릴 만한 순간이나 경험은 없다. 어디서 무엇을 하든지 간에 진하게 살아야 한다. 아이들이 군대 생활을 하게 되자 자연히 내무반 생활에 대해 많이 듣게 되었다. 그래서 귀한 시간을 잘 보내는 방법을 정리해서 책으로 냈다.

군대에서 큰 기회를 만들어보라는 의미에서 아버지의 마음으로 썼다.

새로운 트렌드에 관심이 많은 것 같다. 그런데도 최근 고전강독 시리즈를 통해 서양의 고대 철학자들을 잇달아 소개하는 등 인문학에도 많은 관심을 보이고 있다. 그 이유는 무엇인가?
인문학은 실용 지식과 달리 인생의 근원적인 고민에 대한 답을 준다. 서양 고전은 참 멋진 학문이라고 생각한다. 물론 해답을 주는 학문은 아니지만, 사유하는 방법과 근원적인 문제에 대한 성찰 능력을 키워준다.

출판계에선 최고의 자기계발서 저자로 알려졌다. 그런데 요즘 힐링 관련 책을 내는 사람들이 넘쳐나는데 이런 현상에 대해 어떤 생각이 드는가?
각자 취향이니까 따로 할 이야기는 없다. 그런데 개인적으로는 '누가 누구에게 힐링을 시켜줄 수 있을까?'라고 생각한다. 스스로 문제를 해결하는 과정이 인생이라 생각하고 자신 앞에 놓인 문제를 직시하고 대안을 찾아야 할 것이다.
　평생 자기 힘으로 생계를 유지해보지 않은 사람이 "이렇게 살아라, 저렇게 살아라"라고 말하는 것을 보면 의아한 생각이 든다. 물론 그 나름의 고민도 있겠지만 차라리 남대문에서 치열하게 자영업 하시는 분들의 이야기에 귀를 기울이는 편이 나을 수도 있다. 그분들에게서는 생의 진수를 느낄 수 있기 때문이다.

미국에서 박사 학위까지 받고도 강단의 학자이길 포기한 이유는?

어떻게 하다 보니까 대학으로 가지 않게 되었다. 인생이 풀리는 방향에는 자신이 어찌할 수 없는 일들이 많지 않은가? 그래도 대학에 있었다면 한 분야 이외에는 눈길을 줄 수 없었을 텐데, 다양한 분야를 공부할 수 있고 자유롭게 살고 있으니 잘된 일이다.

인생에서의 진정한 행복이란 무엇이라고 생각하는가?

어떤 일이라도 의미를 갖고 미래를 생각하면서 전력투구하는 상태를 행복이라 본다. 소유나 성취가 주는 행복은 짧지 않은가? 상을 받는 일, 시험에 합격하는 일, 물건을 사는 일 등 모두 행복하지만 짧다. 성취나 소유도 중요 하지만 행복은 순간순간마다 수확해야 한다고 본다.

그러면 진정한 성공이란?

아직 잘 모르겠다. 자신이 걸어왔고 걸어가는 길에서 아쉬움이 적고 나름의 자긍심이 있다면 그게 성공이지 않을까 생각한다. 한 가지 더 말하자면 세상에 휘둘리거나 여기저기 기웃거리지 않고 정확하게 자신이 있어야 할 자리에 서 있는 것이라 본다. 최소한 그런 면에서 나는 내가 어디에 서 있어야 하는지는 알게 되었다.

현재 구상 중이거나 집필 중인 저서는?

『공병호가 만난 하나님』이란 책이 탈고되어 4월 출간될 예정이다. 그다음 책으로 『공병호가 만난 예수님』과 실용서 『개인은 10년

후를 어떻게 대비해야 할 것인가』(가제)를 준비 중이다. (『공병호가 만난 하나님』은 2014년 4월에, 『공병호가 만난 예수님』은 2014년 6월에 출간 되었다.)

공병호의 책 이야기

● 치명적 자만 　　　　　　프리드리히 하이에크, 자유기업원
20세기의 가장 걸출한 자유주의 경제학자이자 사회철학자가 집 필한 현대 문명과 자본주의에 대한 책. 우리가 발을 딛고 있는 자 유시장경제 체제와 자유민주주의 체제의 빛과 그림자를 이해하고 익명 사회를 구성하는 사람들에게 반듯한 세계관을 제시한다. 상 대주의가 넘실거리는 시대에 올바른 주관을 갖는 데 도움을 준다.

● 찰스 핸디의 포트폴리오 인생 　　　　찰스 핸디, 에이지21
단순한 이론이 아니라 어떻게 인생을 살아야 하는가, 어떤 삶이 올바른 삶인가, 어떤 방법을 사용하여 성공적인 인생을 만들어갈 것인가에 대해 저자의 삶을 토대로 지혜를 제시한 책이다. 살아보 지 않은 사람이면 제시할 수 없는 지혜를 담고 있다는 점에서 지나 치게 실용적인 책들과 큰 차이가 있다.

● 죽음의 수용소에서 　　　　　　빅터 프랭클, 청아출판사
로고 테라피를 창시한 정신과 의사이자 죽음의 수용소에서 살아 남은 저자의 체험담은 삶의 본질에 대해 깊은 성찰을 돕는다. 불안감과 허무감에 쉽게 휩쓸리고 마는 현대인들에게 정신적 기초를 다지는 데 도움을 준다. 『삶의 의미를 찾아서』와 더불어 우리 자신을 추스르는 데 큰 도움이 된다.

● 잠언

『시편』, 『전도서』와 함께 읽을 수 있는 성경의 지혜서. 기독교를 믿지 않는 사람일지라도 교양서로서 추천할 만한 책. 오랜 세월을 통해서 선하고 반듯한 삶을 살아가기를 소망하는 사람들에게 제시할 수 있는 길잡이와 같은 책이 되어준다. 치열한 경쟁 환경에서 어떻게 살아야 하는지를 고민하는 사람들에게 용기와 지혜를 함께 제공해준다.

● 피터 드러커 자서전
피터 드러커, 한국경제신문

일반적인 자서전과 달리, 경영학계의 대부였던 피터 드러커가 일생 동안 겪은 주목할 만한 만남을 통해서 자신이 얻은 교훈을 중심으로 삶을 정리한 책. 저자의 삶을 통해서 우리는 삶의 기준이나 잣대에 대해서 다시 한번 정리할 수 있는 시간을 가질 수 있다. 그의 수많은 저서 가운데서 가장 인상적인 책이다.

곽규홍

함께 책 읽는
가족들

곽규홍 서울고검 검사

곽규홍

가족 독서 모임을 만들어 10년 넘게 매달 한 권씩 책을 읽고 독후감을 쓰고 토론하고 있는 현직 검사. 지금은 대학생이 된 아들들이 중학생이던 2003년 3월부터 뜻을 같이하는 이웃의 가족과 부모와 자녀가 함께 고전을 읽는 '네오클'이라는 모임을 구성했고, 독서 토론 이력을 담은 『가족과 함께한 행복한 독서여행』이란 책도 펴냈다.

- 충남 강경 출생
- 여의도고등학교, 고려대학교 법학과 졸업
- 1987년 제29회 사법시험 합격(사법연수원 19기 졸)
- 대구지검 검사, 대검찰청 검찰 연구관, 법무연수원 교수, 서울서부지검 형사5부장, 서울동부지검 형사1부장, 대전지검 홍성지청장, 대구지검 2차장 검사, 창원지검 차장검사
- 서울고검 검사(현재 중앙지방검찰청 파견 근무 중)
- 저서 『가족과 함께한 행복한 독서여행』

모든 존재자는 스스로를 열고 피어나는 방식으로 존재한다.
존재자는 불변부동의 실체로서가 아니라
끊임없이 자신을 열고 피어나는 것으로서 존재한다.

— 마르틴 하이데거, 『존재와 시간』

검사와 독서. 빈발하는 흉측한 대형 사건에 부대껴야 하는 업무 속성과 책은 어울려 보이지 않는다. 그것도 수사나 소송 관련 서적이 아닌 문학과 철학, 역사, 고전 등을 여러 가족과 함께 읽고 토론한다면 더더욱 그러하다. 서울고검 곽규홍 검사는 가족 독서 모임을 만들었다. 다음 카페에서 만난 의사, 변호사, 교사, 은행원 등 직역을 달리하는 여러 가족과 함께 11년째 매달 한 권씩 책을 읽고 독후감을 쓰고 토론을 하고 있다. 2013년에는 이 내용을 담아 책으로 엮어냈다.

슬하에 아들 둘을 둔 곽 검사는 지금은 대학생이 된 아들들이 중학생이던 2003년 3월부터 뜻을 같이하는 이웃의 가족과 부모와 자녀가 함께 고전을 읽는 '네오클(http://cafe.daum.net/neoclassics)'이라는 모임을 이끌어왔다. 지방으로 발령을 받아 서울과 지방을 오가면서도 한 달도 거르지 않고 독서 모임을 지탱해온 이유는 무엇일까?

그는 2011년 창원지검 차장검사 시절 사상 초유의 프로 축구 승부 조작 사건을 파헤친 명검사다. 하지만 책에 관해 이야기할 때면 옛 서당 훈장의 자상한 풍모가 돋아나온다. 곽 검사를 검찰청사에서 만났다.

어릴 적부터 책을 좋아했는가?

그렇다. 하지만 어린 시절에 편중된 독서를 한 것 같아 아쉽다. 적절한 독서 지도를 받았더라면 좋았을 것이다. 또한 지금 생각해보니 너무 어렸을 때부터 책을 많이 읽는 것이 반드시 좋은 것 같지는 않다. 정신적으로나 정서적으로 어느 정도 성숙한 이후부터 독서를 시작하는 게 좋을 것 같다.

나만의 독서법이 있다면?

'나를 일깨우는' 새로운 생각을 찾아가면서 책을 본다. 이미 알고 있는 것보다 '모르는 것'이 더 많은 생각의 재료가 될 수 있다. 책이 어떤 지식이나 정보를 제공해주는 면도 있지만, 책은 '생각의 재료'로서의 의미가 더 중요하다. 어려운 책이라도 피하지 말고 부딪쳐보는 자세로 독서를 한다. 그런 점에서 청소년기에 너무 단계적으로 접근하기보다는 조금 도전적인 자세로 독서를 하면 좋겠다.

가족 독서 모임을 처음 시작한 계기는?

자라나는 자녀들에게 정신적인 도움을 줄 방법이 없을까 고민하다 착안했다. 아이들이 중학생이 되자 입시 위주의 공부에만 내몰리는 현실 앞에서 부모로서 참으로 안타까운 생각이 들었다. 아무 생각도 하지 말고 우선 입시 공부에만 몰두하라고 할 수도 없고, 입시 공부가 중요하지 않다고 할 수도 없었다. 그러다 인생의 방향을 직접 제시하기보다는 부모와 자녀가 함께 겸손한 마음으로 모색해보는 자세가 정직하다고 생각했다. 학교나 사회에서 받는 교육에 부족한 점이 있다면, 가정에서 아이들을 근본적으로 도와줄 방법은 없을까 하는 희망에서 시작했다. 또한 마을 어른들로부터 많은 가르침을 받았던 '사랑방 문화'를 오늘의 실정에 맞게 되살리고 싶었다.

매번 독후감을 써서 발표하게 했던데 독서에서 독후감이 중요한가?
독후감 작성이 논리력이나 문장력 향상에 도움이 된다고 해서 중요하다고 생각하지는 않는다. 그러나 꼭 일정한 형식을 갖추지 않더라도, 책을 읽고 나서 어떤 방식으로든지 느낌이나 생각한 내용을 메모해두는 것은 좋다. 특히 나중에 관련된 다른 책을 읽거나 새로운 생각을 전개할 때, 이전에 읽었던 책의 메모를 떠올리거나 인용해야 할 경우도 있기 때문에 실용적인 필요성도 있다. 물론 가족 독서 모임 같은 독서 모임을 하기 위해서는 독후감 작성이 필수라고 생각한다. 독후감을 작성해서 미리 공유하지 않은 상태로 모여 토론을 한다면 즉흥적인 토론이 될 수밖에 없고 진지한 분위기로 재미있게 이야기하기 어렵기 때문이다.

독서 모임을 통해 두 아들의 성장 과정을 지켜보았을 텐데 어떻던가?
독서의 성과는 쉽게 가시적으로 확인되지 않는다. 그렇지만 그 효과가 확실하지 않다는 뜻은 아니다. 상당히 오랜 기간을 두고 효과가 나타난다. 또 점진적으로 향상한다기보다는 어느 한 계기를 통해 정신이 급성장한다는 느낌을 받았다. 가족 독서 모임을 하면서 "언제가 될지 모르는 어느 한순간을 위해 네오클이라는 낚시를 기약 없이 드리우고 있다"라는 표현을 한 적이 있다. 교육 전문가는 아니지만 아이들과 독서 모임을 계속하면서 교육은 목표 기간을 더욱 길게 잡으면 좋겠다고 생각했다. 자녀가 스무 살에 어떤 모습을 갖출 것인지에만 초점을 맞추지 말고, 마흔 살이나 쉰 살에 어떤 모습일 것인지에 교육의 목표를 둔다면 더 좋은 교육에 다가설 수 있다는 생각이 들었다.

독서 모임이 자녀들의 학교 수업에 지장을 주지는 않았는지?
물리적인 시간만으로 보면 학교 공부에 할애할 시간이 줄어드는 것은 사실이다. 그러나 그 중요성에 대한 이해만 있으면 학교 수업에 지장받는 것은 문제가 될 수 없다. 시간을 쪼개서 책을 읽고, 더욱 부지런하게 노력하는 것은 학업 이상의 근본적인 도움이 된다고 생각한다. 물론 장기적으로는 학업 성과에도 독서가 도움이 될 것이다. 학업에만 너무 몰두하는 것보다 잠시 한눈을 파는 것이 생각의 영역을 넓힐 수 있어서 오히려 학업에도 도움이 될 수 있다. 공부의 성과를 근본적으로 생각해보면 '생각하는 힘'인데, 독서가 그런 부분에서 도움이 되지 않을 수 없기 때문이다.
(독서 모임 덕분이었는지 곽 검사의 장남은 법학을 전공해 고시를 준비 중이고 차남은 중국에 반해 중국어를 전공 중이다.)

학생들과 함께하며 거꾸로 학생들로부터 배운 것은 없는지?
사실 배운 점이 많다. 기성세대의 관점이 더 분별력과 균형이 있다고 볼 수 있지만, 학생들과 함께 토론하다 보면 중요한 논점에서 기성세대가 오히려 핵심에서 벗어나 있다고 느낄 때가 있다. 젊은 학생들의 생명력에서 우러나는 절실함이 '진실'에 훨씬 다가선다는 느낌을 받을 때가 많았다. 어떤 때는 학생들과 같이 토론하는 것 자체가 미안하고 고맙다는 생각이 든다.

검사보다는 대학 강단에 더 어울리는 캐릭터 같은데?

과분한 말씀이다. 책을 많이 읽은 편은 아니지만, 사실 훌륭한 검사가 되려면 독서를 통해 인문학적 소양을 쌓아야 한다. 인간과 사회에 대한 깊이 있는 생각이 개개의 사건에서 정확한 결정을 내리는 데 도움이 된다. 문학에서의 서정적인 면이나 시적 감수성도 인간에 대해 제대로 이해하는 데 매우 중요하다. 검찰 업무의 중요한 목표인 사건의 실체적 진실 발견은 철학이나 문학에서의 진실의 발견과 근본적으로는 다르지 않다고 자주 생각한다.

실용서보다 고전이 중요한 이유는?

실용서는 어떤 구체적인 일을 해결할 수 있는 기술적인 측면을 다룬다. 그러나 어떤 실용적인 일이라도 그 일이 아주 정밀하고 어려운 영역으로 들어가면 결국 인간에 대한 근본적인 물음에 봉착한다. 고전은 결국 그런 근본적인 물음에 대한 대답이라는 점에 그 중요성이 있다. 그렇게 본다면 고전은 실용적인 일을 잘하기 위해서도 중요하다. 물론 실용적인 지식 자체를 정확하게 이해하고 있어야 한다. 나아가 실용적인 필요를 떠나서라도 인간에 대한 근본적인 물음과 대답은 인간이라면 피할 수 없는 숙명이라고 생각한다. 하이데거가 말하는 '존재 물음'은 인간다움 자체이기도 하고 인간의 행복을 좌우한다고 할 수 있다.

왜 꼭 다른 가족과 더불어 모임을 하려고 했는가?

어떤 개인도 마찬가지지만, 어떤 한 가족이라는 단위가 객관성을 갖기란 쉽지 않다. 우리 가족 안에서만 타당한 것이 아니라 더 넓은 범위에서 타당할 수 있는 좋은 가치를 추구하기 위해서는 다른 가족과 함께하는 것이 중요하다고 생각했다. 다른 가족과의 만남과 소통을 통해 독단적인 주장이 아니라 다른 사람에 대해 열린 마음을 가질 수 있기 때문이다. 또한 장차 사회로 나가 활동해야 하는 청소년들에게 소통을 통해 사회를 '확대된 가족'으로 받아들일 수 있는 바탕을 제공할 수 있고, 일종의 징검다리 역할을 할 수 있으면 좋겠다고 생각했다. 애정으로 결합된 한 가족이 정신적인 공동체로서 역할을 회복하려면 적어도 한 가족보다는 넓은 범위의 모임과 소통이 필요하다.

'네오클'이란 독서 모임을 이끌어오며 본래의 의미 외에 부수적인 효과도 있지 않았나?

책을 통해서 이해하고 배우는 것도 있지만 모임 자체를 통해서 배우는 것도 있었다. 사실 부모의 친구분이나 이웃들이 무슨 생각을 하는지 제대로 알지 못하는 것이 요즘의 현실이 아닌가. 사라진 지 오래된 '사랑방 문화'의 부활 효과도 있었다. 이웃 사람들이 어떤 책에 대해서 어떤 생각을 하고 어떤 주장을 하는지를 보고 자라면서 청소년들이 자연스럽게 더욱 주체적이고 폭넓게 생각하게 될 것이다. 세대 간의 대화를 통해 같은 또래들끼리만 모여서 이야기할 때 얻을 수 없는 효과를 얻을 수 있었다.

가장 인기가 있었던 책은?

뜻밖에도 고전이 인기가 있었다. 청소년들도 궁극적으로는 인생의 중요한 문제를 다루는 주제에 대해 관심을 가질 수밖에 없기 때문이다. 그리고 가족들끼리 함께 하는 독서 모임이다 보니 아무래도 '가족', '교육', '결혼' 등을 주제로 하는 책들이 인기가 있었다. 또한 자신의 감정이나 경험을 섞어서 이야기할 수 있는 소설류가 상대적으로 더 인기가 있었다. 재미있게 읽고 토론했던 『호밀밭의 파수꾼』, 『분노의 포도』, 『오만과 편견』, 『폭풍의 언덕』, 『아들과 연인』 등의 소설책들이 떠오른다.

● 에밀   **장 자크 루소, 한길사**

자녀 교육에서 결정적인 도움을 받은 책. 1762년에 출간된 책이지만 요즘 문제가 되는 여러 교육 현실에 대해 생각해볼 수 있는 재료들이 모두 들어 있다. 우리는 모두 어떤 '교육'을 받지 않을 수 없고, 어떤 '교육'을 하지 않을 수 없다. 어떤 것을 적극적으로 가르치려 하지 말고 자녀를 있는 그대로 지켜보면서 도와주자는 관대한 주장도 있지만, 이 또한 쉽지 않은 문제다. 교육에 관한 루소의 견해를 잘 읽어보면서 자신만의 견해를 가질 수 있다면 좋을 것이다.

● 그리스인 조르바　　　　　　　니코스 카잔차키스, 열린책들

젊은 시절 이 책을 처음 읽었을 때 조르바라는 인물에 대해 의구심과 함께 일종의 '두려운 선망'을 느꼈다. 쾌락과 정념에 대해 솔직한 주인공 조르바는 젊은 시절에 쉽게 경도될 수도 있고, 반대로 쉽게 기피하거나 배척할 수도 있는 인물일 것이다. 인간의 운명과 죽음에 대한 대담하고 건강한 생각, 조르바가 딛고 서 있는 세계는 거칠고 눈부시며 야비하다. 젊은이들과 나이 든 세대가 함께 읽고 토론하기에 좋은 작품이다.

● 역사본체론　　　　　　　　　　　리쩌허우, 들녘

짧지만 인생의 근본적인 의문에 대한 결론적 대답이 담겨 있는 책이다. 서양 철학의 흐름과 동양 사상의 여러 갈래를 잘 간추렸다. '경제결정론', '역사건리성歷史建理性', 종교나 절대적 도덕 원리와 같은 선험적 진리가 따로 있는 것이 아니라 경험이 변하여 선험이 된다는 '경험변선험經驗變先驗' 등이 바로 그것이다. "미로써 참을 연다以美啓眞"는 저자의 통찰을 접하면 중국의 고전을 비롯한 여러 책을 읽고 싶은 욕망이 솟구칠 것이다.

● 모래 알갱이가 있는 풍경　　　비슬라바 쉼보르스카, 문학동네

2012년에 타계한 폴란드의 시인 쉼보르스카의 시를 처음 접한 것은 노벨 문학상을 받은 직후인 1997년, 시집 『모래 알갱이가 있는 풍경』을 통해서였다. '현대 시의 모차르트'라는 평가에 어울리는 날카로운 시어에 몹시 놀랐던 기억이 있다. 불교의 공사상이나 노장사상을 연상시키는 시들을 접하면서 시가 지닌 보편적 설득력의 힘을 새롭게 느낄 수 있었다. 처음으로 시는 감상적이고 몽롱한 것이 아니라 '인생의 가장 중요한 문제에 대한 명료한 해답'을 추구하는 것이라고 생각할 수 있었다.

● 잉카 최후의 날

킴 매쿼리, 옥당

2008년에 출간된 잉카 제국의 멸망을 다룬 책. 저자는 역사적 사실을 최대한 인용하면서 중립적인 입장에서 담담하게 써내려가지만 긴박한 흥분을 자아내는 소설적 재미도 느낄 수 있다. 이 작품은 1532년 168명의 에스파냐인이 8만 명의 잉카 군대를 무참하게 살육하고 아타우알파 황제를 포로로 잡은 카하마르카 전투로 시작된다. 1,000만 명을 다스리며 군림하던 황제가 서구 세계의 약탈자에게 목숨을 구걸하는 극적인 상황으로부터 잉카인들의 비극적인 이야기가 펼쳐진다. 잉카 제국의 멸망이라는 역사적 사건을 통해 다양한 생각과 상상력을 펼칠 수 있는 책이다.

김경집

독서는
앉아서 하는 여행

김경집 인문학자

김경집

책 읽기를 좋아해 원어로 된 소설책을 읽기 위해 대학에서 영문학을 전
공했으나 다시 철학으로 방향을 튼 후 자칭 '거리의 인문학자'가 됐다.
서른 살 무렵 25년은 배우고, 25년은 가르치고, 25년은 마음껏 책 읽고
글 쓰며 문화 운동에 뜻을 두겠다고 결심했는데 실제로 25년의 교직 생
활을 마친 뒤 홀연히 대학을 떠나 서해안 바닷가에 수연재樹然齋라는 글
방을 짓고 말 그대로 '나무처럼' 살고 있다.

• 1959년 충남 대천 출생
• 서울 명지고등학교, 서강대학교 영문학과, 서강대학교 대학원 철학과 졸업
• 가톨릭대학교 인간학교육원 교수
• 2010년 한국출판평론상 수상
• 저서 『인문학은 밥이다』, 『마흔 이후, 이제야 알게 된 것들』, 『나이듦의 즐거움』, 『눈먼
  종교를 위한 인문학』 외 다수

가장 중요한 것은 눈에는 보이지 않는 법이야.

— 생텍쥐페리, 『어린 왕자』

어릴 적부터 글 쓰는 사람으로 살고 싶었던 '거리의 인문학자' 김경집은 외국 소설책을 읽으려는 방편으로 영문학을 전공한 후 다시 철학에 천착했다. 서른 살 무렵, 25년은 배우고, 25년은 가르치고, 25년은 마음껏 책 읽고 글 쓰며 문화 운동에 뜻을 두겠다고 결심했다. 그리고 실제로 25년의 교직 생활을 마친 뒤 미련 없이 대학교수 직을 버리고 충남 서해안 바닷가에 조그만 작업실 수연재樹然齋를 짓고 말 그대로 '나무처럼' 살고 있다. 독서의 계절, 가을을 맞아 곳곳의 특강 요청에 바쁜 나날을 보내고 있는 김경집 씨를 서울 합정동의 한 북카페에서 만났다.

· ·

어릴 적 꿈은 무엇이었는가?

글을 쓰는 사람이 되고 싶었다. 중학교 때부터 틈날 때마다 책을 끼고 살았는데 그때 언젠가는 내 책을 쓰겠다는 생각을 했다. 그러려면 먼저 많이 배워야겠다는 생각이 들어 분야를 가리지 않고 스펀지처럼 섭렵했다. 작가가 되고 싶었지만, 배움이 늘면서 학자가 되는 것이 더 낫겠다고 생각했다.

학부 때 영문학을 공부하다 대학원에서 철학으로 전공을 바꾼 이유는?

고등학교 때부터 그런 계획을 가졌던 것 같다. 궁극적으로는 철학을 공부하고 싶었지만 먼저 자유롭게 개인의 사유를 마음껏 누리고 싶었다. 또한 작가가 되고 싶은 꿈도 있었기 때문에 먼저 문학을 공부하고 나중에 대학원에서 철학을 공부할 계획이었다. 세계의 문학을 넓게 보고 싶어서 영문학을 선택했다. 그런데 공부를 해보니 문학에서는 논리적 사유의 힘이 부족하고, 철학에서는 논리와 사유의 힘만 강조되지 정작 삶에 대한 성찰과 행동하는 방식에 대한 고민은 부족한 것 같아서 늘 양쪽에서 주변인으로 살았다.

『인문학은 밥이다』라는 매우 도발적인 제목의 책을 내고 역시 같은 주제의 강연을 자주 하는데, 요즘 같은 신자유주의와 물신주의가 횡행하는 시절에 정말 인문학이 밥이 될 수 있는가?

문제는 지금 왜 인문학을 하고 있는지, 왜 인문학이 이 시기에 뜨고 있는지에 대한 성찰이 없다는 점이다. 이는 1997년 IMF 금융위기 이후 붕괴된 삶에 대한 반성적 성찰에서 시작되는데, 여전히 그 시기를 경제 문제로만 국한해서 생각한다. 그러나 1997년 이후 10여 년 동안 자기계발−위로−힐링으로 이어지는 과정에서 예전 같은 성장의 기회가 박탈되면서 자연스럽게 삶을 다운사이징하기 시작했다. 그러면서 '나는 뭐지? 내 삶은 뭐야? 세상은 어떻게 돌아가는 거야?' 이런 질문을 하기 시작했다. 그게 바로 인문적 성찰과 맞닿은 것이고, 거기에서 인문학에 대한 관심으로 이어졌다고 본다. 그리고 1997년 이전의 한국 사회는 속도와 효율만 강조하는 'fast moving 구조'였는데, 그 이후에는 창조, 혁신, 융합의 'first moving 구조'로 바뀌었다. 그것을 따라가지 못하면 한국 사회는 망한다. 그런데도 여전히 그 틀을 깨뜨리지 못하고 있고, 인식조차 못 하고 있다. 인문학은 내가 주체가 되고, 인간이 주인이 되어 무한한 상상력과 융합으로 창조와 융합의 21세기 어젠다에 부합하는 방향으로 이끌어가는 중요한 요소이다. 따라서 인문학이 제대로 된 밥이 될 수 있고, 떡이 될 수 있다.

사회에서는 인문학에 대한 인식이 새로워지는 데 비해 정작 대학에서는 '인문학 학살'이 자행되고 있는 게 현실이다.

두 가지 요인이 있다고 본다. 하나는 1997년 이전의 체제는 속도와 효율만 중시했기 때문에 인문학이 고사되었다. 도대체 내가 누구인지, 삶의 가치는 무엇인지, 세상은 어떻게 구성되고 작동되는지 등의 물음은 무의미하고 무가치하게 여겼다. 그런데 여전히 세상은 예전의 프레임에서 벗어나지 못하고 있다. 결국 새로운 프레임이 사회로 진입하는 것을 막고, 우리 변화의 동력이 상실되지 않을까 걱정이다. 다른 하나는 학자들 스스로 대중과 소통하려는 노력을 게을리했기 때문이다. 대학의 인문학 과정들이 축소되자 교수들이 문제를 제기했고 정부에서는 'BK 21Brain Korea 21' 등의 프로젝트를 통해 막대한 자금을 지원했다. 그러나 정작 그 기금은 학자들로 하여금 현장과 시대에 대한 성찰과 노력보다 기금 지원을 받기 위한 논문 쓰기에 몰두하게 만들었고, 역설적으로 인문학을 자생시키는 힘을 상실하게 했다.

여행을 '서서 하는 독서'이고, 독서는 '앉아서 하는 여행'이라고 주장한다. 그리고 여행을 강조하면서도 혼자서 여행하라는 이유는?
여행은 분명 공간의 이동이 아니라 사유의 이동이다. 그런데도 우리의 여행은 대부분 누군가와 함께 어울려 가는 방식이다. 물론 마음에 맞는 이와 함께 나누는 것도 좋지만, 때로는 혼자 사유할 시간도 필요하다. 그래서 혼자 떠나는 여행을 권한다. 우리는 언젠가부터 고독을 누리는 법을 상실했다. 기꺼이 고독할 수 있어야 자신의 삶을 농밀하게 만들 수 있다.

고전을 읽으라고 주장하던데 도대체 '고전'이란 무엇인가?
고전은 그저 오래되거나 두꺼운 책을 뜻하는 게 아니다. 베스트셀러 1,000권보다 고전 한 권이 더 낫다는 말은 단순한 수사가 아니다. 고전은 인간의 보편적 문제를 '대가大家적 시선'으로 풀어내는 힘이 있다. 따라서 인간과 삶, 그리고 세상을 바라보는 대가적 시선을 공유할 수 있는 고전을 읽는 것은 매우 중요하다. 다만 텍스트의 권위에 눌리면 안 된다. 고전을 읽을 때 반드시 그 당시의 상황과 배경, 그리고 맥락을 짚어보고 그것을 현대의 삶에 조명해봐야 한다.

단원 김홍도의 '씨름'이란 그림으로도 흥미로운 논지를 펴던데?

우선 그림을 보고 나오는 반응은 '지식'이다. 예를 들어 누가 그렸고, 어떤 구도와 구성인지 등이 있다. 그러나 그것은 내 것이 아니다. 그림을 보면서 직접 물어야 한다. 인문학의 시작은 내가 주인이 되어 묻는 데에서 출발한다. "누가 이길까?"라는 싱거운 물음이 이 그림이 담고 있는 무한한 이야기들과 의미를 도출한다. 그 프레임을 위해 딱 맞는 자료이기에 자주 사용한다. 그리고 무엇보다 거기에서 사람과 삶을 발견할 수 있는 지혜의 실마리가 있기 때문이다. 예를 들어, 만약에 당신이 양반인데 시합에 이기고 싶어서 뛰어난 씨름 선수에게 배운다고 가정했을 때, "이길 것인가, 아니면 져줄 것인가?"를 물어본다. 그 물음을 통해 많은 것을 생각할 수 있다.

가톨릭대학교 교수직을 과감히 그만둔 이유는?

서른 즈음에 25년은 배우고, 25년은 가르치고, 25년은 마음껏 책 읽고 글 쓰면서 살고 싶다고 생각했다. 그런데 쉰 살이 넘으면서 그 꿈이 스멀스멀 올라왔고 여러 해 고민하다가 재작년에 실행에 옮겼다.

집필실 옥호인 수연재의 뜻은?

수는 나무 수樹, 연은 그럴 연然인데 말 그대로 '나무처럼' 살고 싶어서 지었다. 세상을 바꾸는 진짜 힘은 조용하고 의연한 삶과 사람에게서 나온다.

여러 책을 저술했던데 가장 아끼는 한 권을 꼽으라면?

아무래도 인문학자로서 내 정체성을 분명하게 제시한 『인문학은 밥이다』를 꼽을 수 있다. 출간된 지 1년 만에 벌써 5쇄를 찍을 정도로 제법 나갔다. (『인문학은 밥이다』는 2013년 10월에 출간되었다.)

인생에서 가장 영향을 미친 책을 한 권 들라면?

표도르 도스토옙스키의 『카라마조프 가의 형제들』이다. 그 안에는 시간과 공간을 초월하는 사람과 삶의 모든 면목이 다 드러나 있기 때문이다.

음악, 미술도 인문학이라고 주장하던데?

인문학은 단순히 문사철文史哲이 아니다. 그것은 19세기에 여러 분과 학문이 독립하고 남은 종가宗家처럼 본연 학문에 대한 임시적 분류였다. 인문학은 주제도 대상도 목적도 주체도 사람인 모든 학문 분야를 망라한다. 그러므로 당연히 음악과 미술도 인문학의 범위에 들어간다. 그런 의미에서 물리학 또한 마찬가지다. 예를 들어 힉스 물리학을 배우면서 물질과 세계, 그리고 우주를 힉스 물리학의 관점에서 봤을 때 인간과 삶은 어떻게 새롭게 해석되는지를 물어본다면 그것 또한 인문학이 된다.

본인에게 인문학은 어떤 의미인가?

다양한 분야의 제반 학문을 사람을 주제로 환원하여 재해석하는 종합적 사유의 학문이라고 정의하고 싶다. 아마도 내가 대학에 재직할 때 담당했던 '인간학'이라는 과목이 그런 시각을 만들었을 것이다. 그리고 그런 훈련과 해석을 통해 더욱 넓고 다양하면서도 융합의 가능성을 도출하는 인문학 공부에 매달릴 수 있었다.

김경집의 책 이야기

● 인간 등정의 발자취 　　　　제이콥 브로노우스키, 바다출판사

원시 인류의 진화부터 현대 유전학의 발전까지 엄청난 분량의 내용을 간결하면서도 정곡을 짚어내는 분석과 날카로운 해석으로 소화한 책을 만나기는 쉽지 않다. 무엇보다 과학, 기술, 예술, 문학, 종교의 영역까지 자유롭게 넘나들면서 인류의 역사, 그리고 인간의 위대한 정신과 무한한 가능성을 유니크하게 풀어내고 있다.

● 나는 고발한다 　　　　　　　　에밀 졸라, 책세상

두꺼운 책은 아니지만 그 무게와 힘은 결코 가볍지 않다. 드레퓌스 사건을 인간 지성과 정의에 대한 대전환점으로 만든 것이 바로 이 격문이다. 에밀 졸라는 국가의 부당한 폭력 속에서도 정의와 진실을 추구한 '실천인'이었다. 그는 드레퓌스와 아무런 관계도 없고, 만남도 없었지만 한 인간이 거대한 불의에 희생되는 모습에 분개하여 자신의 모든 것을 걸고 맞서 싸웠다. 그의 노력으로 드레퓌스 사건이 해결되었고 그것은 인류 문화에서 사회 정의의 승리를 마련하는 중요한 전환점이 되었다. 정의와 진실은 말살되고 억

압되며 불의와 거짓이 판치는 지금 우리 사회에서 그 가치가 커 보인다.

● 거의 모든 것의 역사
빌 브라이슨, 까치글방

과학은 어렵고 딱딱하며 나와 상관이 없다고 느끼거나 읽는 데 들이는 공력에 비해 누리는 효용은 떨어진다고 여기는 독자라면 이 책을 읽어보라. 과학의 신비와 성과에 대해 너무 기술적이거나 난해하지 않고 피상적 수준을 넘어서 이해하고 공감할 수 있는 깊이와 내용을 가진 책을 만나기란 어렵다. 빌 브라이슨 특유의 재치와 날카로운 해석 또한 읽는 내내 즐겁다. 과학이 이렇게 놀라운 환희와 심오함을 준다는 것을 깨닫게 해주는 책이다.

● 걷기 예찬
다비드 르 브르통, 현대문학

'걷기'라는 사소하고 일상적인 행위가 얼마나 관능적이고 지적이며 실존적인지 깨닫게 되면 삶을 바라보는 방식도 달라진다. "걷기는 자신을 세계로 열어놓는 것이다"라는 그의 철학은 바쁘기만 한 현대 사회 속의 내가 '자유로운 개인'으로 정립할 수 있도록 돕는다. 자신의 실존에 대한 행복한 감정을 되찾는 행위로서의 걷기는 정신과 몸의 합일 과정이다. 속도에 지치고 효율의 노예로 살아가고 있지만 자신의 삶을 되찾고 싶은 현대인들에게 샘물이 되는 이 책은, 가볍지만 결코 사소하지 않은 자기 본연의 모습을 느끼도록 해준다.

● 카라마조프 가의 형제들
표도르 도스토옙스키, 민음사

러시아의 대문호 도스토옙스키의 대표작. 언제 읽어도 그 감동과 교훈을 새롭게 느낄 수 있다. 또 방대한 분량의 소설이지만 치밀하고 드라마틱하게 묘사한 등장인물들의 내면세계를 집중해서 따라가면 인간 마음속의 선과 악, 욕망과 이성에 대해 깊게 생각하게 된다. 그리고 이와 같은 등장인물들의 모습이 우리 자신의 모습과 다를 바 없다는 것을 깨닫는다.

김상근

한국의 인문학
르네상스를 위하여

김상근 연세대학교 신과대 교수

김상근

신학을 전공하고 대학에서 신학을 강의하고 있지만 최근에는 인문학 보급 운동에 더 열성적인 독특한 대학교수. 2010년 인문학 정신에 매료된 중년 기업가들과 함께 재단법인 플라톤아카데미를 만들어 연구책임 교수를 맡아 '한국에서의 인문학 르네상스'를 가장 열성적으로 주창하고 있다. 중세 르네상스 시대 문예 부흥의 막강한 스폰서였던 메디치 가문이 한국에도 많이 등장하기를 소망한다.

- 경남 합천 출생
- 연세대학교 신학과, 사우스캐롤라이나대학교 석사, 에모리대학교 석사(신학), 프린스턴 신학대학원 선교학, 종교학 박사(16세기 선교역사 전공)
- 학진(현 한국연구재단) 외국박사조사위원회 위원장
- 연세대학교 신과대 부학장
- 연세대학교 신과대 교수(현)
- 재단법인 플라톤아카데미 연구책임교수(현)
- 저서 『르네상스 창조경영』, 『사람의 마음을 얻는 법』, 『르네상스 명작 100선』, 『인문학으로 창조하라』 외 다수

여기 쓰러져 있는 자들은 자업자득으로 이렇게 되었소. 그들은 자신을 찾아온 사람이 누구든 인간에 대한 최소한의 예의도 보이지 않은 자들이오. 그래서 이렇게 비참한 종말을 맞이한 것이오.

— 호메로스, 『오디세이아』

범지구적으로 신자유주의가 득세하면서 경쟁에서의 승리와 물질 만능주의적 이데올로기가 득세하고 있지만 묘하게도 한국 사회에서는 인문학에 대한 재인식과 성찰이 붐을 이루고 있다.

다양한 형태의 인문학 콘서트가 잇달아 열리는가 하면 인문학의 재발견과 재해석을 조명하는 책들도 성가를 올리고 있다. 인문학 고양을 위한 여러 단체와 모임들도 자연발생적으로 생겨나고 있는데, 최근 들어 가장 주목을 받는 기관이 재단법인 플라톤아카데미다.

2010년 인문학 정신에 매료된 중년 기업가들과 함께 플라톤아카데미를 만드는 데 중추적 역할을 했고 현재도 이 재단의 연구책임교수로 재단을 실질적으로 이끌고 있는 연세대학교 신과대 김상근 교수는 '한국에서의 인문학 르네상스'를 가장 열성적으로 주창하는 인물이다. 중세 시대의 선교사, 특히 마테오 리치를 전공하면서 자연스레 중세 르네상스 문화와 문예 부흥의 막강한 스폰서였던 메디치 가문을 속속들이 연찬한 김 교수는 저술과 강연을 통해 "한국 기업가 중에서도 제2, 제3의 메디치 가문이 나타나야만 한다"라고 역설한다.

신촌 연세대학교 연구실과 재단 사무실을 분주히 오가며 강학과 인문학 보급 운동에 힘쓰고 있는 김 교수를 재단 사무실에서 만났다.

..

플라톤아카데미는 무엇을 하는 곳인가?

플라톤아카데미는 기원전 387년 아테네의 '아카데미아Akademeia'에서 모티브를 따왔다. 인류 지혜의 샘이었던 아카데미아는 왕과 장군 같은 통치자를 육성하기 위해 플라톤이 세운 철학 교육 기관이다. 역사적으로 이 교육 기관은 1462년 이탈리아에서 부활했다.

4년 전 평소 인문학에 관심이 많고 나와 정기적으로 공부를 같이하던 중년 기업인 몇 분과 이탈리아 피렌체를 여행한 적이 있다. 인문학 공부를 하다 중세 르네상스 문화를 꽃피운 인문학의 성지인 피렌체를 함께 둘러보러 간 것이다. 알다시피 피렌체는 유명한 메디치 가문이 터를 다진 곳이다. 당시 함께 여행했던 최창원 SK케미칼 부회장, 구본천 LB인베스트먼트 사장, 박진원 두산산업차량 부사장, 이강호 한국그런포스펌프 대표 등이 한국에서도 인문학 보급을 위한 후원 단체가 필요하다는 데 의견이 일치했다. 그결과 2010년 11월 여러 기업인이 십시일반으로 돈을 보태 플라톤아카데미를 창립했다.

현재는 인문학 세미나 정기 개최, 인문학자 심화 연구 지원, 10대를 위한 인문학 교실 운영, 동양 독서 프로그램 운영, 지식 나눔 콘서트 등을 하고 있다. 인문학 책을 사서 읽은 독자가 간단한 독후감을 써서 책과 함께 보내주면 구입 비용 전액을 돌려주는 행사를 진행 중이다.

메디치 가문이 르네상스에 기여한 바를 좀 더 구체적으로 얘기해 달라.

나의 졸저 『사람의 마음을 얻는 법』에 자세히 밝혔다시피 한적한 산골 마을의 농장주였던 메디치 가문은 세계 최고의 부자 가문으로 성장했을 뿐만 아니라 교황을 2명이나 배출했다. 또한 프랑스 왕실에 2명이나 시집을 보내 왕실 가문으로까지 승격되었고 가문의 모든 재산과 예술품을 모두 피렌체 시민에게 기증했다. 그러나 무엇보다도 미켈란젤로를 양자로 받아들여 당대 최고의 예술가로 육성하는 등 피렌체의 천재적 예술가와 학자를 후원하여 르네상스 시대를 열었다는 점은 정말 대단한 업적이다. 우리가 잘 아는 『군주론』은 마키아벨리가 이 가문에 헌정한 책이다. 메디치는 단순히 부를 창출하고 이를 효과적으로 유지·발전시켰던 기업 가문의 이름이 아니다. 메디치는 한 가문의 이름을 넘어서 인간성의 최절정에 이르렀던 당시의 시대정신이라고 할 수 있다.

메디치 가문이 이탈리아에서 가장 존경받는 가문이 된 이유는?

메디치 가문 주위에는 언제나 뛰어난 인재들이 모여들었다. 그런데 예나 지금이나 인재들은 바람을 타는 사람들이다. 누군가가 잠재력을 인정해주고 성취의 동기를 부여해주면 그들은 놀라운 결과를 창출한다. 하지만 인재들의 진정한 창의성은 돈으로 살 수 있는 게 아니다. 이들의 마음속에서 신바람이 일어나야 조직과 집단이 도약할 수 있다. 메디치 가문은 인재들의 마음을 얻는 방법을 잘 알고 있었다. 아울러서 메디치 가문은 후에 전 재산과 유물들을 피렌체시에 기증함으로써 피렌체 시민의 마음까지 송두리째 얻었다.

이 시대에서 왜 인문학이 중요한가?

지금 사회에서는 인문학의 재조명이 한창이다. 그런데 정작 대학에서는 인문학이 고사 상태다. 그만큼 대학이 위기에 처해 있다. 중세 시대에도 마찬가지였다. 당시 인문학이 재탄생한 곳은 대학이 아니었다. 대학들은 인간성과는 거리가 먼 현학성에 매몰돼 고담준론高談峻論만 하고 있었다. 14세기 이탈리아 인문주의 운동의 아버지로 불리는 문학가 프란체스코 페트라르카와 조반니 보카치오는 그리스 출신의 인문학자 레온티우스 필라투스를 피렌체로 초청해 1360년경 호메로스의 『일리아스』와 『오디세이아』를 라틴어로 번역함으로써 아레테(Arete: 탁월함)를 추구하던 그리스 정신을 이탈리아에서 부활시켰다. 이들은 또 로마의 지성 마르쿠스 툴리우스 키케로가 쓴 '아티쿠스에게 보낸 편지'를 읽고 그 인문학적 사유에 감동했다. 그리고 '신의 학문'이 아닌 '인간 학문'이라는 뜻으로 '인문학Studia Humanitatis'이라는 용어를 처음 만들어 썼다.

지금 한국의 시대 상황도 이와 매우 유사하다. 인문 정신의 회복을 통한 인간성의 재정립이 시급한 때다. 이 시대의 화두는 "나는 누구인가?", "나는 어떻게 살아야 하는가?", "나는 지금 바르게 가고 있는가?"의 세 가지 질문에 답하는 것이다. 이에 대한 답은 인문학에 대한 성찰을 통해서만 도달할 수 있다.

신학을 전공하게 된 계기는?

우리 집안은 3대째 목회자 집안이다. 나 역시 목사이기도 하다. 따라서 신학대학을 가는 것은 자연스러운 결정이었다. 하지만 집안 분위기는 '고신파'로 불리는 근본주의적 보수파가 주류다. 그런데 대학을 다니면서 서울 난지도에서 빈민 야학 활동 등을 하면서 자연스레 사회와 역사에 대해 눈을 뜨게 됐다.

청소년기에는 어떤 책을 어떻게 보았는가?

한창때는 하루에 200페이지씩 읽었다. 그러다 보니 이틀에 3권씩 읽었다. 처음에는 속독이 어려웠는데 차츰 내공이 쌓이니 속독이 가능해졌다. 저자를 한 명 선정하면 그가 쓴 대표 저작을 시작으로 모든 책을 완독해갔다.

　예를 들면 '이상문학상' 수상 전집을 지금까지 계속 읽고 있는데 첫 수상작은 김승옥의 『서울의 달빛 0장』이었다. 나는 일단 이 소설을 본 후 김승옥의 모든 저작을 독파했다. 이어서 후보작에 오른 다른 작품을 읽은 다음 그 작품의 작가가 쓴 여타의 소설을 찾아서 읽는다. 나는 이렇게 세계 문학 전집도 독파했다. 청소년기에 읽은 책들은 현재의 내가 글을 쓰고 강연하는 데 가장 큰 밑거름이 되고 있다.

중세 시대, 특히 르네상스 시대와 그 시대정신을 집중적으로 공부하고 이를 소개하는 데 앞장서고 있던데?

나의 박사 논문 주제가 중세 시대의 선교 역사였다. 이후에 관련 저작을 공부하고 이탈리아를 수십 차례 여행하면서 완전히 그 시대에 매료됐다. 특히 피렌체라는 아름다운 도시와 인문 정신의 인류사적 표상이라 할 만한 메디치 가문에 푹 빠져버렸다. 약 1,000년간 지속되었던 암흑시대를 관통한 것은 종교적 통제와 문화적 획일성이었는데 메디치 가문은 인문 정신이라는 르네상스적 시대정신을 탄생시킨 인큐베이터 역할을 충실하게 해냈다. 메디치 가문을 변모시킨 과정과 성공 스토리를 한국 사회에 소개함으로써 우리 사회에 조금이라도 자극을 주고 싶었다.

요즘 우리 대학의 문제점은 무엇이라고 보는가?

나도 대학에 몸담고 있지만 오늘날의 우리 대학은 참 한심하다. 대학의 고시학원화와 인문학의 황폐화가 만연해 있다. 물론 우리 사회의 모든 분야가 비인간화되면서 일어난 현상이다. 인문 정신의 회복이 시급하다.

대학생들에게 해주고 싶은 말이 있다면?

취업용 스펙 쌓기와 각종 고시에 매달려 있는 학생들을 보면 가엾기 짝이 없다. 난 학교에서 학생들에게 자주 이렇게 말한다. "세파에 휩쓸리지 말고 진짜 '너'를 만나라. 자유로운 인간으로 살아라. 방황해라. 고통스러우면 일단 휴학해서 고민해라. 그래도 해결이 안 되면 차라리 자퇴하라"고 말이다. 청소년기에는 니코스 카잔차키스의 소설에 나오는 그리스인 조르바처럼 참된 자유를 찾아 방랑해볼 필요가 있다.

● 그리스인 조르바
니코스 카잔차키스, 열린책들

20대에 읽었던 최고의 책으로 자유로운 인간으로 산다는 것의 의미를 일깨워주었다. 책을 읽다가 숨이 가쁠 정도로 가슴이 벅차올라, 연세대학교 야구장에 가서 무작정 뛰었던 기억이 난다. 저자의 『영혼의 자서전』과 함께 읽으면 좋다. 전자가 아폴로적인 책이라면 후자는 디오니소스적인 책이다.

● 이상문학상 수상작 및 수상자의 발표 소설 전권

역시 20대부터 읽었던 이상문학상 수상작 전권은 나의 생각하는 방식과 글쓰기 패턴을 결정지어줬다. 1977년 수상작인 김승옥의 『서울의 달빛 0장』부터 매년 발표되는 이상문학상을 정독한 후, 수상 작가의 발표된 모든 소설을 찾아서 읽었다. 매년 수상작을 읽었던 이유는 각 연도에 한국 작가들이 어떤 문제를 고민했는지에 대해 알고 싶었기 때문이다. 그리고 수상 작가의 모든 작품을 섭렵했던 이유는 그 작가가 어떤 생각의 역사를 지녔는지 궁금해서였다.

● 장길산 전집
황석영, 창비

30대에 미국 유학 시절 생경한 문화와 상이한 언어 체계 속에서 모국어를 무척이나 그리워하며 여러 번 읽었던 책이다. 치열한 작가 정신에 무척이나 매혹되었던 기억이 생생하다. 고국에 대한 그리움도 『장길산』에 대한 느낌을 고양했던 것 같다.

● 오디세이아

40대는 연세대학교 교수로서 치열한 성찰의 시기였는데 학문과 사회 활동을 병행하게 되면서, 자연스럽게 자신에 대한 성찰로 이어졌다. 조금 철이 들기 시작한 셈인데 트로이 전쟁을 마치고 고향으로 돌아가는 오디세우스와 동료의 방랑과 좌절, 꿈과 희망을 통해 '나는 누구일까?' 그리고 '나는 지금 어디로 가고 있는가?'에 대한 질문을 스스로에게 던질 수 있었다.

● 로마제국 쇠망사 전 6권
에드워드 기번, 민음사
● 셰익스피어 전집
윌리엄 셰익스피어, 민음사

50대 독서는 영국인들의 글에 매료됐다. 영어의 마력은 놀라울 정도다. 특히 에드워드 기번과 셰익스피어는 반드시 영어 원문으로 읽어야 한다. 내용은 두말할 나위 없이 통찰력으로 넘쳐나지만 무엇보다 문장 자체가 유려하다. 현재 기번의 『로마제국 쇠망사』는 완독한 상태이지만, 셰익스피어는 60대 이후에 읽기 위해서 아껴두고 있다. 50대 초반에 셰익스피어를 다 읽어버리면 인생을 살아갈 재미가 없어질까 염려되기 때문이다.

김수연

살아 있는 한 책을 읽어야 한다

김수연 작은도서관만드는사람들 대표

김수연

KBS 기자를 하다 30년 전 만 여섯 살 된 아들을 화재로 잃은 뒤 아들에게 "책은 얼마든지 사 주겠다"라고 한 약속을 지키지 못하게 되자 대신 다른 어린이들에게 책을 보급하는 일에 뛰어들었다. 1987년 한국에서는 처음으로 '작은 도서관' 보급 운동을 시작해 전국 방방곡곡 산간 오지에 작은 도서관을 세우거나 리모델링해오는 등 이 분야의 대부로 불린다.

- 1948년 경북 안동 출생
- 충주고등학교, 한양대학교 영문학과 졸업
- 「동아일보」 기자
- KBS 기자
- 문화부 작은도서관지원협의회 회장
- 한길교회 목사, 사단법인 작은도서관만드는사람들 대표(현)
- 모범독서운동가상(1992), 자랑스런 서울시민상(1994), 국민독서진흥상(1998), 독서활동상(2004), 독서문화상(2007) 수상
- 저서 『내 생애 단 한 번의 약속』

삶은 고해다. 이것은 위대한 진리다. 다시 말하자면 이 세상에서 가장 위대한 진리 중의 하나다. 이것이 진리인 까닭은 진정으로 이 진리를 깨달으면 그것을 뛰어넘을 수 있기 때문이다. 진정으로 삶이 힘들다는 것을 알게 되면, 즉 진정으로 그 사실을 이해하고 받아들이게 되면 삶은 더 이상 힘들지 않게 된다.

— 스콧 펙, 『아직도 가야 할 길』

6척 장신에 호인의 풍모. 빨간 모자의 산타 복장을 하면 참 잘 어울릴 듯한 '사단법인 작은도서관만드는사람들' 김수연 대표는 실제로 어린이들에게 '책 나눠주는 산타클로스 할아버지'로 불린다. 어릴 적부터 책을 좋아했지만 보고 싶은 책이 부족해서 지적 갈망에 굶주렸던 김 대표는 KBS 기자를 하다 30년 전, 만 여섯 살 된 아들 현준을 화재로 잃은 뒤 책 보급 운동에 뛰어들었다. 유난히 책을 좋아했던 아들에게 "책은 얼마든지 사 주겠다"라고 약속했으나 직장 일에 바쁜 탓에 홀로 집에 있던 아들이 라면을 끓이기 위해 가스 불을 켜다 숨진 비극에 목 놓아 통곡했던 김 대표는 '잃어버린 아들과의 약속을 지키기 위해서는 또 다른 아이들에게 책을 전해주는 방법밖에 없다'라는 결심을 하고 이를 바로 실행에 옮겼다.

현역 시절인 1984년 방한한 교황 요한 바오로 2세를 단독 인터뷰하는 등 유명한 민완 기자였던 김 대표는 이를 계기로 주경야독으로 신학대학을 졸업, 현재 한길교회라는 작은 교회에서 시무하고 있다.

이름마저도 생소한 '작은 도서관 운동'을 1987년에 시작한 이래 249개의 학교 마을 도서관과 46개의 작은 도서관을 전국에 보급한 김

대표를 서울 강남구 논현정보도서관에 있는 작은 사무실에서 만났다.

..

'작은도서관만드는사람들'은 무엇을 하는 곳인가?

말 그대로 작은 도서관을 만들어주는 곳이다. '책 1권이 한 사람의 인생을 바꾸고 나아가 세상을 바꾼다'라는 생각에 1989년 '좋은책읽기가족모임'이란 조직을 만들었는데 1997년 이름을 바꾸고 사단법인화했다.

농어촌 산간벽지 학교의 유휴 교실을 활용해 도서관으로 꾸며주는 학교 마을 도서관 개설 사업과 문화 혜택 취약 지역에 작은 도서관을 지어주는 작은 도서관 조성 사업, 사랑의 책 모으기 운동, 지자체 도서관 위탁 운영 및 언론과 함께 독서 캠페인 등이 주요 사업이다.

1991년 전북 남원의 원천학교 마을 도서관 개설을 시작으로 지난 6월 문을 연 전북 순창 쌍치초등학교 마을 도서관까지 249개를 개관했다. 또한 문화관광부, MBC와 공동으로 취약 지역에 작은 도서관을 지어주는 사업을 벌이고 있는데 지난주 문을 연 서울 양천구 신정동 작은 도서관까지 모두 46군데를 개설했다.

돈이 많이 필요할 텐데 어떻게 이를 조달했나?

기본적으로 적지 않은 사재를 털었다. 아마 몇십 억 원이 넘을 것이다. 또한 이 과정에서 네이버, 국민은행 등 기업들도 큰 도움을 줬다.

도서관 보급 운동을 시작한 계기는?

필설로 옮기기에는 너무 큰 비극적인 가정사가 계기가 됐다. 방송 기자로 한창 뛰다 보니 집안을 제대로 돌보지 못했다. 아들 현준이가 만 여섯 살 때인 1984년 혼자서 가스 불을 켜다 숨졌는데 참으로 고통스러웠다. 아들에게 책을 맘대로 사주겠다는 약속을 했는데 아들에게 지켜주지 못한 약속을 세상의 다른 아들들에게 지켜주는 것도 의미가 있겠다 싶어서 시작했다.

처음에는 내가 문을 연 교회를 도서관 형태를 운영하며 소외된 지역에 조금씩 책을 보내주다 사단법인화하면서 본격화했다. 또한 내가 순천 김씨 절재공 김종서 가문의 18대손인데 집안의 유훈 가운데 "사람은 저마다 재물을 바라지만 나는 오직 내 자녀가 어질기를 바란다. 삶에서 가장 보람된 것은 책과 벗하는 일이다"라는 말이 있는데 이런 집안 분위기도 영향을 준 것 같다.

기자를 그만두고 이 일에 뛰어드니까 이런저런 오해도 있었을 것으로 보인다.

맞다. 정치적 야심이 있는 것 아니냐는 등의 사시가 적지 않았다. 하지만 내가 전 재산을 털어 일을 벌이고 정치에 일절 관심을 두지 않으니까 이제는 그런 오해는 불식됐다.

학교 마을 도서관은 어떻게 후보지를 선정하나?

일단 신청을 받아서 실사를 나간다. 무엇보다도 학교와 지역 주민의 의지가 중요하다. 대개 3,000여 권의 책을 지원해주는데 어떤 곳에서는 주민은 정말로 원하는데 정작 학교 측은 관리할 인력이 없다면서 난색을 표명하는 경우도 있었다. 지역 사회에 기여해야 할 학교가 주민의 욕구를 지원해줄 자세가 되어 있지 않았다.

후원하는 기업들이 많은가?

요즘 기업들이 사회적 책임을 내세우면서 후원이 좀 늘긴 했다. 그런데 어떤 기업들은 염불보다 잿밥에 더 관심이 많다. 즉 기업 홍보를 더 내세우려 한다.

나는 홍보 차원에서 접근하는 기업은 가급적 멀리하려고 한다. 사회 공헌에 대한 진정한 의지와 책 보급의 중요성에 대한 인식을 제대로 가졌는지를 자세히 따져보고 후원사를 정한다.

그간 일화가 많았을 것 같다. 하나만 소개해달라.

강원 강릉시의 왕산초등학교 도서관이 기억에 남는다. 대관령과 삽당령 사이에 있는 이 학교는 말이 시 소재 학교이지 사실은 전교생이 20명도 되지 않는 두메산골 학교다. 이 학교 학생들은 방과 후면 도서관 책을 들고 어르신들이 머무는 마을회관으로 달려가 책도 읽어주고 안마도 해준다.

마치 21세기판 전기수傳奇搜다. 전기수란 조선 시대 후기에 고전 소설을 직업적으로 낭독해주던 사람을 일컫는다. 이 마을은 현재 'TV 끄고 책 보기 운동'까지 벌이고 있다.

어린이들에게 전해주고 싶은 책 읽기 방법은?

이이는 저서 『격몽요결』에서 "독서는 삶의 일부이며 일상생활"이라고 했다. 학자 이수광은 『지봉유설』에서 "책을 읽을 때는 마음, 눈, 입이 책에 머물러야 한다"라고 썼다. 즉 독서는 인간의 운명을 좌우하는 방향키나 다름없다.

나는 아이들에게 먼저 흥미를 느끼는 책부터 보라고 권한다. 우선 재미있는 책을 접하는 게 독서 습관을 키우는 데 가장 바람직하기 때문이다. 이어서 이를 토대로 활용하도록 권한다. 밑줄을 치는 것도 좋고, 옮겨 적는 것도 좋다. 좋은 구절이면 액자로 만들어 걸 수도 있다. 이어서 흥미 위주에서 다양한 분야로 소재를 확산시켜나가도록 한다. 추리 소설로 시작했다면 동시대의 다른 작가 또는 다른 예술가들에게까지 관심을 넓혀간다.

또한 항상 책을 지니고 다니도록 권한다. 책은 등굣길 버스 안에서, 점심 식사 후 식탁에서, 잠들기 전 머리맡에서 등 언제라도 볼 수 있도록 해야 한다.

독서를 정의한다면?

읽는다는 것은 생각하는 것이다. 생각한다는 것은 내가 살아 있다는 것이다. 그러므로 우리는 살아 있는 한 책을 읽어야 한다.

교황을 단독 인터뷰한 이야기는 언론계에 전설처럼 전해져오고 있다. 당시 뒷이야기 좀 부탁한다.

지금까지도 교황이 언론사 단독 인터뷰를 한 적이 없다. 인터뷰는 1984년 요한 바오로 2세가 방한해 김해공항에서 김포로 가던 비행기에서 이뤄졌다. 풀Pool 기자단으로 따라갔다가 기내에서 무조건 따라붙었다. 교황 의전 책임자에게 미리 손써 잠시만 눈감아달라고 부탁했다. 카메라 기자와 함께 속사포처럼 질문했는데 고맙게도 교황께서 답변해주셨다.

단 5분 41초짜리 인터뷰였는데 지금 생각나는 것은 세기적 특종을 잡았다는 사실보다 가까이에서 접했던 교황님의 맑고 깨끗한 눈빛이다. 어떠한 욕망의 찌꺼기도 담겨 있지 않은 있는 그대로의 눈빛, 새벽별처럼 맑고 투명하고 순결한 눈, 세상을 보이는 그대로 담았던 교황의 눈빛은 예수님의 눈빛 그대로였다.

현재 시무 중인 교회도 작은 교회라던데?
한길교회는 교회이기 이전에 하나의 작은 공동체다. 모두 합쳐도 스무 가족, 교인 수로는 많아야 100명 남짓이다. 한국에서는 언제부턴가 초대 교회의 정신을 망각하고 대형 성전을 신축하는 게 추세가 돼버렸지만 그런 것에 연연하지 않는다. 우리 교회는 십자가마저 없으니 주민들조차 교회를 잘 알아보지 못할 정도다.

목회자가 하나님의 위임을 받은 사람이라면 신자들은 어린 양에 비유할 수 있다. 교세 확장에 매달리면 온갖 명분으로 헌금을 강요하게 되고 결국은 자신이 인도해야 할 양들을 수탈하게 된다. 양들은 어느 짐승보다도 스킨십이 필요한 동물이다. 내가 교인 수를 늘리지 않는 이유가 바로 여기에 있다. 한 명, 한 명의 영혼을 보듬기에는 사실 스무 가족도 벅차다. 많은 목회자가 이러한 본분을 잊고 교세 확장에만 매달리는 현상이 안타깝다.

김수연의 책 이야기

● **인생 수업**　　　　엘리자베스 퀴블러 로스·데이비드 케슬러, 이레

20세기 최고의 정신의학자이자 호스피스 운동의 선구자인 엘리자베스 퀴블러 로스와 그녀의 제자 데이비드 케슬러가 죽음 직전에 놓인 수백 명의 사람을 인터뷰해 삶에서 꼭 배워야 할 것들을 정리했다. 저자는 삶이라는 학교에서 우리가 배워야 할 것은 정체성, 사랑, 인간관계, 시간, 두려움, 인내, 놀이, 용서, 받아들임, 상실, 행복이라고 말한다. 그리고 삶의 마지막 순간에 간절히 원하게 될 것이 있다면, 지금 당장 그것을 해야 한다고 이야기한다. "살고Live, 사랑하고Love, 웃고Laugh. 그리고 배우라Learn"라는 4L의 가르침이 깊은 여운을 준다.

● **아직도 가야 할 길**　　　　스콧 펙, 율리시즈

이 책은 '심리학과 영성을 매우 성공적으로 결합시킨 중요한 책'으로 평가받고 있다. 삶에서 마주치는 고통과 정면으로 맞서고 그것을 극복해나가는 데 필요한 자기 훈육과 영적 성장, 그리고 인간의 성장을 돕는 어떤 힘 '은총'에 대해서 강조하고 있다.

● **소유냐 삶이냐**　　　　에리히 프롬, 홍신문화사

에리히 프롬의 『To Have or To Be』를 완역한 책. 현대인의 생활양식을 소유와 존재로 이분하여 살펴본다. 물질적 소유와 탐욕의 소유 양식에서부터 창조하는 기쁨을 나누는 존재 양식으로의 전환이 필요하다고 말하며 그에 대한 실질적인 방안도 제시해준다.

● 눈물은 왜 짠가

함민복, 책이있는풍경

함민복 시인의 첫 산문집. 시인이 살아온 이야기와 그의 문학적 모태가 고스란히 담겨 있다. 소설가 김훈은 "그의 가난은 '나는 왜 가난한가'를 묻고 있지 않고, 이 가난이란 대체 무엇이며 어떤 내용으로 존재하는가를 묻는 가난이다. 그는 다만 살아 있다는 원초적 조건 속에서 돌아오는 희망과 기쁨을 말한다. 나는 이런 대목에 도달한 그의 산문 문장들을 귀하게 여긴다"라고 평했다.

김윤주

책 읽기를
시정 목표로 내걸다

김윤주 군포시장

김윤주

초등학교 졸업 학력으로 군포시장에 당선돼 화제를 모았다. 빈한한 집안 형편 탓에 제대로 배우지 못한 한을 자식 세대들이 되풀이해선 안 된다는 믿음으로 '독서 보급 운동'을 최고의 시정 목표로 세웠다. '정직, 근면과 함께 책을 가까이하면 성공할 수 있다'라는 진리를 굳게 믿고 있다. 초등학교 시절 외삼촌의 책방 일을 도우며 곁눈질로 배웠던 책의 가르침이 인생의 나침반이 되었다.

- 1948년 경북 예천 출생
- 예천 용문초등학교
- 범양냉방 노동조합 위원장(4선)
- 한국노총 경기중부지역지부 의장
- 사단법인 동북아평화연대 자문위원
- 제10~11대 군포시장
- 제13~14대 군포시장(현)

청렴은 목민관의 본무本務요 모든 선의 근원이요 덕의 바탕이니 청렴하지 않고서는 능히 목민관이 될 수 없다. 청렴이야말로 천하의 큰 장사다. 그래서 포부가 큰 사람은 반드시 청렴하고자 한다. 사람이 청렴하지 못한 것은 지혜가 모자라기 때문이다.

– 정약용, 『목민심서』

경북 예천의 산골 마을에서 초등학교를 졸업한 소년은 7남매의 맏이인데도 가정 형편이 너무도 어려워 중학교 진학을 포기해야 했다. 이웃에 사는 외삼촌의 조그만 책방에서 일손을 도우며 서가의 책을 모조리 읽어젖히며 배움의 한을 삭였다. 제대로 된 독서 프로그램도 없이 서가의 한쪽에서부터 시작해 책방의 모든 책을 독파하면서 소년은 인생과 세상의 창문을 들여다볼 수 있었다. '정직하고 근면하면, 그리고 책을 가까이하면 성공할 수 있다'라는 평범한 진리를.

노동 운동가를 거쳐 인구 29만의 군포시장이 된 그는 이제 '독서 보급 운동'을 최우선 시정 목표로 내세우며 '책 읽는 군포'를 가꾸는 데 여념이 없다. "'책 속에 길이 있다'라는 말이 결코 헛된 말이 아닌 증거가 바로 나"라고 말하는 김윤주 군포시장을 시장 집무실에서 만났다. 그의 집무실은 독서 관련 사업 부서에 일부 공간을 내주느라 매우 비좁아져 있었다.

· ·

'책 읽는 군포'를 시정의 으뜸 목표로 정했는데 그 연유가 궁금하다.

40년 이상을 군포시에서 살아왔지만 외지인에게 딱히 군포시를 내세울 만한 게 없다는 사실이 안타까웠다. 그래서 관심을 둔 것이 청소년과 교육 문제였다. 이렇듯 민선 2기 때부터 시작한 도시 정체성에 대한 고민에 대한 해법이 '책'이다.

스마트폰 등 문명의 이기 덕에 의사소통을 위해 기울여야 할 시간과 노력은 감소했지만, 타인과 소통하는 시간은 더 줄어들고 있다. 소통과 공감의 상실은 학교 폭력이나 가정불화 등 심각한 사회 문제를 일으키는데, 책 읽기는 사회 문제를 미리 예방하는 가장 효과적인 투자라고 생각한다. 책으로 소통하는 문화는 우리에게 대화와 사람 냄새를 돌려줄 것으로 기대한다.

'책 읽는 군포'를 위해 지금까지 해온 정책은 무엇인가?
'한 도시 한 책 읽기', '거실을 서재로', '위드 북 스타트With Book Start' 그리고 '책 축제' 등이다. 3년째 진행된 '한 도시 한 책 읽기' 사업은 군포 시민이라면 어디서든 만나도 허물없이 친분을 나눌 수 있게 해준다. 같은 책을 읽은 공통의 경험을 나누며 친근함을 느낄 수 있기 때문이다. 책이 시민과 시민을 이어주는 매개체 역할을 한다. '거실을 서재로' 사업은 가정집 거실에 TV를 없애고 서재를 꾸미자는 운동이다. 공동 공간인 거실에서 가족이 함께 책을 읽으며 꺼져가는 대화의 불씨를 살려서 정을 두텁게 하기를 바라는 마음에서 시작했다. '위드 북 스타트'는 신생아에게 그림책을 선물하는 사업이다. 군포의 아이들이 책과 함께 인생을 시작할 수 있게, 아주 어렸을 때부터 책과 친하게 지내서 평생 책을 가까이

하는 습관을 지닐 수 있도록 돕자는 것이다. 또한 매년 '군포의 책'을 선정해서 릴레이 식으로 돌려 읽는 사업도 벌이고 있다.

'책 읽는 군포실'이라는 과장급 조직까지 있던데?

'책 읽는 도시'를 표방한 다른 많은 도시에서의 책 읽기 사업은 도서관 단위 또는 팀 단위의 업무다. 하지만 우리는 좀 더 중점적으로 책 읽기 사업을 추진하기 위해 집무실 바로 옆에 '책 읽는 군포실'을 배치했다. 매우 잘한 일이라고 본다. 내년에는 '책 읽는 군포실' 주관으로 병원이나 은행, 미용실 등에서도 언제든 편하게 책 읽기에 좋은 환경을 만들어서 마음만 먹으면 책이 손에 닿을 수 있는, 도시 전체가 도서관인 군포를 만들려 한다. 그 결과 요즘 "책 하면 군포! 군포 하면 책!"이라는 말이 회자하고 있어 뿌듯하다.

독서 행정에 주력하다 보니 후생 복지를 소홀히 한다는 지적은 없는가?

처음에는 "책 읽기는 개인이 알아서 해야 할 일이지, 시에서 시책 사업으로 할 일입니까?"라는 반응이 많았다. 먹고사는 문제는 등한시하고 책만 보라고 한다든가 뚜렷하게 눈에 보이는 성과도 없는 일을 해서 지지도를 유지할 수 있겠느냐는 우려가 줄을 이었다. 그래도 책으로 밝아질 군포의 미래를 상상하며 뚝심 있게 전진했고, 사업 시행 3년이 지난 지금은 시민의 관심과 적극적인 참여를 이끌어내고 있다. 보여주기 위한 선심성 사업이 아닌 시민 모두가 행복해지는 시책을 추진하는 것이라는 확신이 있었기 때문이다. 이 과정에서 뜻을 함께해준 동료 공무원들과 이 지역 거주 문인, 문학 관련 동호회원, 학생 등 모든 시민이 함께해준 데 대해 감사해하고 있다.

독서 골든벨 행사는 무엇인가?

독서의 계절 가을이 오면 군포에서는 '책 축제' 외에도 4번의 독서 골든벨이 열려 온 도시에 책 읽기 열풍이 분다. 지역 문인협회와 협력해서 개최하는 독서 골든벨은 어르신, 공무원, 공익근무요원을 대상으로 한 것과 11개 동별 대항 형식의 4종류다. 이 중 공무원들은 '2013 군포의 책'과 후보 도서 5권에 들었던 책들 그리고 청렴 도서인 『대한민국 목민심서』에서 출제된 문제를 풀며 독서 능력과 청렴 지수를 한 번에 높이는 기회를 가졌다.

군포시 중앙도서관이 대통령 소속 도서관정보정책위원회와 문화 체육관광부가 실시한 '2013 전국 도서관 운영 평가'에서 정부 표창인 국무총리상을 받았다고 하던데?

여러 이유가 있겠지만, 창작 활동 지원을 위해 별도로 있던 관장실을 개축해 문예창작실을 마련하여 지역 문인들에게 제공함으로써 독서를 장려하는 '책 읽는 군포'로서의 위상에 덧붙여 좋은 책이 집필되는 창작 도시로의 발전을 견인했다는 점과 '한 도시 한 책 읽기 사업'의 정착을 위한 군포의 책 독서 토론 대회, 독서 동아리 활성화 지원, 계층별 맞춤 독서 문화 프로그램 개설 등 대중 독서 운동 역할을 충실히 수행했다는 사실 등이 높게 평가받은 것 같다.

'독서르네상스운동'은 무엇을 하는 단체인가?

'독서르네상스운동'은 김홍신 작가와 박상증 전 참여연대 공동대표, 조남철 한국방송통신대학교 총장이 상임 대표로 있는 비영리 민간 단체이다. 범국민 책 읽기 장려 사업 및 저술, 출판, 도서 유통 등 지식 창조 산업 활성화를 위해 전국을 무대로 독서 진흥 정책 연구, 독서 인프라 확대, 독서 문화 홍보 캠페인 등을 전개할 뿐만 아니라 북한에 도서 보내기 운동과 도서관 건립 지원 사업까지 추진할 예정이다. 나도 공동대표로 참여하게 돼서 영광으로 생각한다.

어린 시절 굉장히 어렵게 자랐다고 하던데, 책을 가까이하게 된 동기는?

내가 기억하는 시골 마을 풍경은 을씨년스럽다. 6·25사변 직후여서 참 어려운 시절이었다. 7남매의 장남인 나는 중학교 진학을 포기하고 집안일을 도와야 했는데, 진학한 친구들이 너무 부러웠다. 사춘기여서 그랬는지 험한 생각도 하고 별별 망상을 다 했다. 그러나 진학 포기가 배움에 대한 나의 집념마저 꺾지는 못했던 모양이다. 초등학생 때 부모님을 도와 농사일을 하면서도 매일 밤 동네 외삼촌 책방을 찾아가 책을 읽었는데, 그 습관은 쉽게 사그라지지 않았다. 어렵고 힘들었던 그 시절, 책은 나에게 밤하늘에 뜬 보름달처럼 삶을 밝혀주는 희망이었다. 그래서 나에게 책과 도서관은 꿈이자 희망, 지혜이자 힘이며 미래의 길잡이다.

독서를 한마디로 정의하자면?

한국 사람은 '밥심'으로 산다는 말이 있다. 그만큼 밥은 우리네 삶에서 빼놓고 생각할 수 없는, 몸과 마음 모두에 힘을 주는 영양소다. 나는 독서도 우리에게 밥과 같은 힘을 준다고 생각한다. 책은 상처받은 인간의 내면을 치유하고, 인간의 삶을 긍정적으로 바꾸는 역할을 한다. 우리가 밥을 먹듯 독서를 한다면 세상은 더 살만해질 것이고, 따뜻한 사람 냄새가 더 많이 나는 세상이 될 것이다. 그래서 우리 시에서는 '밥이 되는 인문학' 강연을 매월 개최하고, 시청 현관에는 '밥상머리 북카페'를 운영하는 등 많은 시민에게 밥심 같은 독서의 즐거움을 전하기 위해 노력하고 있다.

김윤주의 책 이야기

● **그림문답**   이종수, 생각정원
조선 시대의 그림을 통해 당시의 역사와 문화적 상황을 보여주는 이 책은 그림만 들여다보고 있어도 많은 이야기가 들려온다는 것을 알게 해준다. 그림에 등장하는 단서들을 통해 역사적 사실은 물론 조선 선비들의 삶과 만날 수 있다.

● **두 개의 별 두 개의 지도**   고미숙, 북드라망
조선 시대의 큰 별 정약용과 박지원의 인물과 사상에 대해 '문체반정'과 '서학'을 중심으로 써내려간 새로운 평전. 역사와 문학, 철학

등에 대한 해박한 인문학적 지식을 통해 너무나 다른 두 사람의 기질을 독특하게 분석하며 18세기 조선의 지성사를 새롭게 조명한다.

● **멋지기 때문에 놀러 왔지**　　　　　　　　　　설흔, 창비

조선 후기 문인인 이옥과 김려의 우정과 삶의 굴곡을 깊이 있고 감동을 주는 글솜씨로 풀어나가고 있다. 인생과 사람에 대해 깊이 있는 성찰로 인도하는 이 책은 간결한 문장과 뛰어난 인물 묘사를 통해 삶의 올바른 가치관에 대해 생각하게 하여 청소년만이 아니라 어른들에게도 생각할 여지를 준다.

● **인간이 그리는 무늬**　　　　　　　　　　최진석, 소나무

목소리를 높이지 않고 어려운 말을 쓰지 않으면서 인문학에 대해 쉽고 편안하게 설명하는 철학자 최진석 교수의 책. 읽다 보면 어느새 자연스럽게 인문학의 숲을 거닐며 마음이 맑게 치유되는 느낌을 받는다. 결코 가볍지 않지만 그렇다고 무겁지도 않은 잘 숙성된 저자의 인문학적 깊이가 때로는 유머러스하게 우리를 안내한다.

● **책은 도끼다**　　　　　　　　　　박웅현, 북하우스

인문학적 깊이와 감성을 지닌 광고를 만들어온 저자에게 아이디어의 원천은 바로 '책'이었다. 저자는 책을 읽되 사고와 태도에 변화를 줄 수 있는 책을 읽고, 다양한 분야의 책들을 통해 '보는 눈'과 '사고의 확장'을 지향하는 것이 곧 인문학적 책 읽기라고 말한다. 이 책에서는 저자의 삶 속에 둥지를 틀고 자양분이 되어주는 다양한 책의 얼굴과 만날 수 있다.

김종훈

행복한 회사의
행복한 책 읽기

김종훈 한미글로벌 대표이사

김종훈

대학에서 건축 공학을 전공하고 삼성그룹에 입사했으나 CM(건설 사업 관리)이란 새로운 사업 영역에 눈을 뜬 후 사업체를 설립해 우리 건설 산업을 한 단계 업그레이드한 선구자다. 『우리는 천국으로 출근한다』라는 책을 펴내고 '천국 같은 직장론'을 내세워 화제를 모았고 전 직원들에게 도서 구입비를 지원하고 매주 목요일에는 자기계발하라며 5시에 의무적으로 퇴근을 시키는 독특한 경영 철학을 고수하고 있다.

- 1949년 경남 거창 출생
- 서울대학교 사범대학 부속고등학교, 서울대학교 건축학과, 서강대학교 경영대학원 (MBA) 졸업
- 1973년 (주)한샘건축연구소
- 1984년 삼성물산
- 1996년 (주)한미파슨스 대표이사 사장
- 2009년 (주)한미글로벌 대표이사 회장
- 한국공학한림원 정회원, 건설산업비전포럼 공동대표, 한국CM협회 부회장, 사회복지법인 따뜻한동행 이사장, 책권하는사회운동본부 공동대표, 건설산업선진화위원회 위원장 (이상 현직)

삶은 소유가 아니라 순간순간의 '있음'이다. 영원한 것은 없다. 모두가 한때일 뿐. 그 한때를 최선을 다해 최대한으로 살 수 있어야 한다. 삶은 놀라운 신비요, 아름다움이다. 그 순간순간이 아름다운 마무리이자 새로운 시작이어야 한다.

— 법정, 『아름다운 마무리』

지난 몇 년간 '김종훈'이란 인물이 화제에 올랐다. 한미 FTA 협상의 리더였다가 국회의원으로 변신한 김종훈 전 통상교섭본부장과 미래창조과학부 장관으로 내정됐다 사퇴한 재미교포 김종훈 등이 바로 그들이다. 이 밖에도 인천대학교 경영대학 김종훈 교수, 대법원장 비서실장 출신인 김종훈 변호사 등도 역시 내로라하는 인물들이다. 하지만 경제계에서 또 다른 김종훈이 단연 돋보이는데 철인哲人 CEO, 행복 경영 전도사로 널리 알려진 김종훈 한미글로벌(구 한미파슨스) 회장이 바로 그 주인공이다.

그는 우리나라에 CM(Construction Management: 건설 사업 관리)이란 새로운 사업 영역을 처음 도입해 우리 건설 산업을 한 단계 업그레이드한 선구자로 유명하다. CM은 건설 사업의 기획·설계부터 발주 시공 및 유지 관리 단계에 이르기까지의 전 과정, 혹은 일부를 사업주의 대리인 또는 조정자의 역할을 맡아 통합 관리하는 서비스를 일컫는다.

2010년 『우리는 천국으로 출근한다』라는 도발적 제목의 책을 펴내 '구성원 제일주의'와 '천국 같은 직장론'을 설파했던 김 회장은 여전히 행복 경영을 최우선으로 내세우며 새로운 방법을 모색하고 있다. 종업원 지주제를 시행하고 있는 한미글로벌은 직원(그는 직원들을 내부 구성원이라고 호칭한다)들에게 도서 구입비를 지원하고 매주 목요일에는 자기계발하라며 5시에 의무적으로 퇴근을 시킨다. 이런 김 회장의 독특한 경영 철학은 어디에서 비롯됐을까? 그는 서슴없이 '독서'라고 해답을 내놓았다. 산더미 같은 책에 둘러싸인 서재이자 집무실은 그가 새 삶을 꿈꾸는 창조의 공간이었다.

· ·

CM 업체를 창업하게 된 계기는 무엇인가?

1979년 사우디아라비아에서 아파트 건설 현장에 근무한 적이 있다. 그런데 당시 한국 업체들은 단순 시공만 하고 건설 사업 기획부터 설계, 발주, 시공 등에 이르는 일체의 건설 사업 관리는 미국, 유럽 등 선진국 업체가 하고 있었다. 바로 이것이 CM이었는데 그때 처음 CM의 중요성에 눈을 떴다. 그러다 1995년 삼풍백화점 사고를 계기로 내가 일하던 회사가 외국인 전문가에게 감리를 맡겼는데 그때 외국인 전문가들을 지휘하는 외국인 감리팀장을 맡아 일하며 고민에 빠졌다. 건설 업계 종사자로서 삼풍백화점 붕괴 사건 같은 수치스런 사고가 재발하지 않도록 하려면 CM업이 한국에도 도입돼야 한다는 결론에 도달했다. 그래서 1996년 미국의 세계적인 CM 업체 파슨스와 제휴해 우리나라 건설 업계 최초의 한미 합작 법인이자 국내 첫 CM 전문 회사인 한미파슨스를 창업했다. (한미글로벌은 국내 CM 분야에서 부동의 1위 기업이다. 국토해양부가 지난해 실시한 '2012년 건설 사업 관리 업체의 건설 사업 관리 능력 평가' 결과 한미글로벌은

2011년 실적 405억 원을 기록해 이 분야 1위를 차지하는 등 10년째 수위를 고수 중이다. 세계 시장에서도 성과가 엄청난데 창립 10주년 만에 세계적인 건설 주간지인 미국의 「ENR」의 순위에서 세계 CM 업체 중 18위(미국 제외)에 올랐고 2008년에는 16위로 순위가 뛰었다. 한미글로벌은 그간 서울 월드컵경기장을 비롯하여 타워팰리스, 삼성동 아이파크, 여의도 국제금융센터 등 국내 대부분의 고층 건물 공사에서 CM을 맡았다.)

책을 통한 독서 경영론을 주창했는데?

회사를 창업한 후 독서의 필요성을 절감했다. 그런데 읽고 싶은 책은 많은데 시간은 없어 안타까웠다. 그래서 매일 새벽 시간을 활용해 책을 읽기 시작하면서 회사에서도 '독서 릴레이 캠페인'을 시작했다. 구성원 개인의 역량 강화를 위해서도 독서만 한 게 없다고 생각했다. 특히 건설 업계 분위기상 책을 가까이하기 어려운 실정도 나를 다급하게 했다. 그래서 현장별로 독서 그룹을 만들고 각 그룹에서 희망 도서 목록을 제출하면 회사가 사서 그룹별로 돌려가면서 읽는 방식을 택했다. 이와 같은 독서 릴레이는 실제로 많은 성과를 거두었다. 특히 회사 홈페이지나 블로그를 통해 독후감 등을 올리게 하자 구성원 상호 간 소통에도 큰 도움이 됐다. (한미글로벌은 현재에도 책을 인터넷으로 구매하면 회사 비용으로 결제해주는 식으로 독서를 장려 중이다.)

회사 휴게실 입구에 쓰인 'GWP Lounge'는 무슨 뜻인가?

GWP는 'Great Work Place'의 약자로 세계적인 컨설턴트 로버트

레버링Robert Levering 교수가 주창한 즐겁고 행복한 직장 만들기 운동이다. GWP 운동의 취지는 구성원 간에 신뢰와 자부심을 심어주어 말 그대로 행복한 직장을 만들자는 것이다. 우리 회사는 9년 연속 GWP상을 받았다.

GWP 운동에 관심을 갖게 된 이유가 궁금하다.

말레이시아에 근무할 때였는데 현지 학교에 다니던 딸이 방학이 되자 풀이 죽어 지냈다. 왜 그러냐고 물었더니 방학이라 학교에 갈 수 없어 그렇다고 한다. 즉 집에 있는 것보다 학교 가는 게 더 재밌다는 이야기였다. 그때 많은 생각을 하게 됐다. 학교가 집보다 더 즐겁다니 말이 되는가? 이를 계기로 만약 내가 경영자가 된다면 집보다 더 즐거운 회사를 만들겠다는 생각을 했다.

그런 생각이 바탕이 돼서 화제의 『우리는 천국으로 출근한다』를 펴낸 것인가?

그렇다. 출근하고 싶어 안달 나는 회사, 과장하자면 유토피아 같은 직장을 만드는 게 내 꿈이다. 일하기 좋은 훌륭한 일터의 가장 중요한 조건은 배려하는 마음이다. 구성원끼리 서로 배려하는 것은 당연하지만 이에 앞서 회사가 구성원을 배려해야 한다. 나는 이런 믿음으로 종업원 지주회사를 만들었고 직원들을 '구성원'이라고 부르는 것도 바로 이 때문이다. (실제로 김 회장은 직원들의 자기계발, 대학원 진학을 지원하고 전산이나 어학 공부를 위해 1인당 연간 50만 원을 지원해준다. 직원뿐만 아니라 배우자에게도 생일 축하 케이크를 자신이 직접 사인한 축하 메시지와 함께 배달해준다. 한미글로벌은 이런 배려를 인정받아 2009년 당시 보건복지가족부로부터 '가족 친화 우수 기업'으로 선정됐다.)

인생에서 가장 큰 영향을 받은 책은 무엇인가?

싱가포르를 선진 국가로 이끈 리콴유 전 총리가 쓴 『리콴유 자서전』과 『내가 걸어온 일류국가의 길』이다. 부패와 빈곤, 파업과 시위가 일상사였던 동남아의 조그만 도시 국가 싱가포르를 가장 공정하고 깨끗한 선진국으로 발돋움시킨 리콴유의 불타는 애국심과 리더십이 잘 나타나 있다.

직원들에게 안식년을 줄 뿐 아니라 직접 솔선수범해서 안식년을 사용한다던데?

회사가 어느 정도 안정된 후 가만히 지난 날을 되돌아보니 너무 바빠 앞만 보고 달려왔다. 그래서 휴식을 통한 재충전을 갖기로 했다. 임원은 5년마다 직원은 10년마다 두 달씩 안식 휴가를 가기로 정했다. 내가 먼저 창업 10년이 되던 해 두 달간 안식 휴가를 떠났다. 두 달 동안 일체 회사와의 연락을 끊고 정말 혼자만의 시간을 갖고 50권의 책을 정독했다. 지난해 두 번째 안식 휴가 때는 설악산에 틀어박혀 1일 1책 독서를 관철했다. (2006년부터 시작된 안식 휴가는 단연 직원들에게 인기가 좋다. 휴가를 다녀온 임직원들은 자신의 경험을 회사의 인트라넷에 올리는데 모두들 다른 사람의 휴가 뒷이야기를 보며 자신의 안식 휴가를 꿈꾼다. 최근 한 임원이 안식 휴가 때 스페인 산티아고 순례길을 답사한 후 사보에 쓴 순례기는 최고의 인기였다.)

출산 장려 운동을 편다고 하던데?

저출산 문제가 심각하다. 내가 '가족친화포럼'을 이끄는 이유도 저출산 문제를 사회적으로 해결하기 위해서이다. 나는 신입 직원 선발 시 '4명 자녀 갖기 서약서'를 받는다. 그래서 자녀 수와 관계없이 학자금을 지원하고 자녀가 3명 이상인 직원은 인센티브도 제공하고 있다. 또한 친자녀가 아닌 입양아에 대해서도 대학까지 학비를 지원해주고 있다.

그 밖에도 사회 공헌 활동을 활발하게 하고 있던데?

직장 생활하던 시절 우연히 회사의 봉사 활동에 참여했는데 돌아오는 길이 그렇게 기분 좋을 수 없었다. 남에게 베푼다는 것은 곧 행복이다. 우리는 직원을 채용할 때 사회 공헌을 의무화하고 있는데 직원들은 매월 월급의 1%를 기부하고 회사는 2%를 기부한다. 직원 월급의 3%에 상당하는 큰 금액이 사회 공헌에 쓰이는 셈이다. 매월 넷째 주 토요일은 전 직원이 '사회 공헌의 날' 활동을 하고 있다.

재벌처럼 큰 기업가는 아니지만 많은 것을 이루었는데 이제 여생의 꿈은 무엇인가?

일단 만 65세가 되면 회사 일에서 손을 떼고 사회봉사 활동에 전념할 생각이다. 후계자도 이미 뽑아났다. 나는 이미 2004년 회사를 자식에게 물려주지 않고 가장 유능한 직원에게 경영권을 승계하겠다고 직원들에게 공표했다. 제2의 인생을 위해 사회봉사 모임인 '따뜻한동행'과 '사단법인 CEO지식나눔'도 세웠다. (곁눈 한 번 팔지 않고 창업과 성공 가도를 달려온 김 회장의 얼굴은 곧 다가올 인생 2막에 대한 설렘으로 밝게 빛나고 있었다.)

김종훈의 책 이야기

● 아름다운 삶, 사랑 그리고 마무리   헬런 니어링, 보리

이른바 '조화로운 삶' 운동을 편 세계적 지성인 헬런 니어링이 87세에 쓴 자서전. 돈을 모으지 않고, 먹거리를 절반 이상 자급자족하며 육식을 하지 않았던 그녀는 남편 스콧 니어링과 함께 전 세계적으로 귀농과 채식붐을 일으킨 선구자다. 삶과 죽음을 어떻게 맞이해야 하는지를 잘 보여준다.

● 아름다운 마무리   법정, 문학의숲

무소유를 주창했던 법정 스님이 2008년 낸 산문집. 인생의 마무리를 아름답게 매듭지으려는 사람들에게 전하는 영적 지침서다. 스님은 지난날에 대한 찬사를 보내고 타인의 상처를 치유하며 잃어버린 자신을 되찾는 게 아름다운 마무리라고 가르친다.

● 스티브 잡스   월터 아이작슨, 민음사

2011년 고인이 된 스티브 잡스의 공식 전기. 창조적 기업가이자 정보 통신 기술ICT의 소통 방식을 바꾼 미디어 혁명가, 디지털 철학자였던 잡스의 열정과 사랑, 인생이 흥미롭게 전개된다.

● 리콴유 자서전
리콴유, 문학사상사

싱가포르의 국부로 추앙받는 리콴유 전 총리의 자서전. 항상 수석을 놓치지 않았던 학창 시절을 비롯하여 인간적 에피소드와 말레이시아로부터 독립한 후의 싱가포르 역사가 파노라마처럼 펼쳐진다.

● 그 섬에 내가 있었네
김영갑, 휴먼앤북스

루게릭병으로 6년간 투병하다 2005년 48세에 요절한 사진작가 김영갑의 포토 에세이. 그가 사진 작업을 하다 매혹돼 정착한 제주에서의 생활과 제주의 아름다운 산야가 사진 속에 오롯이 남아 있다. 폐교된 학교를 개조해 만든 '두모악 갤러리'는 지금도 제주를 찾는 관광객들에게 사랑을 받고 있다.

김희옥

미리 준비하지 않는 인생은
아무것도 이룰 수 없다

김희옥 전 동국대학교 총장

김희옥

헌법재판관으로 재임 중 모교의 부름을 받고 제17대 동국대학교 총장으로 변모해 대학에 혁신 바람을 일으켰다. '태허太虛', '불이不二', '당래當來' 등 3개의 법명이 있을 정도로 독실한 불교도다. 기존의 교양교육원을 단과대학급인 '다르마 칼리지Dharma College'로 격상해 교양 교육을 강화했고 '고전 100권 읽기' 운동을 벌여 큰 호응을 받았다.

- 1948년 경북 청도 출생
- 경북고등학교, 동국대학교 법학과, 서울대학교 신문대학원(석사), 동국대학교 대학원(법학박사)
- 제18회 사법시험 합격
- 부산지검 동부지청장, 대전지방검찰청장, 법무부 차관
- 헌법재판소 재판관
- 동국대학교 총장, 헌법재판소 자문위원, 대교협 대학윤리위원장
- 2011년 청조근정훈장
- 2014년 제14대 정부공직자윤리위원장(현)
- 저서 『형사사건해결의 법률상담 21』, 『형사소송법 연구』 외 다수

대도의 요체는 힘과 탐욕을 버리고 총명을 내세우지 않음으로써 모든 것을 도에 맡기는 것이다. 도는 자연의 법칙이다. 정신을 지나치게 쓰면 메마르고, 육신을 지나치게 쓰면 쇠잔해지는 법이다. 정신과 육신을 함부로 소진하면서 천지의 법칙 속에 영원히 존재하려는 것은 불가능한 일이다.

― 사마천, 『사기』

모두가 '대학의 위기'를 말한다. 대입 인구 감소로 비롯된 구조조정의 칼바람이라는 양적 위기뿐 아니라 지성과 지혜의 도량이어야 할 대학이 고시원이나 취업 학원화된 게 현실이다. 대학의 질적 개혁을 추구하려는 캠퍼스는 많지만 활로는 비좁고 대안은 묘연하기만 하다.

헌법재판관으로 재임 중 모교의 부름을 받고 임기를 1년 8개월이나 남겨놓은 채 제17대 동국대학교 총장으로 변모했던 김희옥 총장. 요즘 고위 법조인들이 퇴임 후 변호사로 전직해 천문학적인 보수를 챙기는 이른바 '전관예우'가 사회 문제화 된 현실에 비추어보면 분명 이례적 행보다. "공직을 배경으로 사익을 취하고 싶은 생각은 없었다"라는 그는 "변호사 개업보다는 더 의미 있는 일을 하고 싶던 차에 기회가 주어졌다"라고 했다.

'태허太虛', '불이不二', '당래當來' 등 3개의 법명이 있을 정도로 독실한 불교도인 그는 취임 후 의욕적으로 동국대학교를 개혁해나갔다는 평을 받고 있다. 그는 기존의 교양교육원을 단과대학급인 '다르마 칼리지Dharma College'로 격상해 교양 교육 강화에 나서는 한편 '고전 100권 읽기' 운동을 벌이는 등 진정한 교양인 양성을 위해 힘을 쓰느라 여념이 없다. 그를 신록이 짙푸른 서울 남산 캠퍼스에서 만났다.

．．

2014년 개교 108주년을 맞았다. 불교와 108이라는 숫자는 인연이 많은데 축하한다.

불교 종립 대학인 동국대학교는 타 대학과 다른 특색이 많다. 교양 과정인 '자아와 명상'과 같은 수업이나 학내 법당인 정각원에서 진행되는 각종 법회와 특강은 다른 대학이 넘볼 수 없는 수준 높은 인생의 가르침을 담고 있다. 대학은 큰 학문을 하는 곳이다. 기술을 배우는 곳이 아니라 각 학문에 담긴 철학과 정신을 바탕으로 인간으로서 일생 동안 가져야 할 철학과 세계관, 그리고 교양을 배우는 곳이다. 그런 면에서 동국대는 문학과 철학, 불교를 바탕으로 한 숭고한 자비와 깨달음의 정신을 풍부하게 만날 수 있는 곳이다.

정부공직자윤리위원장에 보임된 것을 축하한다. 하지만 2014년 세월호 사건으로 공직자들의 퇴임 후 재취업과 그 폐해를 풍자한 '관피아'란 신조어가 화제다. 관피아의 적폐와 해결책은 무엇이라고 생각하는가?

공직자는 국민 전체에 대한 봉사자, 즉 공복公僕이다. 그런데 소위 관피아는 사기업 등에 취업한 퇴직 공직자가 자신이 이전에 소속되었던 부서의 공무와 관련해서 비정상적인 활동을 함으로써 그

업체에 부당한 이익을 주는 관행을 말한다. 물론 헌법상 직업의 자유와 조화를 이뤄야겠지만 국민주권주의에서 오는 국민에 대한 봉사자로서의 공직자의 높은 윤리의식은 퇴직 후에도 요구된다. 공직자윤리법을 개정하여 퇴직 후의 공직자 재취업에 관한 더 강화된 제도를 마련해야 할 것이다.

굉장한 다독가이자 장서가로 알려졌다. 학창 시절의 독서는 어떤 식으로 했나?

학창 시절에는 전공 공부를 위해 법 철학과 커뮤니케이션 관련 책을 많이 읽었다. 하지만 전공이었던 법학 책을 읽으면 읽을수록 독서의 범위를 더욱 넓혀야겠다는 생각이 간절했다. 그래서 오래 전부터 역사 철학이나 역사서, 종교, 철학 관련 책을 중심으로 독서의 폭을 넓히고 있다. 그리고 책을 살 때는 서점에 가서 직접 골라 구입하는 편이다. 서점에 자주 가보면 보고 싶은 책 말고도 다른 책들도 많이 볼 수 있으며 최근의 출판문화 경향도 알 수 있어 도움이 된다.

인생에서 가장 큰 감명을 준 저술을 한 권만 든다면?

1965년 김달진 시인이 번역·주해한 『법구경法句經』이다. 『법구경』의 21장인 「광연품廣衍品」은 모든 선과 악을 사소한 것부터 중대한 것까지 모두 설한 내용을 담고 있는데 그중 한 구절을 소개해보겠다.

"施安雖少(시안수소) 작은 즐거움을 버림으로써

其報彌大(기보미대) 큰 보답의 결과를 얻을 수 있다면

慧從小施(혜종소시) 어진 사람은 그 큰 즐거움을 바라보고

受見景福(수견경복) 작은 즐거움은 즐거이 버린다."

이 구절은 대학 시절부터 내면을 들여다보고 자신을 통제하는 힘이 얼마나 중요한지를 느끼게 한다. 지혜로운 사람이라면 마땅히 순간의 즐거움이 아니라 영원의 안락, 즉 큰 즐거움을 구해야 한다는 뜻이다.

취임 초부터 '총장과의 데이트'를 매년 개최하는 한편, 2014년부터는 학생들의 신청을 받아 학생 식당 등에서 함께 점심을 먹으며 이야기를 나누는 '총장과의 점심 톡톡'을 매달 열고 있다. 2013년 11월에는 교내 중앙도서관에서 학생 20여 명과 『총 균 쇠』를 놓고 독서 토론을 했는데. 이 같은 행사를 하는 이유는?

소통하는 이유는 간단하다. 학생이 바로 학교의 존재 목적이기 때문이다. 우리가 학교를 운영하는 이유는 학생들을 잘 가르치기 위해서다. 학생들을 잘 가르치기 위해서는 그들이 어떤 생각을 하는지, 어떤 고민을 하는지 들어야 한다. 그러기 위해 학생들을 만나는 것이다.

새로 격상된 다르마 칼리지는 무엇인가?

동국대학교는 이제 교육과 연구, 행정 등 대학이 갖춰야 할 시스템은 어느 정도 잘 정비되었다. 또 인문학과 이공계 학문 간의 균형도 이뤄지고 있다. 이러한 시점에서 학문의 기본을 살피는 일이 가장 중요하다고 생각했다. 그래서 시작한 것이 다르마 칼리지다. 다

르마 칼리지는 기존의 교양교육원을 확대 개편하고 새로운 형태의 교양 교육을 해나가는 학부 교양 대학이다. 이를 통해 동국대학교만의 새로운 교양 교육을 해나갈 예정이다. 학생들이 100권의 고전 등 많은 고전을 읽고 배운다. 이공계 학생들은 인문학과 불교 교양을, 인문사회계열 학생들은 고전 과학을 통해 서로의 학문 영역을 넓혀갈 수 있을 것이다.

신경림 시인과 조정래 작가를 비롯한 숱한 문인들을 배출해온 동국대학교가 최근 5년간 거의 30여 명의 신춘문예 당선 작가를 배출했다. 이 같은 빛나는 이력도 인간의 학문을 추구해온 동국대학교의 정신에서 비롯된 것인가?

그렇다. 동국 정신 혹은 동국대학교만의 학풍은 불교를 기반으로 한 생명 존중 사상, 존재와 관계에 대한 중도적 사상, 스스로 깨달음을 통해 무언가 이루어낼 수 있는 수처작주隨處作主 정신이다. 그리고 동시대를 살아가는 이들의 아픔과 고민을 감싸 안으려는 동체대비同體大悲의 공존 정신이다. 동국대학교가 배출한 많은 문인은 학창 시절부터 강의와 체험을 통해 갈고닦은 배움과 가르침을 현현하는 선지식인들이라고 할 수 있다.

오늘날 대학 교육의 문제점이 무엇이라고 생각하는가?

대학은 큰 학문을 하는 곳이어야 한다. 20세기는 분과 학문의 시대로서 수많은 학문 분야가 생겨나고, 전문적이고 고도화된 교육과 연구는 인류 사회를 크게 진보시켰다. 그런데 분과 학문이 세

밀화되고 전문화되다 보니까, 학문 간 장벽이 생기는 부작용이 일어났다. 몇 년 전부터 대학가의 화두가 된 통섭 연구나 융복합 연구, 혹은 학제 간 연구 경향은 바로 그러한 문제점을 극복하기 위한 하나의 흐름이라고 본다. 애플의 창업자 스티브 잡스가 자신들은 인문학과 공학의 교차로에 서 있다고 주장했던 것이 바로 대표적 예다. 문제는 통섭과 융복합이 능사는 아니란 것이다. 학제 간의 연구나 융복합 연구가 절정에 다다르면 또다시 분과 학문의 시대가 도래할 수도 있다. 하지만 앞으로 일정 부분은 오랜 기간 계속되어온 학문 영역의 경직성을 개선하려는 시도가 이뤄져야 할 것이다. 또 한 가지 대학 교육의 문제점은 대학이 존재하는 공동체와의 관계다. 산업계에 계신 분들의 이야기를 들어보면 대학 교육의 커리큘럼이 지나치게 현실과 유리되어 있다는 지적이 많다. 대학을 졸업해도 다시 가르쳐야 한다는 것이다. 물론 대학이 현실에 부응해 써먹을 수 있는 내용만 가르쳐서는 기초가 부실해지기 때문에 조심해야 한다. 그러나 대학 교육이 빠른 속도로 변화하는 현실을 충분히 반영해야 할 필요가 있다.

만약 다시 태어난다면 어떤 인생을 살겠는가?

현재도 그러하지만, 법조 관련 공직 34년과 대학 총장직의 수행이 어떻게 보면 고행의 연속이라는 생각이 든다. 생물학자 또는 역사철학자로서 인류의 과거와 현재, 미래를 들여다보는 순수 학자로 살아보았으면 하고 생각할 때가 있다. 아니면, 순수한 농부가 되었으면 하는 생각도 든다.

고민하는 청춘 대학생들에게 꼭 하고 싶은 말은?

젊은이에게 고민이 없을 수 없다. 고뇌하지 않는 청춘이 어떻게 청춘일 수 있겠는가. 문제는 그 고민의 실체를 들여다보고, 그 고민은 과연 무엇이고 어디서 왔는지 그 내면을 통찰해서 해결해야 한다. 젊은 시절은 준비의 시간이다. 인생 전체를 놓고 볼 때 진정성을 가지고 고민하고 준비할 수 있는 시기는 대학 시절이 가장 좋다. 그런데 청춘의 시간이 길지 않다는 것을 잘 못 느낀다는 사실이 안타깝다.

독일 속담에 "Eile mit Weile"라는 말이 있다. 여유를 가지고 서두르라는 뜻이다. 얼핏 역설적이게 들리겠지만, 미리 준비하지 않는 인생은 아무것도 이룰 수 없다는 의미다. 서둘러 준비하되 여유를 가져야 한다는 큰 뜻을 내포하고 있다. 많은 사람이 청춘들을 응원하고 있다는 사실을 잊지 않았으면 한다.

세월호 사건으로 순직한 단원고 교사 가운데 동국대학교 동문인 최혜정 교사의 안타까운 사연이 많은 사람의 가슴을 아프게 했다. 2014년에 부임한 새내기 교사임에도 제자들을 구하려고 최후까지 헌신한 뒷이야기가 회자되고 있다. 그 소식을 듣고 무슨 생각을 들었는가?

소식을 듣고 한동안 가슴이 먹먹했다. 물론 최혜정 교사가 동국대학교를 졸업한 동문인 이유도 있지만, 왜 이러한 사고가 일어나야 하는지 답답함이 앞섰다. 최혜정 동문이 학생들에게 남겼다는 "너희들이 먼저 가, 선생님은 나중에 갈게"라는 메시지를 보고서는 참으로 가슴 아팠다. 최혜정 동문이 다녔던 사범대학에서 분향소를 만들었다는 소식을 듣고 바로 가서 조문했다. 마지막 순간까지 스승으로서 지켜야 할 자리를 지키고 자신보다 아이들을 먼저 챙겼다는 이야기에 학교에 계신 많은 교수와 직원들이 숙연해졌다. 역사교육과의 지도교수님들께 들은 바로는 학창 시절에도 누구보다 성실하고 열심히 공부했던 학생이었고, 교직을 천직으로 생각하고 임용고시를 준비했었다고 한다. 동창회를 중심으로 최혜정 동문을 추모하는 사업을 준비하고 있다고 들었다. 고귀한 희생정신을 후배들에게 잘 가르치려고 하고 있다.

김희옥의 책 이야기

● 사기　　　　　　　　　　　　　　사마천, 서울대학교출판부
궁형宮刑을 당한 불우한 지식인 사마천의 인간과 국가, 역사를 보는 눈이 오늘날까지 인류 미래를 밝게 인도하는 3,000년에 걸친 대역사서. 역대 중국 정사의 모범이 된 기전체의 효시로서 초자연적인 힘이나 신에서 벗어난 인간 중심의 역사를 처음으로 보여줬다.

● 정관정요　　　　　　　　　　　　　오긍, 학술편수관
당나라 태종 이세민의 국가 운용과 리더십에 관한 철학을 신하 위징 등과 나눈 대화의 형식으로 서술하여 국가와 조직의 운영 원칙을 밝힌 책이다. 오늘날의 소통과 신뢰의 리더십에도 지침이 된다. 태종은 영명한 군주였을 뿐 아니라 신하의 직언을 흔쾌히 수용하는 소통하는 리더였음을 확인할 수 있다.

● **삼국유사**   일연, 을유문화사

삼국시대의 정치, 사회, 문화생활을 서사적으로 서술한 우리 민족사의 보전寶典. 김부식이 편찬한 『삼국사기』가 정사正史로서 높은 가치가 있음에도 지적되는 한계를 보완해줄 수 있는 다양한 야사가 풍부하다. 특히 단군신화는 『삼국유사』에만 기록돼 있다.

● **간디 자서전**   마하트마 간디, 한길사

무저항, 비폭력과 불살생 그리고 자비를 체화했던 위대한 영혼 간디의 숭고하고 순수한 정신이 그대로 담겨 있다. 인도뿐 아니라 전 세계적으로 '성인'으로 추앙받는 간디의 인간적 풍모, 특히 극한의 단계에서도 비폭력과 무소유를 견지하며 진실을 추구하는 모습은 감동적이다.

● **침묵의 봄**   레이첼 카슨, 에코리브르

'생태학 시대의 어머니'로 불리는 미국의 작가이자 생물학자인 레이철 카슨의 대표적 명저. 인류 미래와 자연환경의 관계를 화학적 합성 농약 사용과 관련지어 엄숙하게 경고하고 이를 시정하도록 요구했다. 또 자연보호와 지속가능한 개발의 중요성을 제시했다.

남재희

장서가,
다독가 그리고 풍류

남재희 전 노동부 장관

남재희

언론계와 정치계에서 남다른 족적을 남겼으나 스스로 '일수거사(한물
간 사람)'라 칭하는 대인. 30대에 서울신문 편집국장을 지냈고 국회의원
4선에 노동부 장관을 역임했으나 아직도 여러 매체에 왕성하게 글을 쓰
는 영원한 현역 대기자. 한국 지식인계에서는 최다 장서가이자 다독가,
그리고 풍류를 아는 호주가로도 정평이 나 있고 따르는 후학들이 많다.

- 충북 충주 출생
- 청주고등학교, 서울대학교 의예과(2년 수료), 서울대학교 법과대학 졸업
- 「한국일보」 기자, 「조선일보」 정치부장, 「서울신문」 편집국장
- 제10대 국회의원(민주공화당, 서울 강서)
- 제11~13대 국회의원(민정당, 서울 강서을)
- 제11대 노동부 장관
- 호남대 객원교수
- 통일고문회의 고문(현)
- 저서 「언론 정치 풍속사」, 「아주 사적인 정치 비망록」, 「일하는 사람들과 정책」 외 다수

책은 독자를 위해서 쓰기도 하지만
자기 자신의 정리를 위해서 쓰는 것이다.

―이병주, 『잃어버린 시간을 위한 문학 기행』

고은 시인은 전작 시 『만인보』의 「남재희」 편에서 "의식은 야野에 있으나 현실은 여與에 있었다. 꿈은 진보에 있으나 체질은 보수에 있었다. 시대는 이런 사람에게 술을 주었다. 술 취해 집에 돌아가면 3만 권의 책이 있었다. 법과대학 동기인 아내와 데모하는 딸의 빈방이 있었다"라고 읊었다.

남재희는 한마디로 정의하기 어려운 기인이자 대인이다. 「한국일보」 기자로 출발해 「조선일보」와 「서울신문」 등을 거치며 기자 생활 불과 7년 차에 문화부장(조선일보)을 지냈고 38세의 젊은 나이이던 1972년 편집국장(서울신문)을 지낸 언론인이다. 또한 4선 의원을 지낸 정치인이며 노동부 장관을 역임한 행정가이기도 하다. 여러 권의 책을 낸 문필가이자 팔순을 넘긴 오늘날에도 여러 매체에 칼럼을 쓰는 명 칼럼니스트다. 하지만 그는 지식인 사이에선 장서가이자 다독가, 그리고 풍류를 아는 호주가로도 알려졌다.

거의 매월 50만 원어치 이상의 책을 사온 그의 서울 신정동 2층짜리 단독주택은 한때 6만여 권의 서책으로 도서관을 방불케 했으나 몇 년 전 대학에 대부분을 기증한 후 현재 1만여 권만 남아 있다.

본인의 표현에 따르면 "20년은 언론인으로, 20년은 정치인으로, 20년은 정치 관찰자"로 살아온 남재희는 "일수거사"라며 한사코 인터뷰를 거절했지만, 정치 이야기는 하지 않는다는 조건으로 책과 인생에 대해 강제 인터뷰했다.

・・

원래부터 책을 좋아했나?

어릴 적부터 유난히 책을 좋아했다. 대학 시절에도 전공 서적은 물론, 다방면의 책을 섭렵했다.

그 많은 책을 어떻게 샀는가?

주로 헌책방을 이용했다. 책값이 싸기 때문이다. 신문사 근무 시절엔 매일 점심때면 청계천 변을 걸어서 헌책방을 들렀다 오곤 했다. 산보 겸 헌책방 순례가 나중엔 습관이 돼버렸다. 헌책방을 자주 찾다 보니 차츰 양서를 찾아내는 안목이 생겼다. 헌책방 순례는 일종의 낚시나 다름없는데, 가끔 월척이 걸리곤 했다. 매월 책값으로만 50여만 원을 날렸다. 그걸 다 모았다면 아마 집을 몇 채 샀을 거다. (그는 지금도 매주 한 번 정도는 홍익대학교 앞 '온고당'이라는 헌책방에 들른다. 여전히 책을 낚시하는 습관을 버리지 못한 것이다.)

독서는 주로 어떤 식으로 하는지 궁금하다.

기자 깡패, 정치 깡패 하느라 책을 많이 읽지는 못했다. 그런 면에서 나는 콜렉션을 즐기는 장서가인 셈이다. 그리고 주로 원서로 읽는다. 번역서는 책의 내용이나 미묘한 뉘앙스가 잘 안 들어오기 때문이다. 요즘에야 좋은 번역가들이 많아서 번역도 잘하지만, 과거엔 영미 원서 일역본을 다시 우리말로 번역하는 중역본이 많아서 번역서가 싫었다. (그는 자신이 단지 장서가일 뿐이라고 겸손해하지만, 실제로 그는 유명한 다독가이다. 그의 글을 보면 동서고금을 넘나드는 독서 편력의 이력을 쉽게 알아챌 수 있다.)

외국어는 어느 정도 하는가?
4개 국어 정도는 하지. 의대를 다닌 덕에 영어, 독일어, 불어, 라틴어를 배웠는데 영어, 독일어는 매우 잘한다. 나중에 하버드대 니만펠로우(Nieman Fellow: 중견 기자 연수 프로그램)를 다녀오며 영어가 더 친숙해졌다. 고등학교 때 시골 장터에서 토머스 울프의 『시간과 강에 대하여』이라는 두툼한 영문 소설 한 권을 구했는데, 여름 방학 내내 사전과 씨름하며 소설 한 권을 뗐더니 영어에 새로운 눈이 떠졌다. 일종의 파겹을 한 셈이다.

의대를 다니다 법대로 전공을 바꾸었는데 왜 바꾸었나?
일종의 객기였는데 지금 생각하면 미친 짓이다. (본인은 부인하지만, 원래 의대를 다니다 "정신이 병든 민족은 육체가 아무리 건장해도 멸망한다"며 중간에 문필가로 전향한 루쉰을 사표로 삼았을지도 모른다.)

고시공부는 안 했나?
하긴 했다. 헌데, 중간에 관뒀다. 1957년에 이승만 대통령의 양아들이자 이기붕 국회의장의 친아들인 이강석의 서울대 부정 편입학 사건에 반대해 동맹 휴학이 있었다. 이 휴학은 학생총회 의장이었던 내가 앞장서 이를 주동했다. 그 바람에 요주의 인물이 됐는데 이런 상황을 고려해 신변 보호 차원에서 신문기자가 되었다.

책은 무엇이라고 생각하는가?
인류 지적 작업의 결정체다. 책을 읽는다는 것은 바로 이 결정체인 엑기스를 손쉽게 먹는 것이나 다름없다.

네 명의 딸을 다 잘 키웠는데 특별한 비법이라도 있는가?
다들 자기들이 알아서 잘 자라줬지만, 집 안 구석구석 쌓인 책들을 보고 자란 영향도 있었을 것이다. 가장 좋은 육아법이란 부모가 자식들 앞에서 솔선수범해 책을 읽는 것이라고 생각한다.

제5공화국 시절에 골수 학생 운동권이었던 두 딸 때문에 곡절이 많았겠다.
고생 좀 했다. 1981년 서울대 국사학과 4학년이던 큰 애가 동료 학생 서너 명과 함께 광주민주화운동 1주년을 맞아 군사 정부를 규탄하는 유인물을 뿌리다 구속됐다. 1년 후에는 고려대 경제학과 3학년이던 둘째 딸이 시위 배후 조종 혐의로 성북경찰서에 붙잡혀 갔다. 큰 애 사건은 전두환 정부 들어서 여당인 민정당 소속 의원 자녀가 반정부 활동을 하다 걸린 첫 케이스였다. 미련 없이 책임을 지고 사표를 냈는데 전 대통령이 "선거에 바빠 자녀를 잘 챙겼겠느냐"며 반려했다. 그런데 설상가상으로 둘째는 당시 미국 망명 중이던 김대중 씨의 최측근인 재야인사 예춘호 씨의 아들과 결혼하겠다는 게 아닌가? 청와대 정무수석을 통해 '죄송하게 됐다'는 뜻을 전 대통령에게 전했는데 전 대통령은 "정치와 결혼은 별개 아닌가"라며 도리어 축의금까지 보내 왔다. (이 대목에서 그는 껄껄거리며 웃었다.)

그 딸들은 지금 뭐하는가?

큰애(화숙)는 유학 가서 현재 미국 워싱턴대학교 교수로 있고 둘째(영숙)는 외교부에 있다가 이화여자대학교 교수로 옮겼다. 셋째(관숙)는 서울대학교 경제학과를 나와서 스탠퍼드대학교에서 컴퓨터공학 석사를 했는데 자유분방한 아비를 닮았는지 프리랜서로 출판 기획과 번역 일을 하고 있다. (큰딸인 남화숙 워싱턴대학교 교수는 최근 조선 업계의 노동 운동을 통해 한국 경제 발전사에서 노동 운동이 어떤 역할을 했는지를 심도 있게 분석한 역저 『배 만들기 나라 만들기』라는 책을 펴냈다. 남 교수의 박사 학위 논문을 보완한 영문판 책은 2011년 미국 아시아학회가 그해 한국학 관련 우수 저서에 수여하는 '제임스 팔레 저작상'을 받았다. 이 책은 남 교수와 동생인 남관숙 씨가 공동으로 번역했다.)

독서 편력을 보니 진보적 서적들이 많던데.

내가 진보적 성향의 영어 잡지나 서평 책들을 많이 본 것은 사실이다. 일본 책도 마찬가지다. 하지만 일본 좌익 서적을 보지는 않았다. 일본의 월간 잡지 「세까이世界」 정도나 봤다.

한국 최고의 출판인이라 할 민음사의 박맹호 회장과 동창인 것으로 알고 있다.

그렇다. 김덕주 전 대법원장, 김동규 전 상공부 차관 등이 청주고등학교 동창이다. 박맹호는 보은의 제일가는 갑부 아들이다. 가업을 이으라는 선친의 뜻을 거역하고 출판업에 뛰어든 변종이다. 그런데 부모의 유산 대신 적수공권赤手空拳으로 자수성가했다. 출판으로 일가를 이룬 그가 가장 부럽다.

대단한 호주가이자 애주가여서 술에 얽힌 일화가 많다. 요즘 주량은 어느 정도인가?

요즘은 많이 못 먹는다. 소주 한 병 반 정도다. 한창때는 24시간을 내리 마신 적도 있다. 젊어서는 국회의원을 지낸 손세일, 한겨레신문 논설위원을 지낸 임재경 등과 어울려 광화문 빈대떡집과 명동의 바를 전전하다가 집으로까지 옮겨서 마셔댔다. 나중엔 고은, 김수영 시인 등과도 자주 어울렸다. (그에게는 '문주文酒 40년'이라는 부제가 붙은 『언론·정치 풍속사』라는 책을 썼을 정도로 술에 관한 일화가 많다.)

나름의 주법이라면?

어느 글에서 '주도 10개 조'를 설파한 적이 있다. 술은 아주 천천히 마셔라. 안주를 즐겨라. 술집의 품위를 살펴서 선택하라. 싸고 비싸고에 관계가 없다. 주모의 품위가 정갈하냐 아니냐에 관계된다. 주모와의 인정미의 교류도 중요하다. 단골이 되면 거기서 인간사 이야기가 꽃을 피우게 되고 하나의 세상이 열린다. 단골이 다섯 곳이면 다섯 개의 세상이 있다. 되도록 현찰로 하고 팁은 꼭 줘라 등등이다.

요즘은 어떻게 지내는가?
책 읽고 몇 개 잡지에 글 쓴다. 아직도 서생인 셈이다. 공부하는 자세가 중요하다.

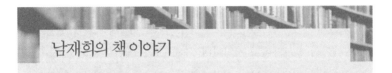

남재희의 책 이야기

● 마틴 에덴
잭 런던, 한울

독학으로 글을 깨우친 노동자이자 자연주의자였던 잭 런던의 자전적 소설. 가난하지만 열망에 차있던 선원인 에덴은 작가가 되기로 결심하고 결국 부와 명성을 얻지만, 자신이 사랑하는 여인이 단지 그의 돈과 명예에만 관심이 있다는 것을 깨닫고 절망한 나머지, 항해 중 투신자살한다. 아메리칸 드림의 허상을 다룬 『위대한 개츠비』의 또 다른 버전이라 할 소설이다.

● 소설·알렉산드리아
이병주, 바이북스

언론인 출신으로 선이 굵은 대하소설을 많이 썼던 이병주의 공식 등단작. 선원이지만 클라리넷 연주를 좋아하는 주인공이 이집트의 알렉산드리아에서 겪은 꿈 같은 이야기를 통해 자의식 극복을 위한 분투와 얼어붙은 감옥 속 유폐된 황제의 자유로운 사상과 철학, 이데올로기를 관통하는 상상력과 서사를 엿볼 수 있다.

● 국가란 무엇인가 해롤드 J. 라스키, 두레

영국의 정치학자인 라스키가 헤겔 등의 '주권적 국가론'을 비판하면서 '다원적 국가론'에 사회주의적 색채를 더해 새로운 시스템을 제시한 저작. 전쟁과 혁명의 시대였던 20세기 전반기에 이론과 실천에서 모두 열정적으로 활동했던 라스키가 국가라는 이름으로 모든 것을 통제하는 획일주의적 국가주의가 부당하다는 철학을 설득력 있게 설파하고 있다.

● 안개 미겔 데 우나무노, 민음사

스페인의 철학자이자 시인이며 소설가로 스페인 문학과 사상에 큰 영향을 미친 우나무노의 소설집. 1864년 스페인 빌바오에서 바스크인 부모 아래서 태어나, 1936년 스페인 내전이 발발하자, 프랑코가 이끄는 팔랑헤 당원을 비난한 일로 모든 직책에서 해임되고 가택 연금을 당했다가 내전의 와중에 서거했다. 대표작 『안개』는 실연당한 주인공이 삶과 사랑, 지성과 감성, 믿음과 이성 등의 문제를 두고 작가 자신의 내면과 논쟁하는 형식의 메타 픽션이다.

● 모든 예술은 프로파간다다 조지 오웰, 이론과실천

『동물농장』과 『1984년』으로 유명한 조지 오웰의 중요 평론을 엮은 평론집. 정곡을 찌르는 미학적·철학적 평론을 탄생시킨 오웰의 사고 과정을 엿볼 수 있다. 이 책을 엮은 조지 패커가 말했듯이 "문장 하나하나가 어떻게 해서 대중의 흥미를 일으킬 수 있는지 그 길을 여실히 보여주는" 타의 추종을 불허하는 교육서이기도 하다.

노병천

인생의 나침반이 된
두 권의 책

노병천 한국전략리더십연구원 원장

노병천

장군이 되기 위해 육군사관학교에 진학했으나 뜻밖의 일로 대령을 예
편한 후 병법 전문가로 변신한 문무겸전 인물. 특히 육사 1학년 때 접한
『손자병법』에 매료돼 이 분야 병법서만 30여 권을 써냈다. 최근엔 '성경
적 승리학 세미나'를 열고 성경의 전쟁을 주제로 한 '성경적승리학연구
소' 설립과 '성경전쟁전문대학원'을 설립을 추진 중이다.

- 1955년 경북 선산 출생
- 대구 계성고등학교 졸업
- 육군사관학교(35기), 영남대학교 경영대학원 경영학 석사, 미국 미드웨스트대학교 리더
  십 박사
- 육군 대령 예편
- 육군대학 전략학 처장
- 미국 지휘참모대학 교환 교수
- 나사렛대학교 교수, 부총장
- 한국전략리더십연구원 원장(현)
- 제22회 세종문화상 국방안보부문 수상
- 저서 『매일 매순간 꿈을 만지라』, 『만만한 손자병법』, 『명량, 진짜 이야기』, 『기적의 손자
  병법』, 『이순신』, 『성경의 전쟁사』 외 다수

전략가의 업무는 결코 끝나지 않는다. 전략적 모멘텀을 확보하여 그것을 유지하는 일은 매일 뒤엉킨 존재로 살아가는 조직과 리더가 맞서야 하는 도전이다. 그 도전은 전략가가 내려야 하는 한 번의 선택이 아니라 오랜 시간에 걸쳐 내려야 하는 여러 번의 선택이다.

— 신시아 A. 몽고메리, 『당신은 전략가입니까』

먹고살기 어렵던 시절, 노병천은 학비 무료에 취직 걱정없는 육군사관학교에 진학해 장군을 꿈꿨으나 우여곡절 끝에 대령으로 예편했다. 하지만 고교 시절 친구 덕에 접한 '기독교'와 육사 1학년 때 도서관에서 손에 쥔 『손자병법』은 그의 인생에서 두 가지 나침반으로 작용했다. 그는 육사나 국방대학 등의 전문 교수 요원이 아닌데도 소대장부터 연대장까지 야전 지휘관을 지내면서 주경야독한 끝에 각종 병법서 35권을 써낸 한국 최고의 병법학 대가가 되었다. 특히 『손자병법』과 충무공 이순신에 관한 한 독보적 입지를 굳혔다. 삼성경제연구소 CEO 과정과 대검찰청 리더십 과정, 포스코 전략대학 등에서 연간 300회가 넘는 강연을 소화하면서도 최근엔 자신의 연구가 아직 시작 단계에 불과하다며 '성경적 승리학 세미나'를 열고 성경의 전쟁을 주제로 한 '성경적승리학연구소' 설립과 '성경전쟁전문대학원' 설립을 꿈꾸고 있다. 새해 들어선 '꿈을 이루는 달걀(꿈달)' 보급이라는 이색 운동을 펴는 열혈 장년 노병천 박사를 만났다.

야전군 출신이면서도 엄청난 분량의 책을 썼는데, 참으로 대단하다. 어떻게 그렇게 할 수 있었는가?

내가 생각해도 대견하다. 1979년 소위로 임관한 이래 지휘관 생활하면서도 매일 새벽 4시에 기상해 새벽기도를 하고 독서와 묵상, 글쓰기를 해왔다. 사실상 하루에 4시간 이상 자본 적이 없다. 대부분의 전쟁 관련 책도 그냥 자료를 섭렵한 게 아니라 42개국의 전장을 답사하며 현지 조사를 마쳤다. 『손자병법』은 지금까지 1만 번 이상 정독했다.

언제부터 책을 썼는가?

1989년에 『도해세계전사』를 펴낸 후 거의 매년 1권 이상씩 썼다. 특히 육군대학 등 간헐적으로 주어진 보수 교육 기간을 적절히 활용했다. 그 기간엔 정말 전력을 다해 공부했다. (실제로 그는 소령 시절인 1988년 육군대학 졸업식에서 수석 졸업하는 등 매번 최우수 성적으로 교육을 마쳤다.)

『손자병법』의 최고 권위자로 알려졌는데, 『손자병법』의 가장 중요한 메시지는 무엇인가?

인류 역사를 보면 전쟁은 피할 수 없는 숙명이다. 손자 또한 전쟁은 피할 길이 없다고 봤다. 하지만 어차피 부딪쳐야 하는 게 전쟁이라면 지혜롭게 임하되 싸우지 않고서도 이겨야 한다고 가르쳤다.

그러나 싸우지 않고 이긴다는 게 가능한가?

바로 거기에 핵심이 있다. 이른바 '부전승'이다. 『손자병법』은 총 6,109개의 문자로 구성돼 있다. 그다지 방대한 양은 아니지만, 의미가 깊어 내용이 방대해 보일 뿐이다. 그 6,109개 글자의 키워드는 '온전하다'는 뜻의 '전全'이라는 글자다. 피가 튀고, 대규모 살육이 뒤따르는 전쟁의 마지막 목표는 제 것을 다치지 않게 하는 것, 즉 '전'이라는 얘기다. '손자'는 마지막에는 상대에게도 큰 상처를 주지 않으면서도 전쟁의 근본 원인인 갈등의 치유까지 해결할 방법도 제시한다. 요즘 말로 하자면 바로 '상생', 즉 '윈윈 게임'을 추구하라는 뜻이다.

부전승의 개념을 요즘에 적용한다면 어떤 사례가 가능한가?
간단하다. 상대방보다 막강한 힘을 갖추게 되면 상대방은 저절로 손을 들게 마련이다.

『손자병법』은 현대 군사 전략학에서 어떤 위치를 차지하고 있는가?
손자는 병법 모두에서 "국방력이 국가의 가장 큰일"이라며 국방력의 중요성을 강조했다. 또한 '지피지기', 상대를 알고, 나를 알아야한다는 점, 즉 정보의 중요성을 우선시했다. 이는 현대전에서도 그대로 적용된다. 아울러 승리의 핵심은 '세勢'에 있다고 본 점도 의미가 있다. 승리를 만들어내는 조건과 환경을 자신에게 우호적으로조성하라는 뜻이다. 클라우제비츠와 리델 하트 등을 비롯한 서양의 최고 군사 철학자 대부분이 그의 병법을 탐독했다. 일본 소프트뱅크의 손정의 회장은 중국 알리바바에 대한 투자로 초대박을 터트렸는데 와병 중에 『손자병법』과 란체스터의 제곱 법칙을 결합해 '손의 제곱병법 25자'를 완성하고 이를 기반으로 사업을 진행해 성공했다고 고백한 적이 있다.

2014년 『명량 진짜 이야기』를 펴내 화제를 모았는데, 『손자병법』을 기준으로 명량해전을 평한다면?

『손자병법』 제6 「허실」 편의 "비록 적이 많아도 가히 싸울 수 없도록 한다"는 대목과 제11 「구지」 편의 "멸망한 땅에 던져 넣어야 살아남을 길이 열리고, 죽음의 땅에 몰아넣어야 살 길이 열린다"는 대목의 완벽한 재연이다. 이순신은 울돌목 좁은 목을 미리 점령해서 대규모 왜적 선이 한꺼번에 들어오지 못하고 축차적으로 들어오게 해 이를 하나씩 격파했다. 또한, 벼랑 끝 전술, 즉 배수진을 펴고 장병을 독려해 젖먹던 힘까지 쏟아내게 했다. 유명한 "필사즉생 필생즉사必死卽生 必生卽死" 즉 "죽을 각오로 싸우면 살고, 살려 하면 죽는다"는 『난중일기』의 기록은 바로 이것을 잘 보여준다.

『손자병법』에 너무 빠져들면 현실만을 추구하는 사람이 되지 않을까 싶은데?

장수가 현실적이지 않으면 큰일 난다. 현실적인 여건을 최대한으로 고려해 그에 알맞은 전법을 생각해내야 한다. 하지만 손자는 단순히 싸움에서 승리만을 갈구하는 사람은 아니었다. 그는 진정한 승리에 대해 '공명을 드러내지 않는 것'이라고 가르쳤다. 손자의 전쟁 철학은 적자생존이 극에 달했던 중국 춘추시대에 탄생했지만, 그는 자신의 공적과 명성을 위해 싸워서는 안 된다는 점을 수차례 지적했다.

오자의 『오자병법』과 『손자병법』을 비교한다면?

단기전에 유용한 『손자병법』과 달리 사전 준비를 강조하는 『오자병법』은 주로 중·장기전에 유용하다. 『오자병법』은 전략이나 정략을 중시하고 있으며 근대전에서도 응용할 수 있는 보편성 때문에 세계적인 명성을 얻게 된 『손자병법』만큼의 인지도를 가지지 못했다. 하지만 정치, 경제, 군사 등 융합적 사고가 점점 더 중요시되고 있는 21세기 이후 점차 인기를 얻는 추세다.

성서에 나오는 여러 전쟁을 분석해서 병법서를 썼던데?

성경 속에는 무려 130여 개의 전쟁이 등장하는데 이 전쟁의 깊은 의미를 풀어 하나님의 위대하심과 성경의 완전함을 세상에 보여줄 수 있을까 고심했다. 그 결과, 52가지의 황금률을 찾아냈다. 그 황금률이 바로 성경이 가르쳐주는 전략과 리더십이다. 성경의 전쟁은 영적 차원의 전쟁인 동시에 칼과 창, 또 혈과 육으로 싸웠던 실제 전쟁이기도 하다. 전쟁이라는 혹독한 환경에서 쏟아져나오는 리더의 역할, 신묘막측神妙莫測한 하나님의 병법은 절대 놓칠 수 없는 살아 있는 교훈이다. 하나님이 성경의 전쟁을 통해 가르쳐주신 전략과 리더십은 세상의 그 어떤 것보다도 강력한 권위가 있다. 하나님이 내게 준 달란트는 전쟁사의 병법과 신학과 구약의 전쟁을 새롭게 풀어나가도록 하는 것이라 믿고 있다. (그는 그간 『성경의 전쟁사』, 『하나님병법』, 『성경적 승리학』 등 전사 병법 관련 저서 20여 권을 집필했다. 이 분야 저술로는 세계 최다로 평가된다.)

국제ASK연맹 총재 일도 맡고 있던데, ASK연맹은 어떤 단체인가?
ASK는 'Ask(구하라), Seek(찾으라), Knock(두드리라)'로 이루어진 '꿈의 법칙'을 일컫는다. 즉 구하고, 찾고, 두드리면 반드시 꿈이 이루어진다는 것이다. ASK는 내가 원하는 꿈이 성취된 상태, 즉 Ask가 이루어진 상태에 고정시키고, 그러기 위해서는 어떤 과정을 거쳐야 하는지를 'Seek'와 'Knock'로 풀어나간다. 기정사실화 된 결과에 대해서 원인을 만들어나가는 것이다. 인과법칙과는 반대의 접근 방식이지만, ASK하면 반드시 꿈이 이루어진다. 바로 이런 비전을 펼쳐나가기 위한 단체다.

2008년 박정희 전 대통령과 그 아들 박지만 씨에게 기독교 신앙을 전도했다는 내용의 책, 『박정희 마지막 신앙고백』을 펴내 화제가 됐었는데?
육사 3년 때 육사 37기로 입교한 박지만 군과 같은 분대 생활을 했다. 졸업할 때까지 2년간 내가 그의 멘토였다. 생도 시절 그에게 교회에 다닐 것을 권했다. (이후 그는 독실한 신앙인이 돼 있었고, 심지어는 부인 서향희 씨도 그의 권유로 함께 교회에 다닌다고 한다.) 박정희 대통령은 박지만 생도의 멘토였던 덕에 수차례 접할 기회가 있었는데 내가 소대장 시절이던 1979년 7월 8일 박 대통령의 초청으로 청와대를 방문했다. 독대하던 중 그분께서 "소원이 뭐냐, 내가 다 들어

주겠다"고 하길래 망설이다가 "각하, 예수님을 믿으십시오"라고 했다. 지금 생각하면 참으로 당돌한 발상이다. 하지만 박 대통령이 조금 주저하다가 "지금은 곤란하고……. 대통령 마치면 교회에 나가마"라고 답했다. 이때가 10·26 사건으로 그분이 서거하시기 석 달 반 전이다. 그분이 변고 없이 퇴임했다면 아마 기독교로 개종했을 것이다.

2014년 크게 히트했던 영화 '명량'이 역사적 사실을 다수 왜곡했다고 지적했던데?

'명량'의 배급사인 CJ E&M 직원들을 대상으로 이순신 강의를 해주는 등 자문했다. 그런데 나중에 영화를 보니 중요한 팩트가 사실과 달랐다. 먼저 회오리 바다에 이순신의 기함이 묶이지 않았다. 울돌목의 최고 유속은 11.6노트 정도인데 판옥선은 힘겨워도 통과할 수 있다. 그리고 이순신의 전략은 영화처럼 회오리 바다의 유속을 이용하려는 게 아니고 가장 좁은 폭 120m의 좁은 길목을 이용하려는 것이다. 또한, 사실상 이 부분도 일본군이 기습적으로 진입해서 무산되었고, 백병전도 없었다. 해전 이틀 후의 『난중일기』를 보면 이순신의 기함에 단 두 명만이 전사했고 세 명이 경상을 입었는데 이들 모두는 탄환에 맞았다고 기록돼 있다. 또, 칠천량해전 때 모두 불타버려서 명량해전에서는 거북선이 사용되지 않았다. 배우 류승룡이 분한 왜장 구루시마 미치후사도 이순신에게 죽임을 당한 게 아니라 (어떤 경위인지는 모르지만) 이미 죽어서 물에 떠내려가는 것을 일본군 투항자인 준사가 발견했고 이를 이순신이 참수했을 뿐이다.

국내외 명장을 손꼽는다면?

국내에선 당연히 이순신이다. 하지만 충무공 못지않게 임진왜란 때 육지에서 크게 전공을 떨친 정기룡도 대단하다. 충무공이 23전 23승이었고, 충위공 정기룡(1562~1622)은 60전 60승을 이끌었다. 이순신은 바다에서 적선을 보이는 족족 격파해 왜군의 보급로를 완전히 차단했고, 정기룡은 뭍에서 조선을 거쳐 명나라를 치려던 왜군을 독 안에 든 쥐로 만들었다. 경북 상주를 중심으로 전승을 거둔 정기룡 장군은 1599년 공신도감에서 처음 추품한 전쟁 영웅 26명에는 당당히 이름이 올랐으나, 공신도감이 최종적으로 내놓은 9단계 109명의 명단에는 빠졌다. 당시 정기룡은 정쟁의 회오리바람에 휩쓸려 제대로 논공행상이 안 되었다. 하지만 임란 7년 후인 1605년에야 선무 1등 공신에 추품됐다. 정기룡이 순국한 지 151년이 흐른 1773년엔 영조가 '충위공'이라는 시호까지 내렸다.

외국 명장은 프랑스의 나폴레옹 장군과 베트남의 보응우옌잡 장군이 최고다. 나폴레옹이야 누구나 다 아는 명장이지만 베트남 전에서 미국, 중국, 프랑스에 치욕을 안긴 게릴라전의 대가 보응우옌잡 장군도 나폴레옹 못지않다. 2013년 102세로 타계한 보응우옌잡 장군의 3대 전략, 즉 회피 전략(적이 원하는 시간에 싸우지 않는다), 우회 전략(적이 원하는 장소에서 싸우지 않는다), 혁파 전략(적이 생각하지 못한 방법으로 싸운다)은 탁월하다.

『손자병법』 차원에서 오늘날의 정치지도자들에게 필요한 덕목을 든다면?

『손자병법』 「시계」 편을 보면 "도자 영민여상동의 가여지사 가여지생 이불외위야道者 令民與上同意 可與之死 可與之生 而不畏危也"라 했다. 즉 도란 백성이 윗사람과 뜻을 같이하는 것이고 뜻을 같이하면 함께 죽고 함께 살고, 위험을 두려워하지 않는다. 임금은 백성과 상사는 부하와 뜻을 같이해야 싸움에서 이기고 매사에 성공한다는 뜻이다. 또한, 「군형」 편에는 "승병선승 이후구전, 패병선전 이후구승勝兵先勝 而後求戰 敗兵先戰 而後求勝" 즉, "이기는 군대는 승리할 상황을 만들어놓고 싸움에 임하고, 지는 군대는 전쟁을 일으킨 다음에 승리를 구한다"고 나와 있다. 덮어놓고 싸우지 말고, 이길 태세부터 갖추라는 의미다. 국내 정치건 국제 정치건 전략적 개념을 가지고 각자 혼연일체 돼서 준비해야 승리할 수 있다는 것이다.

노병천의 책 이야기

● 창업국가   사울 싱어·댄 세노르, 다할미디어

세계에서 벤처 창업이 가장 활발한 이스라엘의 경제 성장 원동력을 분석한 책. 100여 명의 미국과 이스라엘 정치인, 기업인, 군인, 일반인 등의 심층 인터뷰를 바탕으로 쓰였다. 이스라엘처럼 천연

자원은 적지만 인적 자원을 중시하고 개혁과 변화에 대한 욕구가 강한 한국에 다양한 시사점을 던져준다.

● 당신은 전략가입니까 신시아 A. 몽고메리, 리더스북

세계 0.1%에게만 허가된 특권이라는 하버드 경영대학원의 전설적 전략 강의를 묶은 책. 최고의 전략가로 이끄는 8개의 결정적 질문을 통해 전략의 실체를 밝힌다. 수십 년간 간과되어온 전략 결정 과정의 중요한 요소, 즉 가장 중요한 문제들을 처리해야 하는 리더를 본래의 '전략가'로 되돌려놓도록 안내한다.

● 징비록 유성룡, 서해문집

임진왜란 당시 도체찰사에 임명되어 군무를 총괄했던 유성룡이 전란을 겪으며 적은 수기를 엮은 책. 저자가 온몸으로 느낀 전란의 참화를 통해 임진왜란의 참상을 보다 입체적으로 느낄 수 있다. 임금에 대한 백성의 원망과 조정 내의 분란 등 임진왜란을 둘러싸고 벌어진 모든 일을 있는 그대로 서술했으며 전쟁 이전의 국내외적 정세와 전쟁 이후의 상황을 체계적이고 종합적으로 보여준다.

● 난중일기 이순신, 여해

충무공 이순신의 임진왜란 종군 기록. 많은 역서가 있으나 『증보교감 완역 난중일기』는 『난중일기』 전편을 해독한 완역본으로 새로 발굴한 32일 치 일기를 추가 수록하고, 홍기문의 최초 한글 번역본을 반영한데다 명량대첩 요인을 정확하게 설명했다. 부록에는 정유재란 이후 수군을 재건하기까지의 과정과 명량대첩의 승리 요인을 덧붙여 의미가 있다.

● 한국의 신국부론, 중국에 있다 전병서, 참돌

방대한 연구와 경험을 바탕으로 촌철살인의 중국 경제론을 펼치고 있는 전병서 교수의 역저. 팍스 로마나부터 지금의 팍스 아메리카나까지 3,000년 전의 역사가 입증하는 부의 순환기를 통해 G1으로 부상할 중국을 소개한다. 단순히 중국 위기론을 반박하는 데 그치지 않고 금융 대국들의 패권 시기엔 약 80년이라는 일정한 주기가 있다는 점을 꼬집는다. 기술력과 금융력, 군사력의 3가지 관점으로 현 팍스 아메리카나와 중국 그리고 세계 각국의 패권 주기를 비교하며 미국 리쇼어링과 중국 리폼 산업의 전망, 달러와 위안화의 기축 통화 전쟁 예측, 위안화의 승리의 근거, 뒤바뀔 국제 통화 시스템에서 한국이 나아가야 할 방향, 한국의 전략을 일목요연하게 정리하고 그 전망을 제시한다.

박원순

훌륭한 리더Leader는 부지런한 리더Reader

박원순 서울특별시장

박원순

인권 변호사와 참여연대·희망제작소·아름다운재단을 설립한 시민 운동
가로 활동하다 서울시장이 되었다. 재선에 성공한 그는 자칭 '소셜 디자
이너'. '훌륭한 리더Leader는 부지런한 리더Reader'여야 한다는 믿음을 가지
고 서울시 구청사 지하에 서울도서관을 만들고 '2030 도서관 청사진'을
추진 중이다. '일벌레', '책벌레', '아이디어 뱅크', '아름다운 작명가', '개념
있는 저술가' 등 수많은 닉네임이 그의 전방위적 호기심을 잘 보여준다.

- 1956년 경남 창녕 출생
- 경기고등학교 졸업, 서울대학교 사회과학계열 1년 제적(1975)
- 단국대학교 사학과 졸업   · 제2회 법원사무관시험 합격
- 제22회 사법고시 합격   · 대구지검 검사
- 역사문제연구소 초대 이사장   · 대한변호사협회 인권위원
- 참여연대 사무처장(1995~2002)
- 아름다운재단(2001~2010), 아름다운가게(2002~2009) 상임이사
- 희망제작소 상임이사(2006~2011)
- 제35대 서울특별시장, 제36대 서울특별시장(현)
- 제5회 심산상, 필리핀 막사이사이상, 제21회 단재상, 제15회 불교인권상 수상
- 저서 『내 목은 매우 짧으니 조심해서 자르게』, 『희망을 걷다』, 『고문의 한국현대사 야만
  시대의 기록』, 『국가보안법연구』 외 다수

사람들은 도시에 살면서 배우고,
사랑하고, 일하고, 잠자고, 기도하고, 놀고, 성장하고,
먹고 그리고 마지막으로 죽음을 맞이한다.

― 벤자민 R. 바버, 『뜨는 도시 지는 국가』

2011

년 10월 서울시장 보궐 선거 당시 박원순 야권 단일 후보는 여당으로부터 "강남 60평형대 호화 월세 아파트 거주자가 웬 서민 후보냐"는 공세에 시달렸다. '뒷굽 나간 구두'와 '마이너스 재산'으로 구축한 서민 이미지가 위태로운 순간이었다. 박 후보 측은 공식 홈페이지에 책장으로 가득 찬 서울 서초구 방배동 자택 내부 사진을 공개하고 "하버드대학교에서 공부하다 귀국할 때 가져온 책과 자료 및 그간 모아온 수만 권의 책을 보관하기 위한 고육지책으로 큰 아파트를 얻었다"고 해명했다. 이 사안이 터졌을 때 그를 아는 지인들은 "충분히 이해가 간다"며 수긍했다. 그만큼 그의 책 욕심은 유명하다.

서울시장에 당선되자 구 청사 지하에 서울도서관을 만들고 '2030 도서관 청사진'을 내걸어 '책과 함께하는 서울'을 추진 중인 박 시장은 '훌륭한 리더Leader는 부지런한 리더Reader'여야 한다는 믿음을 평생 고수해왔다.

그에게는 '소셜 디자이너', '일벌레', '아이디어 뱅크', '아름다운 작명가', '인권변호사', '개념 있는 저술가' 등 수많은 닉네임이 있다. 오늘도

하루 24시간을 쪼개 서울시 행정과 현안 해결을 위한 고뇌에 여념이 없는 박원순 시장을 '기울어진 책장'과 '도심 텃밭', '자료와 책의 정글'로 발 디딜 틈이 없는 집무실에서 만났다.

· ·

2012년 7월 "'오늘의 나를 있게 한 것은 동네의 공공 도서관'이라고 말한 빌 게이츠처럼 책으로 시민의 힘을 키우겠다"며 '2030년 도서관 청사진'을 발표했는데 청사진의 구체적 내용은?

어디서나 책 읽는 소리가 들리고 책 읽는 모습을 볼 수 있는 서울시를 만들자는 것이다. 독서는 개인의 의지도 중요하지만, 환경적인 요인도 무시할 수 없다. 공공 도서관의 수, 장서 수 등 독서 인프라를 확충하는 한편 마을 공동체 거점으로서의 도서관 등 도서관의 새로운 사회적 역할을 도모하는 데 초점을 맞추고 있다. 일단, 2030년까지 공공 도서관을 1,372곳 늘려 서울 어디서나 걸어서 10분 안에 도서관을 이용할 수 있는 환경을 조성하고 시민 1인당 장서 수도 OECD 주요국 평균인 2권 이상으로 확대하는 게 골자다. 또, 북 페스티벌 등 책 읽는 즐거움을 체험하는 다양한 시민 축제를 활용해 1년 평균 10권도 안 되는 시민 독서량을 20권까지 약 두 배 끌어올릴 계획이다.

서울시 구 청사를 재활용한 서울도서관이 인상적인데 그 성과는?

2012년 10월 26일, 서울도서관이 개관한 이후 378만 명이 이용했고 지금도 하루 평균 8,000명의 시민이 꾸준히 찾고 있을 만큼 사랑받고 있다. 또한, 서울도서관은 단순히 책을 읽는 공간을 넘어 '헌책방의 보물찾기', '한 평 시민 책 시장' 등 시민과 함께 만들어 가는 다양한 문화 프로그램이 펼쳐지는 등 새로운 문화 거점으로 부상 중이다.

초·중·고 시절 줄곧 특별 활동 시간에 도서반을 했고 그것이 오늘의 나를 있게 했다고 하던데, 학창 시절의 독서 습관은 어땠는가?
어려서부터 책 읽기를 좋아했지만, 시골에서 살다 보니 책이 귀했다. 어쩌다 책 한 권을 구하면 깊이 빠져들었고, 특히 만화책을 좋아했다. 한번은 책이 너무 재미있어서 걸어가면서 읽다가 논두렁에 빠진 적도 있었다.

학창 시절에 읽은 책 가운데 가장 크게 감명을 받은 책은?
많은 책이 있지만, 대학 초 4개월간 감옥에 있을 때 읽은 책들이 잊히지 않는다. 짧은 기간이지만 『성경』을 비롯하여 헤르베르트 마르쿠제의 『이성과 혁명』, 헤르만 헤세의 『싯다르타』, 독일의 법학자 루돌프 폰 예링의 『권리를 위한 투쟁』 등 정말 많은 책을 읽었다. 감옥에서 보냈던 경험은 청년 시절, 앞으로 어떻게 살아야할지 생각하는 계기가 되어 내 인생의 항로에 큰 영향을 끼쳤다.

나름의 독서법이 있다면?
시장이 되고 나서는 독서를 많이 하지 못하는 편이지만, 좋은 책은 빼놓지 않고 보려고 노력한다. 바쁘게 살다 보니 난독을 하게 되는 경향이 잦지만 차나 숙소에서 집중적으로 읽는 방식을 즐긴다.

『희망을 심다』란 책에서 홀로 터득한 '창조적 공부법'을 강조하던데 무슨 뜻인가?
무엇이든 재미있게 해야 능률이 오르고, 효율성도 생기는 법이다. 공부도 마찬가지다. 공부가 잘 안될 때는 스스로 해결하는 방법을 찾아야 한다. 고시 공부를 할 때 스트레스를 푸는 방법으로 『고려고승한시선』을 읽거나 버스를 타고 하루 내내 종점에서 종점까지 몇 차례 왔다 갔다 한 적도 있었다. 또 교과서나 참고서를 처음부터 끝까지 다 외운 적도 있었다. 중요한 것은 자기에게 가장 효율적인 창조적인 공부법을 만들어가야 한다는 것이다.

사법고시를 준비할 때 법학책만 읽은 게 아니라 종교나 예술에 관한 책도 보았다던데 그 이유는?
법률 조문만 잘 아는 것으로 세상을 살 수 없다. 세상에 대한 풍부한 경험과 통찰이 바탕에 있어야만 변호사로도 성공할 수 있다. 경영자든 관료든 시민 운동가든 누구에게나 중요한 덕목은 풍부한 인문학적 상식을 바탕으로 사회를 전체적으로 바라보는 눈과 경험이다. 그래서 다방면의 책을 읽어야 한다.

변호사 시절 청계천과 인사동의 중고 서점을 뒤져 많은 책, 특히 현대사 책을 사 모았다던데 그 이유는?
대학 시절 감옥에 있을 때 역사에 관심을 갖게 됐다. 변호사를 할 때도 그만두고 역사 공부를 하려고 했는데 결국 역사가는 되지 못했지만, '역사문제연구소'를 만드는 데 앞장섰다. 역사란 지나간 일에 대한 연구라기보다는 미래를 통찰하기 위한 가장 중요한 방법이다. 결국은 과거 경험에서부터 미래 인식이 나오는 것이다. 우리의 앞 세대들이 경험한 것을 자세히 연구해보면 미래의 길이 열린다고 생각한다. 역사에 대한 통찰은 실천 운동을 하는 과정에 무척 큰 도움이 됐다.

독립문 근처의 '골목책방'의 단골손님이었다던데?

변호사 시절과 참여연대 사무처장으로 일할 때 독립문 근처의 헌책방 '골목책방'의 단골이었다. 소설가 김성동 선생에게 '골목책방'이라는 제자題字를 받아 인사동에서 판각하고 직접 달아주기도 했다. 헌책방은 새 책보다 더 많은 정보와 의미를 담고 있는 경우가 많은데 나는 사람들의 손때 묻은 정보와 의미를 사랑했고 이것을 자양분으로 삼기도 했다.

고입 재수 시절 3달 동안 양말 한 번 안 벗고 공부에만 전념했다던데 그게 실제로 가능했나?

가능하다. 그때 서울 올라와서 작은 누님댁에서 학원 다니다 마지막 3개월은 독서실 같은 데서 지냈다. 당시 단팥빵 하나 정도 먹어가며 끼니를 때웠는데 3개월 동안 양말을 한 번도 안 벗고 독하게 공부했다. 그랬더니 땀이 차서 발바닥이 하얗게 뜨고 감각이 없어질 정도였다. 영어와 국어 교과서는 처음부터 끝까지 다 외우고,

문제집도 다 외웠다.

인터넷 시대에 책이 가지는 의미는?

"사람은 책을 만들고, 책은 사람을 만든다"는 말이 있지 않나? 인
터넷 시대, 영상의 시대라고 하지만, 그 기본은 '문자'다. 문자가 존
재하는 한, 책은 절대 사라지지 않을 것이다. 무엇보다 사람들이
책을 읽으면 내면의 힘이 깊어지고 인생의 경험치가 늘어나며 세
상을 뒤집어 보는 사고가 생겨난다. 누구나의 인생에서 찾아오는
실패와 위기, 절망에 마냥 무너지는 것이 아니라 그 이면의 기회,
희망, 성공이라는 길을 발견하게 하는 것이 바로 책이다. 나아가
책은 독자에게 읽힘으로써 한 권의 책으로 완성되는데 사람의 손
때가 묻고 사색의 흔적이 담긴 책이야말로 가장 소중한 인류의 유
산이다.

학창 시절 시인이 되고 싶은 적도 있다고 하던데?

문학가들, 특히 시인은 하나의 세계를 창조하는 사람들이다. 시는
상상력으로 세계를 창조하는 예술인데, 시인의 눈으로 세상을 보
고 시인의 감성으로 세상을 그리고 싶었다.

바쁜 와중에도 많은 책을 썼는데 그 이유는?

약 40여 권의 책을 썼는데 내 경험과 지식, 생각을 함께 공유하고
싶어서다. 특히 해외에서 보고 느낀 것을 나 혼자 보기 아까워 함
께 일하는 많은 활동가가 이것을 보면 좋겠다는 마음에서 썼다.

손꼽히는 장서가로 알려졌는데 현재는 책이 얼마나 되나?

수만 권쯤 됐는데 2012년 수원시에 기증했다. '넓적부리 도요새의 책방'이라는 도서관이 세워지면서 대부분 그곳으로 갔다. 현재는 1만여 권쯤 있는데 관사와 집무실에 나눠 보관 중이다.

박원순의 책 이야기

● 세종처럼
박현모, 미다스북스

소통과 공감이 필요한 시대, 특히 정치권이 앞장서서 국민의 삶 속으로 들어가 국민과 소통하고 공감하는 민생 정치의 시대를 열어야 할 요즘, 인본과 민본의 시대를 열고 백성과 신하와 함께했던 세종의 리더십은 우리에게 많은 점을 시사해준다. 세종의 소통, 경청, 공감, 혁신의 리더십은 당대를 조선 왕조 최고의 태평성대로 만든 힘이었다.

● 뜨는 도시 지는 국가
벤자민 R. 바버, 21세기북스

"국가는 지고 도시의 시대가 오고 있다. 현재 직면한 지구의 심각한 문제들을 해결하지 못하는 국민 국가는 한계에 이르렀다. 그 대안이 바로 '도시 중심의 거버넌스'"라고 말하는 바버는 "이제 도시가 전 지구적 문제를 해결하기 위한 중심에 서야 한다"고 갈파한다. 대통령은 원칙을 말하지만, 시장은 쓰레기를 줍는다. 이 책은 한계에 부딪힌 국가를 뛰어넘어 시민의 행복과 희망을 먼저 생각하게 하는 도시 혁명에 관한 책이다. 이제 도시가 전 지구적으로 연맹을 맺어 도시 문제를 해결해나가야 하는 시대이다. 이 책은 왜 시장이 세계를 경영해야 하는가를 구체적 사례를 통해 보여주고 있다.

● 공공정책을 위한 빅데이터 전략지도   GIS United, 더숲

바야흐로 빅데이터의 시대다. 시민에게 사랑받는 서울시의 심야 버스 '올빼미 버스'는 빅데이터가 만들어낸 작품이다. 앞으로 공공 정책을 수립할 때는 반드시 빅데이터를 활용해야 하는 시대가 도래할 것이다. 그래서 행정 전문가는 혁신을 통해 새로운 시·공간의 변화를 포착해 정책으로 이끌어내야 한다. 이때 필요한 것이 바로 빅데이터이다. 이 책은 데이터를 직접 활용하고 이를 시각화할 때 도시에 어떤 변화가 일어나는지 잘 보여주고 있다.

● 장하준의 경제학 강의   장하준, 부키

누구를 위한 경제여야 하는가? 1%를 위한 경제인가? 99%를 위한 경제인가? 이 책은 99%를 위해 쓰였다. 99% 대중들이 어려운 경제학에서 벗어나 쉽게 다가가고 이해할 수 있는 경제학 입문서다. 다양한 이론을 소개하면서, 그 이론 간의 '융합'을 통해 실제 경제를 이해하기 쉽게 하고, 금융 위기 등 경제 위기를 극복한 경제의 역사도 보여준다. 이제 '경제', 혹은 '경제학'은 소수의 소유물이 아니라, 경제 활동의 주역인 시민의 소유여야 한다.

● 우리는 모두 별이 남긴 먼지입니다   슈테판 클라인, 청어람미디어

세계 최고의 과학자 13인이 들려주는 나의 삶과 존재 그리고 우주에 관한 이야기다. 과학과 삶의 진정한 '통섭'을 보여주는 석학들의 영혼의 정수를 엿볼 수 있는 책으로 '아름다움', '세계의 시작과 끝', '기억', '이타심', '도덕', '공감' 등 과학자들이 생각하는 삶과 과학의 이야기들이 펼쳐진다. 여름밤, 별이 총총한 밤하늘을 보며 사람과 삶, 기억과 과학에 대해 고요히 사색하고 탐구하게 하는 책이다.

박재선

유대인에게
배우다

박재선 외교관

박재선

프랑스어를 잘해 외교관으로 발탁된 후 40여 년을 외교 일선에서 활약
한 전문 외교관. 프랑스 유학 시절 유대인 집단 거주촌에 머물다 유대 문
화에 홀딱 빠져 공부하다 보니 어느 날 이 분야의 최고 전문가로 올라섰
다. 그는 탈무드를 비롯한 유대인의 교육 등에만 관심이 쏠려 있는 국내
의 왜곡된 유대 문화 붐에 불만이 많다.

- 1946년 충남 공주 출생
- 경기고등학교, 한양대학교 상학과, 프랑스 국제행정대학원 외교과 졸업
- 미국 브랜다이스대학교 중동유대연구소 객원교수
- 외교부 중동2과장, 주 프랑스 참사관, 주 프랑스 공사, 외교부 구주국장, 제9대 주 세네갈
  대사, 주 보스턴 총영사, 주 모로코 대사
- 홍익대학교 초빙교수, 명지대학교 객원교수
- 여수박람회 유치위원회 고문, 평창동계올림픽 유치위원회 부위원장
- 평창동계올림픽 조직위원회 자문위원, 국제개발전략센터 이사, 정부 순회 특사(현)
- 프랑스 공로훈장, 세네갈공화국 사자공로훈장 등 해외 훈포장 다수
- 저서 『유태인: 세계사의 주역』, 『제2의 가나안: 유태인의 미국』, 『유대인 파워』, 『100명
  의 특별한 유대인』 외 유대인 관련 저서 다수

게토에서 해방되자 유대인 지성들이 쏟아져 나왔다. 인간을 바라보는 인류의 시각을 바꾼 마르크스와 프로이트의 이론들도 사실은 이 기재들의 독창적 사고라기보다 유대전통에 기인한 바 크다. 마르크스의 역사관은 기본적으로 유대적인 것이었고 그의 천년왕국론도 유대인의 종말사상과 메시아주의의 변주였다는 것이다.

– 폴 존슨, 『유대인의 역사』

예수와 콜럼버스, 철학자 스피노자와 베르그송, 심리학자 프로이트, 천재 물리학자 아인슈타인, 음악가 멘델스존과 쇼팽, 시인 하이네, 유럽 금융가문의 시조인 메이어 로스차일드, 카를 마르크스와 블라디미르 레닌, 레온 트로츠키, 로자 룩셈부르크, 현대 외교의 전설 헨리 키신저, 영화감독 스티븐 스필버그, 앨런 그린스펀, 조셉 퓰리처의 공통점은 무엇일까?

모두가 인류 역사에서 일가를 이룬 이 명인들을 관통하는 공통 DNA는 바로 유대인이라는 점이다. 고교 시절에 우연히 알게 된 프랑스인에게 프랑스어를 배운 박재선은 모두가 미국으로 유학하던 시절 독특하게 프랑스로 유학을 떠났다. 그런데 프랑스 유학 시절 방세가 싸다는 이유로 찾아간 지역이 우연히도 동유럽 출신 유대인 집단 거주촌이었다. 그곳에서 마주친 검은 모자, 긴 수염, 검은 옷차림의 유대교 초정통파 '하시디스트'에 관심을 두고 파고들기 시작한 유대인의 삶이 그의 인생을 바꾸었다. 그는 외교관 생활을 하며 부임지마다 현지 유대인을 찾아 대화하고 관찰하면서 그들의 역사, 문화, 철학을 연구했다. 또, 보스턴 총영사 시절에는 유대인이 세운 브랜다이스대학교 중동유대연구소에서 본격적으로 유대 문화를 연찬하기도 했다.

유대인의 교육 비법과 탈무드에만 관심이 쏠린 국내에서 유대인에 대한 모든 분야에서 최고의 전문가로 꼽히는 박재선 전 대사를 만났다.

• •

대학에선 경제학을 전공했는데 외교관 생활하면서 유대인을 연구한 독특한 이력이 흥미롭다. 유대인에 관심을 갖게 된 계기는?
고등학교 시절 독일어를 배웠지만, 우연히 접한 프랑스어가 좋았다. 아마도 당시 유행하던 낭만주의 바람의 영향 때문이었던 것 같다. 서울에 거주하는 프랑스인을 사귀면서 상당한 수준의 프랑스어 실력을 갖추게 됐다. 이 덕분에 파리로 유학을 갔고, 거기서 파리 시청 뒤 파리 4구 유대인 집단 거주촌에 거주하다 매일 접하게 된 그들의 삶에 관심을 갖게 됐다.

해외의 유대인 연구 현황은 어떠한가?
세계적으로 유대인 연구는 의외로 활발하지 않다. 특히 유대인이 강세를 보이는 미국이나 서유럽 등지에서는 유대인 문제를 공개적으로 거론하는 것이 금기로 되어 있을 정도다. 따라서 유대인 문제 연구나 발표는 유대인 학자에 국한되어 있는 게 일반적이다. 이방인이 유대인을 연구하면 유대인들이 경계심을 보이기도 한다. 1980년대 일본에서 유대인 연구가 한때 활발했던 적이 있으나 대체로 반유대주의적 성격을 띤 연구가 주류를 이루었다.

유대인 관련 자료는 얼마나 가지고 있는가?

미국과 유럽에서 출간된 기본 도서 300여 권과 파일 50개 분량의 자료를 가지고 있다. 특히 유대인과의 대화를 통해 얻은 정보와 분석을 기록해둔 개인 자료도 다수 있다.

유대인은 어떻게 정의할 수 있는가?

유대인의 정체성은 기본적으로 두 가지로 정의할 수 있다. 첫 번째는 모계 혈통을 중시한다는 것이다. 즉, 어머니가 유대인이면 아버지가 유대인이 아니더라도 자식은 자동으로 유대인이 된다. 배우 해리슨 포드가 대표적인 예다. 두 번째는 유대교를 믿으면 유대인으로 인정된다는 점이다. 타 종교를 믿던 사람이 유대교로 개종하면 유대인으로 간주된다. 배우 엘리자베스 테일러나 마릴린 먼로가 이 경우다. 배우 귀네스 팰트로처럼 아버지만 유대인일 경우에는 유대인 정체성이 조건부로 인정된다. 이때, 유대교 신앙은 필수 조건이다. 논란이 생기면 유대인 정체성에 대한 최종 심사는 유대교 성직자인 '랍비'가 판단한다. 따라서 유대인의 정체성은 종교이지 혈통이 아니다.

오늘날 유대 민족은 존재하지 않는다. 지중해와 중동계인 세파라디 유대인이 유대인의 원 민족인 셈족에 가깝다 할 수 있다. 그러나 전 세계 유대인의 80%를 차지하는 유럽계 백인 유대인인 아쉬케나지는 종교만 유대교로 선택한 유대인이다. 따라서 오늘날 유대인의 정체성은 신앙 공동체 개념으로 볼 수 있다. 유대인의 공식 언어는 이스라엘 건국 후의 신 히브리어다. 그러나 유대인은 어학의 천재여서 보통 2~3개 국어 구사는 기본이다. 오랜 세월 세계 각지로 유랑 생활을 해온 영향 때문인 것 같다. 과거에는 이디시어(동유럽 유대인)와 라디노어(지중해 아랍권 유대인)가 있었으나 지금은 쓰이지 않는다. 디아스포라 유대인들은 신 히브리어를 거의 배우지 않고 정착지의 언어를 주로 사용하고 있다. 유대인 인구 중 60% 이상은 영어를 사용한다.

통상 유대인을 세계화의 모델로 평하는데 그 요인은 무엇인가?
두 가지 요인이 있는 것 같다. 첫째는 오랜 유랑 생활 중 각국에서 터득한 생존의 지혜가 세계화로 발전한 것이다. 두 번째는 정치적 이유로, 과거 유대인에 대한 박해 원인 중 하나인 민족주의 때문이다. 그래서 미국과 유럽에서 강력한 영향력을 갖고 있는 유대인들은 세계화를 새로운 보편 가치로 전파시켜 민족주의를 희석하려고 부단히 노력한다.

『토라』와 『탈무드』는 어떻게 다른가?
둘 다 유대교의 기본 경전이지만 약간의 차이가 있다. 가르침, 율법을 뜻하는 『토라』는 가정 교육에서 중요한 위치를 차지한다. 『토라』는 구약 성서 모세 5경(창세기, 출애굽기, 레위기, 신명기, 민수기)을 바탕으로 정리된 일종의 율법서다. 유대인 어머니들은 자녀가 말귀를 알아들을 때인 두서너 살 때부터 잠자기 전에 『토라』를 낭송해준다. 어린 시절부터 맹목적인 지식 주입보다는 지혜 있는 생활을 훈련시킨다. 이에 비해 '바다'라는 뜻을 가진 『탈무드』는 유대교도의 기본 경전이자 지혜서다. 『탈무드』는 예루살렘 성전의 제2차 붕괴 후 구약 성서를 대신하는 경전으로 출발했다. 기본은 『토라』를 바탕으로 구두로 강론하던 「미쉬나」(연구한다는 의미)다. 『탈무드』의 구성은 전통적인 『토라』의 해석인 「미드라시」와 율법과 규례를 모은 「할라카」인데 『탈무드』는 무한대의 지혜를 추구하는 게 특징이다. 『탈무드』는 5세기 초 라브 아쉬라는 유대 경전학자가 최종 편집한 것으로 알려졌다. 랍비들이 자유로운 주제로 토론한 것을 모았으며, 토론 주제는 인간 생활에서 제기될 수 있는 모든 사안이 포함된다. 『탈무드』는 유대인 교육에 필수적인 교재로 유대인들에게는 지식의 맹목적인 습득보다 반드시 실용 가능한 지혜로 연결되어야 한다는 것을 강조한다. 이런 교육 전통이 바로 유대인의 창의성 교육을 발전시킨 바탕이다.

현재 유대인은 얼마나 되나?

유대인 인구는 종교적인 정통성을 따져 협의로 판별하느냐 아니면 부계 혈통도 포함한 광의적 해석이냐에 따라 숫자가 달라지기 때문에 통계적인 측정이 어렵다. 현재 세계에 흩어진 유대인 인구는 1,400만~1,600만 명 정도로 보이는데 실제로는 이보다 더 많을 것으로 추정된다. 유대인은 미국과 이스라엘에 600만~650만 명 수준으로 거의 비슷하게 거주하고 있다. 다음으로 프랑스(70만 명), 캐나다(40만 명), 러시아(35만 명), 영국(30만 명), 우크라이나(20만 명), 호주(12만 명), 남아프리카공화국(9만 명) 순이다. 유대인은 역사적으로 이동이 잦았으므로 한 나라의 유대인 인구를 추산하는 게 매우 어렵다. 제2차 세계대전 직전 동유럽(폴란드, 우크라이나, 러시아, 헝가리 등)에는 세계에서 가장 많은 숫자의 유대인이 살고 있었는데 이들 중 다수는 전쟁과 홀로코스트 와중에 미국, 서유럽, 팔레스타인 등지로 피난을 떠났다. 그리고 동유럽에서 약 120만 명이 4차에 걸친 중동전에서 이스라엘이 얻은 영토에 건설한 정착촌으로 이주했다.

유대인이 특별히 뛰어나게 활약하는 분야는?

유대인은 전반적으로 모든 분야에서 발군이지만 특히 금융과 언론, 문화 예술 분야 그리고 IT 등 '두뇌 산업' 분야에서 뛰어나다. 유대인들은 『탈무드』의 영향으로 사고가 논리적이다. 또, 우리와는 달리 교육 과정에서 지적 호기심과 상상력을 극대화 시켜주는 덕에 창의성을 중점적으로 배양하게 된다. 유대인이 종사하는 대표적 직종은 전문직인 교수, 의사, 변호사, 언론인, 금융업, 영화 제작자, 감독, 배우, 작곡가, 지휘자, 화가 등이다.

노벨상 수상자는 얼마나 되는가?

전 세계 인구의 0.2%에 불과한 유대인이 현재까지 노벨상 수상자의 23%를 차지하고 있다. 16억 명 인구의 이슬람권이 9명, 13억 중국인이 12명인 점을 비교하면 대단한 것이다. 대표적인 사람은 베르그송, 보리스 파스테르나크, 파블로 네루다(문학상), 아인슈타인(물리학상), 폴 새뮤얼슨, 밀턴 프리드먼(경제학상) 등이다.

유대인이 선천적으로 우수한 두뇌를 가지고 태어나는가?

유대인이 선천적으로 우수하다는 주장은 다소 과장된 것이다. 다만 어릴 때부터 창의성 교육을 받는 등 교육을 통해 인재로 성장하는 것 같다. 그들을 보면 새삼 교육의 중요성을 인식하게 된다.

유대인에게 미국은 또 다른 가나안 땅으로 인식된다고 한다. 그 이유는?

미국은 유대인에게는 또 다른 기회의 땅이다. 유대인은 민족적 요인, 예수의 존재를 인정하지 않는 유대교 종교 교리의 차이, 배타적 선민의식, 소수 유대인의 탁월한 재능에 대한 숙주국 국민의 시기심 등이 겹쳐져서 유럽에서 지속적으로 박해를 받았다. 그러나 미국은 다인종, 다민족 국가이므로 유대인이 정착하는 데 기본적인 어려움이 없었다. 그리고 유럽과는 달리 이들의 능력과 기여에 대한 응분의 평가와 보상을 받을 수 있다는 장점이 있어 미국은 '제2의 가나안'이라고 불리게 된 것이다.

미국 정치권에서 유대인 파워는 어느 정도인가?

유대인은 미국 인구의 3%도 안 되는데도 상원의원의 10%, 하원의원의 30%를 차지하고 있다. 하지만 이 숫자보다 더 중요한 것은 유대인이 숱한 박해 역사를 통해 터득한 정치권력 생성과 구축의 묘리를 활용해 현지 정치권력과 공생하고 있다는 점이다. 미국의 경우, 각종 선거에서 가장 중요한 요소는 언론의 지원과 정치 헌금인데 유대인은 이 두 가지를 갖추고 있어 정치권 진출이 유리하다.

한국인과 유대인을 비교한다면?

한국인과 유대인은 근면함, 강인한 여성, 엄청난 교육열 등에서 유사점이 많다. 그러나 결정적 차이점도 많다. 우선 공통점이기도 한 교육열을 보면 그 방법에서 큰 차이가 있다. 우리의 교육은 주입, 암기를 통한 승부형 교육인데 반해 유대인의 교육은 창의력 배양을 위한 전인 교육이다. 그리고 유대인은 논리적인데 한국인은 논리와 토론을 싫어하는 점도 다르다. 또한, 유대인은 정적인 사고를 중시하지만 우리는 이들과 달리 역동성이 큰 점도 다른 것 같다.

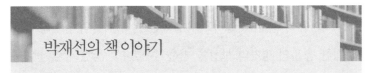

● **삼국지**　　　　　　　　　　　　　　나관중, 정음사

재론의 여지가 없는 중국 4대 기서 가운데 최고봉. 본래 제명은 『삼국지연의』로 진수陳壽의 『삼국지』에 서술된 위, 촉, 오 3국의 역사를 바탕으로 전승되어 온 이야기들을 중국 원, 명의 교체기 때의 사람인 나관중이 재구성한 장편 소설. 국내에 수많은 번역서와 편역서가 있으나 1960년대 초에 출판된 정음사 본이 원전에 가장 가깝고 중간에 등장인물 관련 한시가 수록되어 있는 등 가장 충실하다.

● 아랍인의 눈으로 본 십자군전쟁　　　　아민 말루프, 아침이슬

레바논 출신으로 프랑스에 정착해 1993년 공쿠르상을 수상한 소설가이자 역사가인 말루프의 명저. 아랍의 역사와 문화, 의식 세계를 사실적인 문체와 신비로운 분위기로 그려내는 탁월한 작가로 평가받고 있다. 아랍 쪽 사료에 근거하여 200년간의 십자군 전쟁을 적나라하게 묘사했다. 우리가 지금까지 배워온 십자군 전쟁에 대한 서구 기독교권 해석과 대칭된 입장에서의 균형 있는 역사관을 읽을 수 있다.

● 스피노자의 철학　　　　질 들뢰즈, 민음사

동일성과 초월성에 반하는 '차이'와 '내재성'의 사유를 통해 기존 철학사를 독창적으로 재해석하고, 경험론과 관념론을 새로운 차원에서 종합하여 '초월론적 경험론'의 지평을 제시한 들뢰즈가 르네상스를 주도한 프랑스 철학자 스피노자를 종합적으로 분석한 연구서. 들뢰즈를 비롯한 현대 사상가들에게 스피노자는 과연 어떤 의미를 지니는지, 스피노자의 삶 자체가 사실상 한 편의 철학적 드라마였음을 보여준다.

● 소프트 파워　　　　조지프 나이, 세종연구원

미국을 대표하는 국제정치학자인 조셉 나이 하버드대학교 케네디행정대학원장이 미국의 소프트 파워와 반미주의의 실체를 규명한 책. 어느 한 국가가 '하드 파워'로 이 세상을 지배할 수 없음에도 소프트 파워의 이점을 소홀히 하고 세계를 지배하려는 미국의 대외 정책을 비판한 책. 한 나라의 소프트 파워는 문화와 정치적 가치관, 대외 정책 등 세 가지로 구성된다고 주장한다.

● 유대인의 역사 폴 존슨, 살림

영국의 비판적 저널리스트이자 역사 저술가인 폴 존슨이 오해와 편견으로 점철된 유대인의 역사를 보다 균형적인 시각으로 조명한 책. "이토록 방대한 정보를 이토록 생동감 있게 펼쳐낸 유대인 이야기는 이제껏 없었다"고 평가받는다. 유대인이 팔레스타인을 떠나 곳곳에 흩어져 살면서도 유대교의 규범과 관습을 포기하지 않았던 디아스포라와 홀로코스트를 거쳐 현대 이스라엘을 건국하기까지의 역사를 성경과 역사서를 토대로 완벽하게 재구성했다.

박종구

기술인이 인문학을 공부해야 할 이유

박종구 초당대학교 총장

박종구

재벌가의 아들로 태어났으나 책과 학문에 빠져 경제학을 전공하고 대학
교수로 일했다. 학문을 공적 영역에 적용하고 싶던 차에 김대중 정부 시
절 기획예산처(현 기획재정부) 공공관리단장으로 변신, 민간과 시장의
원리인 '경쟁과 효율성'을 공무원 조직과 공기업에 혁신적으로 적용해 성
가를 올렸다. 한국폴리텍대학 이사장을 거쳐 2015년 초당대학교 총장
으로 옮겼다. '기술인'도 '인문학적 소양'을 갖춰야만 전인全人이 될 수 있
다고 믿는다.

- 1958년 광주 출생
- 충암고등학교, 성균관대학교 사학과 졸업
- 시라큐스대학교 대학원 경제학과(석사, 박사)
- 아주대학교 경제학과 교수, 교무부총장, 총장 직무대행
- 기획예산처 공공관리단 단장
- 국무조정실 수질개선기획단 부단장
- 국무조정실 경제조정관, 정책차장
- 과학기술부 과학기술혁신본부장
- 교육과학기술부 제2차관
- 제6대 한국폴리텍대학 이사장
- 제10대 초당대학교 총장(현)

구리로 거울을 만들면 가히 의관을 단정하게 할 수 있고, 역사를 거울로 삼으면 흥망성쇠와 왕조 교체의 원인을 알 수 있고, 사람을 거울로 삼으면 자신의 득실을 분명히 알 수 있다.

– 오긍, 『정관정요』

재벌가(금호아시아나)의 막내아들로 태어났으나 책을 좋아하는 성격이었다. 그래서 대학도 일부러 사업과 관련이 없는 사학과로 진학했다. 미국 유학길에 올라 경제학으로 학위를 받고 돌아와 대학에서 10여 년 교수로 일했다. 그러나 대학에서 강학과 연구에만 몰두하기엔 피가 너무 뜨거웠다. 집안의 사업가적 DNA는 어쩔 수 없었는가 보다. 김대중 정부 시절 민간인 두뇌 영입 케이스로 공무원(기획예산처 공공관리단장)으로 변신했다. 민간과 시장의 원리인 '경쟁과 효율성'을 공무원 조직과 공기업에 혁신적으로 적용해 '공공 부문 구조조정의 마법사'로 불렸다. 공기업 민영화를 추진하면서 인력의 19% 이상을 감축하고 과도한 복지도 과감하게 손댔다.

차관급인 과학기술혁신본부장 시절에는 11조 원에 달하는 각종 국가 연구개발 사업을 재평가해 효율성을 높였다. 매년 고위 공직자로 영입한 민간인 가운데 가장 성공한 모델로 꼽히는 박종구 한국폴리텍대학 전 이사장은 엄청난 독서가의 끼를 조직 내에 전파하며 '기술인'도 '인문학적 소양'을 갖춰야만 전인全人이 될 수 있다고 강조했다.

폴리텍대학은 어떤 곳인가?

지난 40여 년간 산업 현장 곳곳에서 필요로 하는 기술 인력을 배출하며 우리나라 경제 발전과 혈맥을 같이한 공공 직업 교육 대학이다. 전국적으로 34개의 캠퍼스를 두고 있으며, 국가 산업 발전에 필요한 산업 인력을 양성하는 양성 훈련 과정, 재직자의 직무 능력과 고용 가치를 높여주는 향상 훈련 과정을 운영한다. 현장 중심의 교육을 통해 해마다 80%를 넘는 높은 취업률을 보이고 있다. 최근에는 베이비부머와 경력 단절 여성 등 사회의 취업 취약 계층에 대한 훈련 과정도 확대 운영 중이다.

이사장 부임 후 인문 교양 도서 읽기 운동 등을 대대적으로 펼쳤다던데?

학생들에게 인문학적 관심을 불러일으키기 위해 전국 34개 캠퍼스 도서관을 집중 정비했다. 취임 후 전국 캠퍼스를 돌아보면서, 인문 서적이 상대적으로 부족하다고 느꼈기 때문이다. 당시 사회적으로 관심이 고조되었던 스티브 잡스 전기를 처음으로 비치했던 것이 기억난다. 그 이후에는 신간 베스트셀러는 물론, 동서고금의 양서들도 지속적으로 확보해왔다. 반갑게도 몇몇 뜻있는 단체들의 도서 무상 기증도 이어졌다.

인문 교과에 대한 비중을 11%에서 18%까지 끌어올리는 등 커리큘럼도 바꿨다. 교양 개설 학점도 20학점에서 31학점으로 확대했다. 조직에서는 개인 역량도 중요하지만, 소통이 중요하기에 학생들에게 커뮤니케이션 기술을 키워줄 수 있는 교과를 넣었다. 경제 흐름에 대한 관심을 높여주기 위한 경영학과 경제학, 문제 해결 능력을 위한 자기계발과 경영 등의 교과도 새로 편성했다.

최근 역사 인식의 중요성이 부각됨에 따라, 올해부터는 전국 전문대학 최초로 한국사를 교양 필수 과목으로 선정하여 교육하고 있다.

이른바 '기술인'들에게 인문학을 강조하는 이유는?

현대사회는 기술자에게 기술 그 이상의 것을 요구한다. 기술을 바라보는 사회적 패러다임의 변화와 인문학적 사고가 뒷받침되는 기술이 바로 그것이다. 따지고 보면 기술도 사람 편하게 하자는 데서 출발하는 것 아닌가. 휴머니즘이 바탕이 된 기술인이 요구되는 이유다.

기술과 인문학이라는 이종 학문 간 교차 학습을 통해 창의적인 기술 개발 능력을 키워주는 데도 목적이 있지만, 기술의 근간에는 언제나 사람이 있기 때문이다. 기술을 익히고 개발하는 데 있어, 그 기술이 왜 필요한지 사람들에게 어떤 편익을 주는지에 대한 고민을 먼저 하게 한다. "기술만으로는 충분하지 못하다. 기술은 인문학과 함께 있을 때에서야 비로소 우리의 마음을 움직일 수 있다"고 말한 스티브 잡스의 기념비적인 명언을 학생들 마음에 담아주고 싶다.

실제로 학생들에게 변화가 있었나?

처음에는 기술장이가 기술만 좋으면 됐지 인문학이 왜 필요하냐는 견해도 적지 않았다. 빡빡한 강의와 취업 준비에 올인하다 보면 인문학 도서까지 읽기에는 짬이 안 난다는 반발도 있었다. 그래서 일단 딱딱한 도서관을 분위기 있는 카페 형태로 바꾸었다. 학생들의 접근성을 높이고 인문학의 필요성에 대한 이해와 공감대를 확대해나가자 의미 있는 변화들이 일기 시작했다. 1년에 인문 서적 한 권 읽던 학생들이 2014년에는 이미 상반기에만 1,48권을 읽었다. 초청 연주회가 열리는 가운데 독서 발표회가 이루어지는가 하면, 저명인사나 유명 작가와의 만남을 통해 학생들은 인문학에 대한 문턱을 낮추기 시작했다. 모든 학생이 한 학기 인문 서적 1권 이상 읽기 운동을 학생회가 자발적으로 벌이고 있다. 전 캠퍼스에서 여러 독서 동아리가 생기고 있는 것도 큰 의미이다.

각 캠퍼스의 활동은 어떤가?

매 분기 법인 차원의 도서 선정 위원회가 열리고 여기서 선정된 도서는 전국 34개 캠퍼스에 보급된다. 그 사이 매월 인문 교양 우수 도서도 추천된다. 대학 홈페이지에는 우리 대학이 선정한 우수 인문 교양 도서 200권이 소개된다. 부임 후 매년 도서 구입비로 2억원이 넘는 예산을 확보했다. 캠퍼스에서는 독서 동아리, 독후감 경진 대회 등과 함께 독서 활동을 포함한 감성 리더십 인증제 등 더욱 발전된 독서 장려 활동으로 확대되고 있다.

도서관이 멋지다던데?

신문이나 책보다는 휴대폰이 손에 더 익은 요즘 세대들을 위해 전자 도서관 시스템을 갖췄다. 언제 어디서나 대학 추천 도서들을 읽을 수 있도록 모바일 서비스가 지원된다. 전공 도서는 이러닝 시스템을 통해 종이 없는 수업이 가능하다.

학자에서 행정가로 변신해 성공한 모델 케이스로 평가받고 있던데, 변신 이유와 소회는 어떤가?

"지락 불여독서至樂 不如讀書"라는 말이 있다. 세상에서 가장 큰 즐거움은 배우고 익히는 것이란 뜻이다. 하지만 그것을 세상에 녹여내는 것 또한 그에 못지않다고 생각한다. 1998년 개방형 공모 직위였던 기획예산처 공공관리단장 자리를 시작으로 공직에 몸을 담게 됐다. 다산 정약용은 목민심서에서 "타관가구 목민지관 불가구야他官可求 牧民之官 不可求也"라고 했다. 공무원은 소명 의식을 갖고 봉사해야 한다는 의미이다. 강단에 있을 때보다 훨씬 더 많이 고민해야 했지만, 정책의 파급 효과만큼이나 보람도 컸다.

소문난 독서광이던데 나름의 독서법은?

시간과 장소에 따라 독서 종류를 달리한다. 새벽 시간이 특히 중요하다. 기관장을 하다 보니 퇴근 이후의 시간이 온전한 나의 것이 아닌 때가 많다. 반면에 새벽은 아무에게도 방해받지 않는 시간이 된다. 하루를 열어주는 것은 주요 일간지와 주말에 구입한 신간이다.

출근길 차 안에서는 못다 읽은 책이나 「타임」지를 살핀다. 결재 이후엔 시간 나는 대로 전공 분야인 경제 서적을 읽는다. 퇴근 이후에는 주로 인문학 도서를 즐긴다. "신사는 침대에 혼자 가지 않는다"는 말이 있는데 침대 머리맡 자리는 언제나 즐겨보는 책이 즐비하다.

주말에는 습관처럼 서점을 찾는다. 온라인 구입이 시간적 편익은 있지만 여러 책이 한눈에 잡히지 않는 한계가 있다. 생각해두었던 책을 사러 갔다가 의도치 않게 마음을 사로잡는 책을 만나는 '횡재' 맞는 경우가 종종 있다. 그 기쁨은 애써 서점을 오가는 발걸음에 대한 보상 그 이상이다.

수불석권手不釋卷을 모토로 삼던데 무슨 뜻인가?

손에서 책을 놓지 않는다는 말로 『삼국지』의 「여몽전」에 나오는 고사다. 장군이었지만 문약한 여몽이 독서할 겨를이 없다고 하자 그의 군주인 손권이 변방 일로 바쁜 가운데서도 손에서 책을 놓지 않았던, 후한의 황제 광무제 이야기를 들려준다. 이후 여몽은 전장에서도 학문에 정진했다. 나중에 옛 친구인 노숙이 몰라보게 박식해진 여몽을 보고 놀란다. 이에 여몽은 "선비가 만나서 헤어졌다가 사흘이 지난 뒤 다시 만날 때는 눈을 비비고 다시 볼 정도로 달라져야만 한다"고 답한다. 바쁘다는 핑계로 책을 멀리하는 현대인들이 새겨야 할 대목이라고 생각한다. 자투리 시간을 가볍게 흘리기보다는 책 펴는 습관을 들여야 한다.

「아시아경제」에 「중국 스토리 인물사」를 연재했는데 중국에 관심이 많은 이유는?

고대 중국은 드넓은 영토를 두고 패자를 차지하기 위한 인물의 각축장이었다. 그 안에는 저마다의 정치와 사상을 펴기 위한 유세가들의 활동도 매우 활발했고, 사기 열전에 나오는 수많은 인물 외에도 오늘날 우리에게 살아가는 지혜를 일깨워줄 인물이 많기 때문이다.

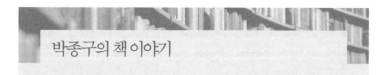

박종구의 책 이야기

● 중국의 역사
진순신, 한길사

중국 상고 시대부터 신해혁명 시기까지의 중국 역사를 체계적이고 알기 쉽게 정리한 역사 개설서. 존 K. 페어뱅크의 『신중국사』, 패트리샤 버클리 에브리의 『케임브리지 중국사』와 비교해 훨씬 더 평이하지만, 역사적 인물의 행태에 초점을 맞춘 인물사적 성격이 강하다. 진순신은 대만계 일본인으로 시바 료타로와 함께 역사의 대중화에 기여한 역사 소설가 겸 역사학자인데 뛰어난 필력과 역사관은 중국사의 새로운 지평을 열어줬다는 평을 받는다.

● The Passage of Power : The Years of Lyndon Johnson
Robert A. Caro, Vintage Books

미국의 대표적 정치 전기 작가인 캐로가 쓴 고故 린든 존슨 미 대통령 전기. 부통령 당선, 케네디 대통령 암살과 대통령직 승계, 각종 개혁 법안 통과 등을 둘러싼 1960년대 워싱턴 권력의 민낯을

잘 보여준다. 공룡이라고 불리는 캐로의 세밀한 상황 묘사, 엄청
난 참고 자료 등은 우리를 정치 전기의 정수로 이끈다.

● **정관정요**   오긍, 학술편수관

오긍은 당 태종 사후 측천무후 때의 사관이다. 이 책은 피로 점철
된 측천무후 시대의 혼란에서 벗어나 당 태종 시대의 태평성대를
그리는 마음에서 저술한 당 태종과 신하 간의 국정 문답집이다.
수나라 멸망의 원인, 수성과 창업의 비교, 지도자의 요건, 충신과
양신의 차이 등 주옥같은 내용이 담겨 있다. 북송 사마광의 『자치
통감』과 더불어 제왕학의 교과서로 평가된다.

손욱

인문학과 경영학을 접목하다

손욱 한국형리더십개발원 이사장

손욱

서울대학교 공대 출신의 엔지니어였음에도 삼성그룹에 들어가 주로 인사 혁신 분야에 근무하면서 '한국의 잭 웰치', '혁신의 전도사', '최고의 테크노 CEO' 등 혁신 경영자로 더 잘 알려졌다. 삼성종합기술원 최장수 원장으로 국내 최초로 시장 창출형 4세대 연구 혁신과 R&D 부문의 식스시그마(DFSS)를 도입했다. 최근에는 지인들과 '행복나눔125본부'를 만들어 감사 나눔 운동에 헌신 중이다.

- 1945년 경남 밀양 출생
- 경기고등학교, 서울대학교 기계공학과 졸업
- 1975년 삼성그룹 입사
- 삼성전자 마케팅실장 이사
- 삼성전기 생산기술본부장 전무
- 삼성전자 전략기획실장 전무
- 삼성전관 대표이사 사장
- 삼성종합기술원 원장
- 삼성인력개발원 사장
- 농심 대표이사 회장
- 서울대학교 차세대융합기술연구원 융합연구본부 기술경영솔루션센터 센터장(현)
- 감사나눔신문, 행복나눔125운동본부장(현)
- 한국형리더십연구회장, 한국형리더십개발원 이사장(현)
- 저서 『나는 당신을 만나 감사합니다』, 『삼성, 집요한 혁신의 역사』, 『십이지 경영학』 외 다수

내가 인물을 잘 알지 못하니 좌의정, 우의정과 이조,
병조의 당상관과 함께 의논하여 벼슬을 제수하려고 한다.

– 『세종실록』 세종 원년 1418년 8월 12일 기록

삼성그룹이 오늘날 세계적 초일류 기업으로 발돋움하기까지에는 수많은 재재 다사의 노력과 헌신 분투가 있었을 것이다. 창업자를 비롯한 오너 일가의 예지력과 임직원들의 창의력 등이 시너지 효과를 이룬 덕도 클 것이다. 또한, 참신한 혁신 아이디어로 위기를 돌파해낸 혁신가들도 부지기수일터. 하지만 그 가운데서 굳이 몇을 꼽으라면 단연 반도체로 삼성을 재도약시킨 황창규 현 KT 회장과 손욱 전 삼성인력개발원 사장이라는 데 업계의 이론이 없다.

서울대학교 공대 출신의 엔지니어였음에도 '한국의 잭 웰치', '혁신의 전도사', '최고의 테크노 CEO' 등 혁신 경영자로 더 잘 알려진 손욱 전 삼성인력개발원 사장은 이제 고희의 나이에도 불구하고 감사와 행복 경영 전도사로서 바쁜 나날을 보내고 있다.

손욱 전 사장은 일찍이 삼성전기와 삼성전자, 삼성SDI의 프로세스 혁신과 전사적 정보 시스템 구축을 주도해 성공적으로 정착시켰고 삼성SDI에 국내 최초로 식스시그마를 도입하여 디스플레이 사업의 일류화 기반을 다졌다. 1999년부터 5년간 삼성종합기술원 최장수 원장이 되어 국내 최초로 시장 창출형 4세대 연구 혁신과 R&D 부문의 식스

시그마(DFSS)를 도입하여 기술 경영 혁신 성공 모델을 만들기도 했다. 또한 그는 독서가로도 유명한데 인문학과 경영학을 접목한 『십이지 경영학』을 펴내 인문 경영학을 주창한 데 이어 4년 전부터 뜻있는 지인들과 '행복나눔125본부'를 만들어 감사 나눔 운동에 헌신하고 있다.

‥

'행복나눔125운동'이라는 게 무엇인가?

한마디로 말하자면 1주일에 한 가지 이상 착한 일 하기-週一善, 한 달에 두 권 이상 좋은 책 읽기-月二讀, 하루에 다섯 가지 이상 감사하기-日五感를 하자는 것이다.

착한 일을 하면 배려와 나눔의 힘을 알게 된다. 배려와 나눔은 믿음과 신뢰로 이어져 사회적 자본을 튼튼하게 만든다. 책을 읽으면 지식과 창의력이 늘어나 소통과 통합으로 융합과 시너지를 창출하게 된다. 감사를 나누면 긍정 마인드가 늘어나 긍정 심리 마인드가 증가해 행복한 사회를 만든다.

이론적으로는 그럴듯한데 실제로 사례가 있는가?

포스코ICT라는 회사가 있다. 이 회사는 포스데이타라는 IT 회사와 포스콘이라는 제어 기술 회사가 합병돼 탄생한 회사이다. 모회사에서는 두 회사를 합병해 시너지 효과를 노린 것인데 서로 성격이 다른 회사를 합쳐놓다 보니 물과 기름처럼 겉돌기만 했다. 마침이 회사의 허남석 사장에게 이 같은 사정을 듣고 나는 이 회사에 행복나눔125운동을 도입하기로 했다.

허 사장 스스로 감사 일기를 쓰고 독서 토론을 주도하며 위에서부터 실천할 것을 강조했다. 또, 임원들은 한 달에 두 번의 독서 토론에 참여하고 하루 5 감사, 특정인에게 100 감사 쓰기에 동참했다. 매월 감사, 독서, 행복 전문가들을 초청하여 강연회를 열고 사장이 직접 조직을 찾아다니며 전파하고 독려했다. 2,400여 명 전 직원이 협력 회사 직원과 함께 감사 나눔 교육을 받고 그중 400여 명은 감사 불시 양성 과정을 거쳤다. 이 같은 과정을 시행한 지 3년 만에 이 회사는 몰라보게 달라졌고 이를 벤치마킹하겠다는 기업이 줄을 이었다.

행복 나눔 운동을 시작한 계기는 무엇인가?

삼성에 있을 때부터 혁신에 관심이 많았다. 1993년 이건희 삼성 회장이 "마누라와 자식만 빼고 다 바꾸자"고 했던 이른바 '프랑크푸르트 신경영 선언' 당시 나는 삼성그룹 비서실 경영전략팀장으로 있었다. 이후 삼성종합기술원장으로 5년, 삼성인력개발원장으로 1년을 일했다. 이런 곳에 일할 때 혁신과 경영 개선에 시종일관 매달렸다.

그런데 기업인을 긴장시키는 잡지가 하나 있다. 바로 유명한 「포춘」이다. 이 잡지는 매년 기업의 매출과 성격 등을 종합해서 기업의 순위를 발표한다. 그중에서 '일하기 좋은 100대 기업'이 가장 관심을 끈다. 기업인은 이 순위에 들기 위해 매우 노력한다. 이런 '일하기 좋은 기업'을 선정하는 기준을 만든 사람은 경영 컨설턴트인 로버트 레버링 박사이다. 그가 창안한 'GWP(Great Work Place:

행복한 일터)' 개념은 유명하다. GWP에 선정되기 위해서는 자부심, 신뢰, 즐거움이라는 3대 조건을 잘 구비해야 한다.

미국에서는 이 운동이 큰 반향을 일으켰지만, 한국에선 그다지 붐을 일으키지 못했다. 그 이유는 GWP 운동이 서구적 개념이었기 때문이었다. 나는 한국형 GWP 운동이 필요하다고 생각했다. 그리고 한국 문화에는 낯선 감사 운동이 전제돼야 한다는 것을 깨달았다.

삼성에 엔지니어로 입사했을 텐데 혁신 경영 업무를 하게 된 과정이 궁금하다.

원래 공학도였지만 서울대학교 공대가 공릉동에 있을 당시, 공대 최초의 학생 데모를 주동할 만치 오지랖이 넓었다. (실제로 그는 1964년 한·일협정 반대 시위를 주동하기도 했었다.) 처음 배치받았던 한국비료나 그 후 삼성전자에서도 엔지니어였다. 삼성전자에서 근무하던 시절 미국 GE와 합작으로 에어컨을 만들기 위한 신규사업팀장을 맡았는데 제2차 석유파동으로 이 사업이 어려워지면서 팀이 해체됐다. 그러다 우연히도 윤종용 기획실장이 기획실에 와서 같이 일해보자고 해서 옮기게 됐다. 이후 경영 전반과 혁신에 관계된 일을 하게 됐다. 생각해보면 우연한 기회였지만 이를 계기로 많은 것을 배울 수 있었다.

'한국형리더십연구소'도 꾸려왔는데 '한국형 리더십'이 무엇인가?

삼성전자 전략기획실장으로 일할 때 삼성에 어울리는 혁신 코드를 창안하느라 고심했다. 많은 사람을 만나고 관련 서적을 독파하던 중 성신여대 총장을 지낸 전상운 박사의 『한국과학기술사』라는 책을 읽고 깜짝 놀랐다. 조선조 세종 시대의 과학 수준이 당대 동·서양에 비추어 최고 수준이었는데, 그 바탕에는 세종의 리더십이 깔려 있다는 내용이었다. 나는 즉시 전 박사를 찾아가 만나서 많은 대화를 했다.

일본 과학사학자 이토 야마다의 『과학기술사 사전』을 보면 기원전부터 20세기까지의 세계의 과학 기술 업적이 연표로 정리돼 있는데, 세종조인 15세기 전반기 당시를 대표하는 기술 중 한국이 29건, 중국 5건, 일본은 0건, 기타 28건으로 나와 있다. 요즘 우리가 아는 측우기, 금속 활자 인쇄술, 신기전, 훈민정음, 자격루 등이 바로 그 예이다. 세종조에 과학 기술을 비롯한 제반 문화가 융성한 이유는 바로 세종의 리더십에 있었다.

세종의 리더십의 요체는 무엇인가?

솔선수범과 애민 사상에 바탕을 둔 소통, 그리고 백성의 행복한 삶에 대한 확실한 미래 비전이다. 세종이 생각한 품격 있는 국가는 첫째, 모든 백성이 지혜로워야 했다. 그러려면 책을 읽게 해야 하는데 바로 이를 위해 훈민정음을 창제하고 고려 금속 활자 기술을 발전시켜 갑인자 등을 만들어 매일 40벌씩의 책을 펴냈다. 세종은 책을 읽는 데서 끝내지 않고 토론을 즐겼는데 바로 이게 경연이다. 재위 28년 동안 무려 1,898회나 경연을 했다. 어느 해에는 거의 매일 한 적도 있다.

둘째는 백성이 행복한 나라였다. 이는 '생생지락'이라고 표현되는데 즉 '생활과 일의 즐거움'을 뜻한다. 만백성이 자신의 삶을 즐거워하며 살아가야 한다는 것이다. 셋째는 존경받는 국가이다. 이는 정신문화나 국방 외교 등의 측면에서 주변 국가로부터 업신여김을 당하지 않아야 한다는 것을 의미한다.

농심 회장 시절은 어땠는가?

거의 전권이 주어진 CEO여서 제법 신나게 행복 나눔 경영을 펼칠 수 있었고, 시행착오를 통해 이 운동의 틀을 다질 수 있었다. 특히 독서 토론을 장려했는데 매년 100권의 책을 선정해 읽었다. 생산직 직원들에게도 독서를 권장했다. 처음에는 생산직 주부 사원들이 꺼렸다. 그럴 때마다 내가 "이제 90세 인생인데 손주들이 놀러 와서 여러 가지를 물으면 대답할 수 있는 지식 정도는 갖춰야 하는 것 아니냐"고 강조했다. 회사 발전을 위한 좋은 아이디어 제안 제도도 도입했는데 이에 대한 보상을 잘해주니 성과가 매우 좋았다.

나름의 독서법이 있다면?

워낙 일상이 바쁘다 보니 내 나름의 방법을 찾았다. 자동차 안에 책을 비치하고 책보기, 회사 자료실 적극 활용하기, 역사책 즐겨 읽기, 정독할 때는 메모하기 등이다. 또한, 책을 볼 때는 우선 목차를 보고 중요한 부분을 파악한 다음 그 부분을 집중적으로 읽는다.

'감사나눔신문'은 사업적으로 어려움은 없는가?

처음에는 어려웠으나 이제 흑자 구조이다. 2만 5,000부를 격주로 발행해서 이 가운데 1만 부는 군부대와 교도소에 무료로 보급 중이다. 전 직원들의 감사 나눔 강연회와 컨설팅 등도 수익에 큰 도움이 된다.

손욱의 책 이야기

● 삼국지
나관중, 민음사

국가 흥망성쇠와 리더십 교과서로, 설명이 필요 없는 동양 최고의 고전. 학창 시절이나 직장 시절, 혹은 장년에 읽어도 언제나 묵직한 역사의 무게와 깊이를 배울 수 있다. 특히 유비, 조조, 손권 등 당대의 세 영웅이 천하를 삼분해 대립, 갈등, 합종연횡해가는 과정과 관우, 장비 그리고 명 전략가 제갈량의 활약상은 상상을 초월한다.

● 성경
설명이 필요없는 종교서이자 철학서이고 역사서. 자신의 종교와 관계없이 생전에 한번 통독을 해보는 행복을 누리길 권한다. 평생 성경을 한번 통독하는 것을 버킷리스트로 삼아도 충분한 책이다. 아울러 영한대역으로 읽으면 어학력 향상에도 큰 도움이 된다. 성서에서 따온 영어 표현이 무수하기 때문이다.

● 목적이 이끄는 삶
릭 워렌, 디모데

미국에서 가장 영향력 있는 목회자로 꼽히는 워렌 목사가 우리에게 삶의 의미와 목적이 무엇인지 발견해보라고 조언하는 책. 총 40장의 짧은 글로 구성했는데 하루에 한 편씩 우리 삶의 가장 중요한 가치들에 대해 짚어주면서, 현재 내가 속해 있는 이곳에서 어떻게 하나님의 목적을 발견하고 기쁨으로 나아갈 수 있는지 발견하도록 도와준다.

● 탄허록
탄허, 휴

유불선 등 동양 철학에 통달했던 탄허 스님의 지혜가 옹글게 담겨 있는 책. 유교와 도교의 사상을 비롯하여 역사적 사례를 통해 한반도와 국제 정세의 예측을 시도한다. 『천부경』, 『도덕경』과 같은 동양 사상을 중심으로 정신을 무장하여 부조리한 문제를 해결해야 한국이 생존할 수 있다고 주장한다.

● 세종처럼
박현모, 미다스북스

조선왕조실록 가운데 『세종실록』의 골자를 세종을 주인공으로 입체적으로 통찰하고 현재적으로 망라한 책. 한국학중앙연구원의 박현모 교수는 세종의 모습을 신하들과의 소통, 백성에 대한 헌신, 국가의 최고 경영자로서의 리더십, 세 가지 관점으로 요약한다. 또한, 국왕으로서의 세종이 아니라 인간적 면모를 드러내 보이는 데도 많은 부분을 할애했고, 세종의 유명한 어록을 따로 만들어 주석을 달았다.

염태영

인문학 중심
도시의 비전

염태영 수원시장

염태영

효행의 도시 수원을 인문학의 메카로 탈바꿈시키기 위해 동분서주하고 있는 재선 시장. 경기도 안성에 거주하던 고은 시인을 수원으로 모셔와 시민의 멘토로 활동하게 하는가 하면 수원 시내의 문화 사각지대에 도서관 보급에도 열성이다. 시민운동과 청와대 등 공직 분야에서 익힌 경륜을 정책과 잘 접목하고 있다는 평이다.

- 1960년 경기도 수원 출생
- 수원 수성고등학교, 서울대학교 농화학과 졸업
- 삼성건설 근무, 두산그룹 두산엔지니어링 환경사업부 상무이사
- 참여정부 청와대 국정과제비서관
- 대통령 지속가능발전위원회 기획조정실장
- 대통령 자문 정책기획위원회 위원
- 국립공원관리공단 상임감사
- 유네스코 세계문화유산도시협의회 회장
- 전국 대도시시장협의회 회장
- 제27대 수원시장, 전국시장·군수·구청장협의회 사무총장(현)
- 저서 『우리동네 느티나무』, 『아름다운 약속』 외 다수

아리스토텔레스가 생각하는 시민은 우리가 생각하는 시민보다 더 숭고하고 엄격한 의미의 존재다. 아리스토텔레스에게 정치는 여러 면에서 경제와 다르다. 정치의 목적은 공리를 극대화하거나 개인의 이익 추구를 위해 공정한 규칙을 제공하는 차원을 넘어선다. 우리의 본성을 표현하고, 좋은 삶의 본질과 인간의 능력을 펼쳐 보이는 데 있다.

– 마이클 샌델, 『정의란 무엇인가』

한국의 대표 시인이자 노벨 문학상 단골 수상 후보인 고은 시인은 현재 경기도 수원시 장안구 연무동 광교산 자락에 기거한다. 2013년 8월 지난 20여 년간 둥지를 틀었던 안성을 떠나 수원시민이 된 것이다. 고은 시인의 이사는 염태영 수원시장의 집요한 프로젝트의 성과물이다.

4년 전 제26대 수원시장에 취임한 염 시장은 세계문화유산 화성행궁을 보유한 효행의 도시임에도 그저 그런 서울의 위성도시로 전락한 고향의 모습에 절망했다. 그래서 그는 즉시 '인문학을 통한 사람 중심' 도시로 거듭나게 하는 작업에 착수했다. 도서관 확충 작업, 경희대학교와 아주대학교 등 지역 대학들과 연계한 '수원학 정립'을 추진했지만 무언가 허전했다. 그러다 안성에 거주하는 고은 시인이 부인 이상화 중앙대학교 교수의 정년 퇴임을 즈음해 거주 이전을 꾀한다는 소문을 접하고 '바로 이거다' 싶었다. 고은 시인을 수원으로 이주시키는 것이 '인문학 도시' 수원의 화룡점정이 되리라 판단한 것이다. 그 후 수시로 고 시인을 찾아가 설득과 회유를 거듭한 끝에 마침내 수원시민으로 영입하는 데 성공했다. 민선 2기를 맞아 인구 120만 명으로 한국 최대의 기초단체인 수원시를 '휴먼 시티'로 탈바꿈시키기 위해 동분서주 중인 염 시장을 서재로 둘러싸인 집무실에서 만났다.

· ·

고은 시인의 이주는 한 편의 드라마 같다. 자세히 설명해 달라.

안성시에는 미안하지만 몇 년 전부터 집요하게 추진한 결과다. 고은 시인을 모시기 위해 생태 박물관 용도로 매입해두었던 광교산 자락의 옛 이안과 원장의 개인 주택을 리모델링해 제공했다. 고 시인도 "수원 시대야말로 내 문학 생활의 절정이 될 것"이라며 대단히 만족해한다. 시인은 '수원포럼' 행사는 물론 지역의 각종 문화 행사 참여에도 매우 적극적이다. 고려 때의 고승 진각국사 혜심과 현오국사의 얼이 서려 있는 광교산의 기를 받아서인지 이곳으로 온 후 건강도 더 좋아지시고 제53회 마케도니아 스트루가 시_詩 축제 황금화관상과 제22회 공초문학상을 받는 등 노익장을 과시 중이다. (실제 인터뷰 직후 수원포럼 특강을 위해 시청에 온 고 시인은 "광교산은 중세 시대 국사가 두 사람이나 나온 유서 깊은 산으로, 산세의 은혜를 입을 예감에 차 있다"면서 "앞으로 수원의 귀신이 될 것"이라고 말했다.)

민선 6기 시정 목표가 '사람 중심 더 큰 수원'이던데 이게 무슨 뜻인가?

지속 가능한 도시 발전을 고려하지 않은 장기 비전의 부재는 시민 참여 배제와 도시 양극화라는 심각한 문제를 초래했다. 민선 5기는 소외되었던 '사람'을 시정의 중심에 두고, 시민의 의사결정이 행정 전반에 스며드는 협치 체제를 마련하는 전환점으로서, 시민 참여 예산제, 도시계획 시민계획단, 마을 만들기 등 시민 참여를 통한 거버넌스 행정을 추진했다. 사람 중심 행정의 성과들을 기반으로 이제는 참여와 소통을 더욱 강화하고, 통합과 안전이라는 패러다임으로 수원시정의 혁신과 변화를 모색하며 품격 높은 행정 서비스를 제공해 시민의 삶의 질을 더욱 높이는 시민 행복 시대를 열어가는 수원, 바로 사람이 중심이 되는 더 큰 수원을 만들자는 것을 의미한다.

인문학 중심 도시를 표방한 이유는 무엇인가?
지난 50여 년간 인간 내적인 가치를 외면하고 물질주의에 초점을 두고 개발과 외적인 성장에만 매진한 결과 도시는 양극화, 각종 사건 사고 발생 등 심각한 문제가 나타났다. 특히 공동체 문화의 해체와 개인주의의 팽배 현상은 큰 위기다. 수원은 정조대왕의 인간 중심, 실학사상, 위민 정신 등이 실증적으로 구현된 세계문화유산 수원화성이 있는 인문 도시라는 역사적 배경이 있다. 이를 바탕으로 '사람이 반가운 휴먼 시티 수원'을 완성해나가는 것이 인문학 중심 도시를 표방하는 궁극적인 이유다.

도서관 확충 및 독서 문화 진흥을 중점적으로 추진해오고 있다고 들었다.
4년 전 취임해서 보니 인구 110만의 대도시에 어린이 도서관 3개를 포함해 도서관이 총 9개에 불과할 정도로 문화 인프라가 한심했다. 그래서 '도서관사업소'를 별도 조직으로 만들고 도서관 중장기 발전 기본 계획을 세워 중점투자했다. 2014년에만도 6개를 개관하는 등 2017년까지 11개를 더 확충해 시민이 걸어서 10분 이내 도서관을 갈 수 있는 환경을 만들 계획이다. 아울러 시민의 독서 문화 진흥을 위해서도 '생애 주기별 인문학 강좌'와 도서관 이용이 어려운 직장인을 위한 '야간 인문학 강좌', '학교로 찾아가는 작가와의 만남' 등 차별화된 프로그램을 운영해 매년 560여 개의 다양한 강좌를 개설했다. 2013년만 해도 19만 4,000여 명의 시민이 참여하는 등 큰 호응을 얻었다. 또한 '책 읽는 가족' 선정, '수원 독서문화축제' 등을 매년 개최해오고 있다.

수원시 직원들은 책을 가까이 하는가?

나는 직원들이 인문학적 마인드를 갖는 게 중요하다고 생각한다. 그래서 틈틈이 책을 읽어보자는 취지로 매달 추천 도서를 1~2권 선정하여 월례 조회 시 서너 명을 선정하여 책 선물을 하고 있다.

청소년 특화 도서관이 무엇인가?

청소년들의 소양 교육으로는 독서가 최고다. 그래서 선경도서관(수원학, 역사), 중앙(노인 복지), 영통(다문화), 서수원지식정보(문학), 북수원지식정보(예술), 태장마루(철학), 대추골(청소년), 한림(여행), 창룡(인권), 버드내(건강정보), 호매실(육아), 광교홍재(디자인), 슬기샘어린이(천문우주), 지혜샘어린이(환경, 에너지), 바른샘어린이(멀티미어) 등으로 그 지역 환경을 고려한 특화 정책을 꾀했다.

독서 진흥을 추진하게 된 계기는 무엇인가?

대학 때 '양서 운동'이라는 좋은 책 읽기 모임을 한 적이 있다. 엄혹한 군사 정부 시절이어서 겉으로는 양서 운동이라고 내걸었지만, 사실은 사회과학 서클이었다. 이 경험을 통해 젊은 시절의 독서가 나중에 자신의 삶의 지표를 정하는 데 매우 중요하게 작용한다는 사실을 잘 알게 되었다. 독서를 통한 무한한 창의성과 상상력은 시민 스스로 '생각하는 힘'을 키워 합리적 사고력, 정서 안정, 심리 치유, 교양 함양, 상상력 배양, 타인에 대한 배려와 포용력 증진을 통해 품격 높은 시민으로 성장시킬 것으로 믿는다.

'책 읽는 가족 공모 사업'이란 게 무엇인가?

수원시에서는 가족 단위의 독서 생활화를 통해 '책 읽는 도시 만들기'를 추진하고 있다. 이를 위해 지속적인 가정 독서 운동 캠페인으로 '책 읽는 가족 선정' 사업을 진행 중이다. 가족 모두 도서관에 회원으로 등록하고 도서관을 활발히 이용하여 다른 이용자들에게 모범이 되는 가족을 선정하는 것이다. 전년도 도서관 이용 실적(도서 대출)을 기준으로 '도서 대출량(독서량)', '이용 성실도(도서 연체 일수, 도서 연체 횟수)', '가족 참여도'를 평가 항목으로 하여 '책 읽는 가족'을 선정하고 수원독서문화축제 때 책 읽는 가족 인증패를 수여하고 있다. 2014년에는 11개 가족이 상을 받았다.

시민의 독서 문화 활성화를 위해 추진 중인 사업은?

먼저 독서문화축제를 꼽을 수 있다. 2008년부터 2014년까지 북
콘서트, 인문학 강좌, 문화 공연, 체험 및 마당 행사, 아름다운 책
장터, 각종 전시회 등 도서관 고유의 기능과 역할에 맞는 내용으
로 구성하여 추진하고 있다.

또 매년 시민의 자발적인 기증 도서를 접수받아 지역의 정보 소
외 계층에게 전달하는 '사랑의 책 나누기' 사업도 한다. 2011년부
터 2013년까지 9만 5,000여 권을 기증받아 러시아교민회, 해외동
포, 군부대 등에 재기증했다. 책을 릴레이 형식으로 추천하는 '날
아라 책나비' 운동을 펼쳐 독서 문화 활성화를 도모했는데 이외수
선생님이 나에게 책을 추천하신 것을 시작으로 박범신 작가님이
나 고은 시인님, 수원시민 여러분 등 많은 분이 독서 추천 릴레이
에 참여했다.

도서관마다 '인문학 프로그램'도 운영 중이라던데?

도서관은 인문 정신문화 확산과 독서 문화 활성화의 첨병이다. 도
서관 인문학 프로그램 확산을 위하여 '길 위의 인문학'이라는 강
연과 탐방이 결합된 과정을 운영하는 등 다양한 프로그램이 있
다. 예를 들면 '삶을 바꾼 만남을 찾아서', '어르신의 행복한 삶을
위한 지역 문학 기행', '역사의 숨결을 따라 길을 걷다', '미술 인문
산책길', '미래의 통일 한국, 인문학으로 미리 걷다', '기록 문화를
돌아보며 옛사람과 이야기하다', '정조와 다산이 만든 화성, 그 속
에 숨겨진 장용영의 위용' 등이 그것이다.

공공 도서관 외에 민간의 작은 도서관에는 어떤 방식으로 지원해 주고 있는가?

지역 내 작은 도서관 활성화를 위하여 2013년에 '수원시 작은 도서관 운영 및 지원에 관한 조례'를 제정해 민간 작은 도서관 6개소에 대하여 시설 리모델링 및 장서 구입비를 1억 4,000여만 원 지원하였고 도서관 운영의 전문성을 높이고자 작은 도서관 운영자 교육을 실시했다. 2014년에는 작은 도서관 12개소에 2억 원을 들여 시설 리모델링과 장서 구입비로 지원했다. 수원시 등록 작은 도서관 운영자 간의 정보 교류 및 발전 방안 모색을 위하여 수원시 작은도서관협의회를 2014년 7월에 창립하여 민간 거버넌스 행정을 추진하고 있다.

개인적으로 책은 어떻게, 어떤 시간에 읽는가?

평소에는 시정을 챙기느라 책 읽을 틈이 없지만 이동하는 차 속에선 가급적 책을 보려고 노력 중이다.

현재 보고 있는 책 제목은 무엇인가?

『미생』이다. 비정규직의 덫에 허덕이는 청춘들의 모습에 가슴이 아프다.

청와대 지속가능발전 비서관 경험이 시정 운영에 어떤 도움을 주는지 궁금하다.

지속가능발전 비서관은 환경, 산업, 국토 계획, 에너지, 갈등 관리 등과 관련하여 부처 간 조율자 역할을 하는 직책이다. 이러한 국정 경험은 지방자치단체장으로 활동하는 중요한 지렛대 역할을 했다. 특히, 갈등 관리에 대한 시민 참여를 극대화함으로써 사회적 비용을 현격하게 줄이는 동시에 정당성을 확보할 수 있는 소중한 경험이기도 했다.

2기째 임기를 시작했는데 임기 중 내세우고 싶은 업적 가운데 3가지만 든다면 무엇이 있는가?

쑥스럽지만 수원시 청렴도가 날로 향상된 점을 먼저 꼽고 싶다. 75위→65위→58위→27위→6위로 마침내 지난해에는 1등급까지 치솟았다. 두 번째로 주민 참여 예산제, 시민 배심원제, 마을 르네상스 사업 등 새로운 거버넌스의 모습을 보여준 점이다. 그리고 프로야구 10번째 구단 KT-Wiz를 유치한 점도 있다. 2015년 KT-Wiz의 활약을 기대해달라.

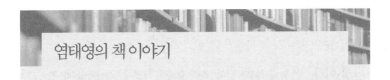

염태영의 책 이야기

● **정의란 무엇인가**　　　　　　　　　　　마이클 샌델, 김영사

요즘 우리 사회의 무수한 부정의적 현상에 대해 묻고 또 물어도 명쾌한 해답을 얻지 못한 채 시간을 허비하며 살아가는 현대인에게 꼭 필요한 책이다.

● 나의 문화유산답사기 유홍준, 창비

우리 문화유산의 아름다움과 가치를 일깨워준 고마운 책. 우리 땅
과 문화유산에 대한 지은이의 따뜻한 시선을 느낄 수 있으며, 인
문 지식에 대한 독자의 안목을 높여 줄 것이다. 이 책을 읽고 나도
우리 지역에 있는 수원화성에 대한 가치를 되새기는 계기가 됐다.

● 인생수업 법륜, 휴

"인생의 황금기는 지금이다"라고 하면서 자기를 긍정하고 현재의
삶을 더 좋게 만들어가라는 인생의 지혜를 전하고 있다. 이 책을
통해 인간다운 삶을 사는 방법을 터득하기를 바란다.

● 가고 싶은 유럽의 현대미술관 이은화, 아트북스

곧 수원에 미술관이 건립되는데, 건립 준비를 하면서 이 책에 관
심을 갖게 됐다. 이 책은 미술관의 탄생 배경뿐 아니라 건축 콘셉
트, 콜렉션의 특성, 전시 프로그램, 작가와 작품에 얽힌 뒷이야기
등이 충실히 담겨 있어 특별한 유럽 여행을 준비하는 이들에게 강
력히 추천한다.

● 소금 박범신, 한겨레출판

문단 데뷔 40년을 맞은 작가의 40번째 장편 소설. 이 시대를 살아
가는 아버지에 관한 이야기다. 이 시대의 아들, 딸들이 이 책을 읽
고 아버지의 모습을 다시금 그려보기를 희망한다. 아버지의 손,
아버지의 얼굴 주름, 아버지의 등에 새겨진 '아버지'의 인생 무게
를……

오종남

행복은
책 읽기로부터

오종남 유니세프 한국위원회 사무총장

오종남

행정고시로 공직에 들어선 이래 경제 부처에서 항상 선두 주자였다. 김 대중 정부 시절에는 청와대 정책·건설교통·산업통신과학·재정경제 네 분야 비서관을 지내는 진기록을 세웠고 만 49세에 1급 관리관으로 승진 하는 기록을 세웠다. 차관급 직위인 통계청장과 국제통화기금 상임이 사를 끝으로 공직을 떠난 후 '은퇴자들의 멘토'로 활약 중이다.

- 1952년 전북 고창 출생
- 광주고등학교, 서울대학교 법대, 미국 서던메소디스트대학교 대학원 경제·경영학 석·박 사, 한국 방송통신대학교 영문학과 졸업
- 행정고시 17회 합격
- 경제기획원 예산관리과장, 재정경제원 대외경제총괄과장, 대통령비서실 재정경제비서 관, 통계청장, IMF(국제통화기금) 상임이사
- 서울대학교 과학기술혁신 최고전략과정 주임교수
- 한국 방송통신대학교 석좌교수(현)
- 스크랜턴 여성리더십센터 이사장, 김&장 법률사무소 고문, 유니세프 한국위원회 사무총 장(현)
- 2001년 황조근정훈장 수상
- 저서 『은퇴 후 30년을 준비하라』, 『한국인 당신의 미래』 외 다수

心不在焉 視而不見 聽而不聞 食而不知其味

(심부재언 시이불견 청이불문 식이부지기미)

마음이 없으면 보아도 보이지 않고 들어도 들리지 않으며
먹어도 그 맛을 알지 못한다.

– 주희, 『대학』

오종남 유니세프 한국위원회 사무총장은 1975년 행정고시 17회
로 공직에 들어선 이래 경제 부처에서 항상 선두 주자로 질주
했다. 김대중 정부 시절에는 청와대 정책·건설교통·산업통신과학·재
정경제 네 분야 비서관을 지내는 진기록을 세웠다. 2001년 3월엔 일
반 공무원의 정점인 1급 관리관으로 승진했다. 이때 나이가 만 49세.
그런데 당시 청와대 교육문화수석(정순택)의 나이가 환갑이란 걸 알고
충격을 받았다.

"아하, 내가 지금처럼 내달리면 50대 전반에 차관, 장관을 할 터인
데 그럼 나는 환갑 땐 뭐하나?"

그는 고민을 거듭한 끝에 차관급 직책 이후엔 공적 영역을 떠나 새
로운 인생을 살아야겠다고 다짐하고 부단히 여생을 준비했다. 정말
로 그는 차관급 통계청장과 국제통화기금 상임이사를 끝으로 공직을
떠났다. 이후 민간 영역에서 후학 지도와 사회봉사로 환갑 이후의 '제
3의 인생'을 통해 '은퇴자들의 멘토'로 불리는 오 총장을 서울 종로구
내자동 사무실에서 만났다.

인터뷰 스케줄 잡기가 어려운 걸 보니 매우 바쁜 일상인 것 같다. 각종 조직과 위원회 등에 이름을 걸친 것만 15개쯤 된다. 하지만 모두가 봉사, 명예직이고 유일한 수입원은 '김&장' 고문료다.

「시사저널」이 올해의 각 분야 리더를 조사한 바에 따르면 NGO 부분 7위에 올랐다. 아마도 유니세프 활동 덕인 것 같은데 유니세프가 어떤 곳이고 여기와 인연을 맺은 계기는 무엇인가?

UNICEF(유엔아동기금)는 말 그대로 아동을 보호하기 위해 설립된 국제연합의 상설 보조 기관이다. 한국은 1950년 3월에 정식으로 가입 이후 1993년까지 각종 지원을 받았으나 1994년 한국 유니세프 대표 사무소가 유니세프 한국위원회로 바뀌면서 이젠 해외 어린이를 지원하는 국가가 됐다.

2009년 4월부터 유니세프 한국위원회 이사를 지내다 지난해 전임 사무총장이 갑작스럽게 중도 하차하면서 '자의 반 타의 반'으로 사무총장직을 맡게 됐다. 공직 생활을 떠나 이제는 뭔가 봉사할 나이가 됐다는 생각이 들어 수락했다. 정관상 급료를 책정해야 한다기에 '연봉 1원'으로 계약했다.

유니세프에는 한국이 어느 정도 기여하고 있는가?

2014년 상반기 기부자 수가 36만 6,000명으로 세계 1위를 기록했다. 액수로는 5,456만 달러로 4위다. 한국전쟁 때부터 수혜를 받던 나라에서 이젠 당당한 공여국이 됐다는 게 감격스럽다.

모금액 가운데 4분의 3은 국제 구호 활동에 쓰이고, 나머지는 국내 아동 지원 활동에 쓰인다.

샐러리맨이나 공직자들에게 '은퇴 인생 설계 멘토', '행복 전도사' 등으로 불리는 소감은 무엇인가?

이른 나이에 고속 승진하다 보니 은퇴 후가 걱정되었다. 그래서 은퇴 후의 인생 설계를 고민하게 됐는데 차관급 직책 이후엔 민간 영역에서 다른 인생을 살기로 방향을 정했다. 과거엔 인생을 '30+30+알파'로 인식했다. 즉 배우고 준비하는데 30년, 돈 벌며 사회 활동하는 데 30년, 환갑 이후엔 죽음을 준비해야 하는 나머지 인생으로 인식했다. 하지만 이젠 평균수명이 80세를 훌쩍 넘어섰다. 이런 추세라면 환갑 이후에도 30년을 더 사는 게 보편화될 것이다. 이 환갑 이후 30년을 잘 준비하고 대처해야 한다. 난 이를 '30+30+30', 즉 트리플 30이라고 명명했다. (실제로 그는 IMF 상임이사 임기 후 두 번이나 장관직 제의가 왔으나 완곡히 거절했다고 한다.)

엄청난 책벌레로 알려졌던데 사실인가?

중·고등학교 시절 학교 도서관의 모든 책을 다 독파했다. 지식에 대한 일종의 허기증이 있었던 것 같다. 중학교 땐 학과 공부를 소홀히 하고 도서관의 책만 보다 보니 1등을 하지도 못했다. 3학년 때 뒤늦게 공부를 시작해 광주고등학교로 진학할 수 있었다. 요즘도 책은 많이 본다. IMF 등 해외의 최신 자료는 물론 신간 서적도 거의 다 본다. 신문의 북 섹션을 꼭 본다.

인생에서의 행복을 정의한다면?

행복의 사전적 정의는 "심신의 욕구가 충족되어 부족함이 없는 상태"라고 한다. 나는 내 나름으로 "행복지수=가진 것÷바라는 것"이라고 정의했다. 이 공식에 따르면 행복 지수를 높이기 위해선 분자(가진 것)를 늘리거나 분모(바라는 것)를 줄이면 된다. 그러면 구체적으로 어느 쪽이 쉬울까? 예를 들면 분자를 1이라고 일정하게 두고 분모를 5부터 차례로 하나씩 줄여가면, 1/5, 1/4, 1/3, 1/2, 1/1이 되고, 분모를 1이라고 두고 분자를 늘려나가면 1/5, 2/5, 3/5, 4/5, 5/5가 된다. 그런데 분모를 하나씩 줄여보면 처음에는 행복 지수가 천천히 늘어나지만, 나중엔 증가 폭이 커진다. 하지만 분자를 크게 하는 것, 즉 물질의 충족 상태를 높이는 일은 처음부터 그 효과가 일정하게 나타난다. 이를 통해서 살펴보면 분모, 즉 바라는 것을 줄여나가는 게 심리적으로는 어렵지만, 효과는 더 크다.

본인 스스로 자신의 행복지수를 평가한다면 어느 정도인가?

건방진 이야기 같지만 더할 나위 없이 행복하다. 병원을 운영해 평생 경제적으로 내조한 아내(부인은 유명한 안과 의사다)도 건강하고 세 아들, 딸들도 다 잘 자라줬다. 무엇보다도 아직도 내가 사회에서 해야 할 일이 많고 부르는 곳이 많다는 점도 고맙다. 사실 행복 지수가 100%가 넘는다는 것은 이론적으로는 가능하지만 실제로는 어렵다. 하지만 분모, 즉 바라는 것을 줄여나가면 쉽다. 우리말에 '나눔'이란 말이 있는데 아직 한글 사전에 오르지도 못했지만, 민간 봉사 영역에선 '나눔 문화', '감사 나눔' 등 여러 용례로 쓰이고 있다. 나눔은 단순히 '나누기'를 의미하는 게 아니다. "콩 반쪽도 나눠 먹는다"란 말처럼 부족하지만 이웃과 나눠 가지는 것을 의미한다. 영어의 '기부'는 여유가 있는 것을 준다는 뜻에서 우리의 '나눔'과는 차이가 있다. 나눔의 실천이 행복의 지름길이다.

(실제로 국어대사전을 찾아보니 '나누다'라는 단어는 있지만 '나눔'이란 단어는 아직 등재되지 않았다.)

저출산·고령화 시대에 행복한 노후를 위해 요즘 직장인들이 꼭 새겨야 할 대목은 무엇이라고 생각하는가?

두 부부가 평생 낳는 아이의 합계 출산율이 6명을 넘던 시절이 있었지만 이젠 2013년 1.19명으로 OECD 국가 중 최저다. 두 명의 부부가 둘을 낳아야 인구가 유지되는데 이보다 적게 낳다 보니 이들의 아이는 모두 왕자 아니면 공주로 대접받고 살아간다. 아이들 입에서 말이 떨어지기가 무섭게 '명령'에 따르는 '부하'가 양가 조부모까지 6명에 달한다.

이렇게 곱게 자란 아이가 30세가 될 무렵 부모와 조부모는 평균 수명의 연장으로 대부분 생존해 있지만, 경제력은 약해질 수밖에 없다. 합계 출산율이 6명을 오가던 시절이라면 이 아이들이 부모를 모셨을 테지만 이젠 아이는 부양의 짐을 나눠 가질 형제가 없기 때문에 부모들의 여생을 책임질 수 없게 된다. 과거에는 평균수명이 짧고 돌봐줄 자식이 많아 '자식보험'에 의지해서 여생 계획을 짜도 별 무리 없었지만 지금 이후로는 오직 자신이 준비한 '자기보험'으로 지탱해야 한다.

'자기보험'을 준비한다는 게 샐러리맨에겐 쉬운 일이 아닌데 저축을 충분히 할 수 없다면 어떻게 노후 자금을 마련해야 하나?

한국인은 자신의 행복보다 자식의 행복에 중점을 두고 사는 경향이 심하다. 그래서 자신의 노후와 인생 계획을 전부 포기한 채 자식 교육에 모두 '올인'하는 것을 당연시한다. 준비된 사람으로 남고 싶다면 올인을 절반으로 자르고 그 나머지를 자신의 노후에 투자하는 게 현명하다. 바로 이것이 자기보험의 종잣돈이 될 것이다.

이를 위해선 일단 자녀의 진로를 생각하는 기준을 재점검해야 한다. 우리나라 부모들은 최소 10년 뒤 사회에 나서는 자식의 진로를 이미 수십 년 전의 경험을 바탕으로 일방적으로 결정한다. 그러다 보니 무조건 의사, 법조인 등을 만들어야 한다는 고정관념 때문에 불필요한 양육비를 쏟아붓는 경우가 많다. 자식의 진로 결정은 전문가들에 맡기고 여기에 들어갈 재력과 정력을 자기보험으로 돌리는 것이 노후 자금을 마련하는 길이다. 이래야만 환갑 때 여생을 '악몽'으로 받아들이는 처지는 피할 수 있을 것이다.

당신의 멘토를 소개해달라.

한 학년이 70여 명에 불과한 고창 석곡초등학교를 다니던 때 군산 사범학교를 졸업한 강봉균 전 재경부 장관이 교사로 부임해왔었다. 그분과 청운의 꿈을 키워준 초등학교 6학년 담임이었던 원창성 선생님, 사법고시 준비생이던 나에게 경제기획원을 가라고 이끌어주신 서울대학교 경제학과 고 임원택 교수 등이 내 인생의 멘토다. 난 참으로 사람 복이 많은 편이다.

● 생각 박물관 박영규, 책문

『한 권으로 읽는 조선왕조실록』으로 유명한 저술가 박영규가 동·서양 철학자 100인의 철학 이론을 알기 쉽게 대화체로 풀어쓴 철학 입문서. 고대부터 20세기까지 동·서양 대표적인 사상가의 생각을 에피소드를 섞어 재미있게 엮어낸 이 책은, 시대를 주도한 인물들을 사상과 인생 그리고 그들이 주도한 시대의 흐름까지 잘 표현했다.

● 청소부 밥 레이 힐버트·토드 홉킨스, 위즈덤하우스

기업 CEO 출신으로 퇴직 후 청소부로 일하는 밥이 중견기업의 사장인 로저에게 삶의 지혜와 깨달음에 관련된 조언을 해주는 내용을 담은 책. 밥은 월요일마다 로저와 얘기를 나누다 그가 회사와 가정에서 어려움을 겪고 있다는 사실을 알게 되고, 사별한 아내 앨리스가 생전에 전해준 '가정에서나 직장에서 행복한 삶을 살기 위한 여섯 가지 지침'을 자신의 일화와 함께 일주일에 한 가지씩 전해준다. '열심히 일하고, 즐기고, 가족을 사랑하고, 정신적으로 풍요로운 삶을 살되 자식에게 존경받는 삶'이라는 우리의 보편적 희망을 잘 담아냈다.

● 화성에서 온 남자, 금성에서 온 여자 존 그레이, 동녘라이프

30여 년간 부부 상담센터를 운영하면서, 부부 간 갈등의 진정한 원인과 치유법 연구에 몰두해온 존 그레이 박사의 역작. 남자와

여자는 생각하는 방식이나 언어, 행동 등 모든 점에서 서로 다른데도 차이를 깨닫지 못하는 많은 부부는 상대방을 원망하며 갈등을 겪는다. 책 제목의 비유처럼 사랑하는 사람이 자신과 다르다는 것을 이해한다면 그들을 변화시키려고 애쓰거나 맞서는 대신 그 차이를 편하게 받아들이면서 더불어 지내는 게 좋다.

유순신

헤드헌터는 책을 읽는 인재를 원한다

유순신 유앤파트너즈 대표

유순신

'헤드헌팅'이라는 새로운 비즈니스를 한국에 정착시킨 이 분야의 프런티어. 항공사 스튜어디스로 근무하면서 접한 외국 커리어우먼들의 성공 사례를 보고 이를 벤치마킹해 헤드헌터 회사를 차렸다. 현재 유앤파트너즈는 이 업계의 선두 주자다. 헤드헌팅의 기본은 '베스트 피플Best People'이 아닌 '라이트 피플Right People'을 접목하는 것, 즉 적재적소가 중요하다고 믿는다.

- 1957년 서울 출생
- 성신여자대학교 불어교육과 졸업
- 핀란드 헬싱키경영대학원 MBA
- 대한항공 입사
- NCH Korea 세일즈 매니저
- 유니코써어치 CEO
- 대통령 자문 정책기획위원회 위원, 육군본부 여성자문위원, 행정자치부 중앙책임운영기관 운영위원회 위원
- 중앙공무원 교육원 2011년 최고의 강사
- 대통령 직속 혁신관리위원회 전문위원, 정부혁신지방분권위원회 인사개혁전문위원(현)
- 유앤파트너즈 대표이사, 성신여자대학교, 이화여자대학교, 서울과학종합대학원 겸임교수(현)

남과 다른 관점을 만들려면 당연함을 부정하라.
당연하지 않은 것들이 당연해지면서 세상이 바뀐다.
이제 벤치마킹은 끝났고 퓨처마킹 시대가 왔다.

― 박용후, 『관점을 디자인하라』

현대는 맨파워 시대다. 아무리 과학 기술이 진보하고, 첨단 지식이 출현하더라도 결국 그것들을 운용하고 다스리고 관리하는 것은 인간이기 때문이다.

한국에도 어느 때부터인지 '인재 관리', '인재 발굴' 등 인재에 관한 경영 관리학이 중요시되더니 이젠 헤드헌팅이라는 용어도 언론에 심심찮게 등장한다.

유앤파트너즈 유순신 대표는 바로 이 헤드헌팅 분야에서 여러모로 입지전적 인물이다. 그는 국내 최초이자 최고의 헤드헌터로 입지를 굳혔다. 그런 면에서 해당 분야의 여성 1호라는 칭호를 부여받아 각광을 받는 다른 여성계 인물과는 차원이 다르다. 대학을 졸업한 후 용모가 빼어나고 어학이 뛰어나다는 이유로 당시 여학생들에겐 최고의 직장이던 항공사 스튜어디스로 첫 사회생활을 시작했다. 한 1년만 하고 결혼 후 그만두려 했지만, 해외를 드나들면서 해외 커리어우먼들이 각 분야에서 성공적인 삶을 살아가는 걸 보고 "나도 진짜 내 운명을 살아봐야겠다"며 3년 만에 퇴사 후 외국계 회사로 전직했다. 바로 여기서 헤드헌팅에 대한 눈을 틔웠다. 그래서 헤드헌터 회사를 차린 후 지금은 업계 최고의 자리를 고수 중이다. 가정주부에 회사 운영자로 1인 2역에 바쁜 몸이지만 항상 책과 함께하는 맹렬 여성 유순신을 만났다.

. .

정말 숨 가쁘게 살아온 것 같다. 여성 헤드헌터 1호로 알려졌는데 헤드헌터의 길로 들어선 계기는 무엇인가?

첫 직업은 항공사 승무원이었다. 1년간 맘껏 해외를 돌아다니다 가 결혼하고 그만두겠다는 얕은 생각으로 시작한 일이었다. 하 지만 해외에서 전 세계 여성들이 일하는 걸 보고 생각이 달라졌 다. 결혼과 함께 그만둔 후 1982년 프랑스계 원자력 회사를 거쳐 1989년 미국계 화학 회사로 옮겼다. 여기서 헤드헌팅과의 인연이 시작되었다. 미국인 사장이 최고의 인재를 뽑기 위해서는 구인 광 고만으로는 안 된다며 써치펌Search Firm 회사를 찾아보라고 했다. 그래서 이제 막 시작한 써치펌을 찾아냈고 다행히 사람 추천이 잘 됐다. 그 후 이런저런 이유로 써치펌으로 전직했는데 거기서 매우 획기적 성과를 내다 내가 회사를 차린 게 12년 전이다. 아마도 내 가 사람 보는 눈이 남다른가 보다.

헤드헌터라는 게 무엇인지 궁금하다.

헤드헌터는 기업으로부터 의뢰를 받고 프로젝트를 수행하는 시점 부터 그 기업의 인사 담당자가 된다. 기업이 속한 업계 동향 분석 부터 인재상, 기업의 조직 문화 등 자신이 속한 기업의 환경이라 여기고 실제 담당자가 되는 것이다. 단순히 '부합하는 사람을 찾아만 주는' 역할이 아니라는 것이다. 후보자와 인사 담당자 간의 소통을 조율하는 가교 역할도 해야 하며, 때로는 해당 기업의 오너와도 이야기할 때가 많다. 그들은 외국어, 커뮤니케이션 스킬, 협상 능력 등이 어느 정도 뒷받침된 사람들이다. 기업의 입장에서 보면 헤드헌팅사를 통한 인재 선발은 시간이나 비용적 절약을 꾀할 수 있다. 불특정 다수를 심사하는 공채보다는 어느 정도 검증된 적합한 '인재풀' 내에서 채용할 수 있기 때문이다.

헤드헌터가 원하는 인재의 조건은 무엇인가?
강의할 때마다 "좋은 인재란 기업을 강하게 하는 힘"이라고 강조한다. 기업의 힘은 인재들로 구성되기 때문에 직원들의 힘이 곧 기업의 힘이라고 할 수 있다. 예전에는 조화를 잘 이루고 무리가 없고 사람들과 잘 어울리는 이런 사람들을 좋아하였지만, 요즘은 그것보다는 굉장히 공격적이고 추진력이 강하며 변화와 혁신에 앞에 서는 사람을 선호하곤 한다. 현상이 이러하니 전 세계가 앞다퉈 선견지명을 가진 인재들을 영입하는 데 주력하고 있다.

　과거엔 신언서판 네 가지를 인재를 등용하는 잣대로 삼았다고 한다. 이 말은 여전히 유효하다. 나는 그래서 학창 시절의 학습, 특히 인문학적 소양을 쌓기 위한 독서가 매우 중요하다고 본다.

인재의 조건에서 스펙보다 스토리를 강조하던데, 이게 무슨 의미인가?
예전에는 스펙을 요구했는데 현재는 스토리를 강조하고 있다. 이건 사회가 인재를 바라보는 기본 시각이 변했다는 것을 의미한다. 20년 전에만 해도 인재의 조건은 외모, 학력, 집안 배경이었지만 요즘에는 많이 달라졌다. 과거에는 인재란 '베스트 피플Best People' 즉 우수한 사람이었는데 요즘은 '라이트 피플Right People', 다시 말해 우리 회사에 가장 적합한 사람으로 바뀌었다. 얼마 전 한 기업의 최종 사장단 면접에 들어가 이름도 들어보지 못한 지방대학교 출신자를 만났다. 이 사람은 다른 사람보다 이력이 1.5배가 더 많았고, 대학 4년 동안 해외에서 많은 시간을 보낸 사람이었다. 필리핀 쓰나미 현장에 가서 구조할 정도로 열성적이었다. 하지만 지방대학교 출신이란 이유로 논란이 일었다. 그런데 내가 우겨서 합격시켰는데 지금은 열심히 일하고 있다.

이른바 오지랖이 넓기로 유명하다. 인맥 쌓기와 관리의 비법을 알려달라.

관리의 비법 중 가장 중요한 것은 신뢰감을 주는 것이다. 나는 어떤 약속이건 약속은 꼭 지키고 믿음을 주려고 했다. 자주 하는 인사말인 "언제 밥이나 한번 먹지"는 나에게는 통하지 않는다. 확실한 시간을 정해 그 사람과 꼭 밥을 먹는다. 또한, 휴대폰에 저장된 1,000명이 넘는 고객들의 안부와 근황을 출근 시간 중에 비서가 아닌 내가 직접 묻곤 한다.

기억에 남을 만한 헤드헌팅 사례를 이야기해달라.

많은 에피소드가 있지만 가장 기억나는 것은 '최초'의 수식어를 단

사례다. 최초의 외부 임원 발탁, 최초의 타 분야 경영자 발탁, 최초의 여성 임원 탄생 등이다. 반면 실패한 사례도 잊을 수 없다. 해당 업계에서 최고의 인재라는 소문을 듣고 재미 교포 한 분을 몇 개월 걸쳐 공들여 추천했는데 기업이 제시한 연봉이 희망 연봉보다 6배나 낮았다. 해당 인재에게는 애국심에 호소하고 기업 측에는 세계적 인재에 대한 정당한 대우에 대해 설명했지만, 간격을 좁히지 못하고 결국 물거품이 되고 말았던 사례가 가장 기억에 남는다.

'옷 잘 입는 여성 CEO'로도 유명한데 맵시에 신경 쓰는 이유와 나름의 비법에는 무엇이 있나?
이 업계에서는 남들에게 늘 최고의 모습을 보여주기 위해 노력해야 한다. 특히 여성은 머리와 화장과 옷, 이 세 가지에 꼭 신경 써서 다니는 게 좋다. 나는 월급 총액의 10%는 무조건 자기계발에 투자하라고 조언한다. 특히 지금 시대에 외모 역시 경력처럼 가꾸고 다듬어야 할 경쟁력과 마찬가지기 때문이다.

매우 바쁜데도 '저녁은 가족과 함께'라는 신조를 지킨다고 하던데?
저녁 시간은 가족과 함께 보내거나 나에게 투자한다. 가족은 나에게 그 어느 것보다도 소중한 존재기 때문이다. 또, 술자리로 이어지는 저녁 약속을 없애니 평상시에 시간 관리의 효율을 높일 수 있었다.

독서의 중요성을 자주 강조하는 이유가 무엇인가?

일주일에 서너 번은 각종 전문 강사를 초빙해서 강의를 듣는 세미나와 독서 모임 등에 적극적으로 참여한다. 학습 그 자체만으로도 많은 것을 배우고 느끼게 되지만, 그곳에서 함께 공부하는 많은 분과의 소중한 인맥과 간접 경험 역시 사람과 정보가 가장 큰 자산인 나에게 있어 미래를 위한 귀한 준비가 되기 때문이다. (그는 지금도 일주일이면 서너 번의 조찬 세미나와 독서 모임에 나간다.)

바쁜 일정에 어떻게 시간을 쪼개어 책을 보는지 궁금하다.

허튼 약속은 가급적 줄인다. 그리고 틈만 나면 서점을 찾아 최신 트렌드 분야의 서가를 꼭 들러 관련 내용을 섭렵한다.

독서를 한마디로 정의하자면?

독서는 건강한 식습관과도 같다. 건강한 식습관을 위해서는 편식을 하지 말아야 하는 것처럼, 독서도 마찬가지로 한 분야에 치우치지 말고 다양한 분야와 스타일의 책을 골고루 읽어야 한다.

여성 후배들, 특히 취업을 앞둔 여성들에게 한 마디 한다면?

가정에서의 역할을 분담할 것, 가정을 무기로 삼지 말 것, 가정과 직장생활을 분리할 것, 건전한 개인주의자가 될 것 등이다.

앞으로의 희망에 대해 이야기를 해달라.

현재 심각한 사회 문제인 중·장년층의 재취업에 대해 관심이 많다. 인재 추천 서비스를 하다 보니, 직·간접적으로 중·장년층의 실업이 개인적으로 또 사회적으로 얼마나 심각한지 잘 알고 있었기 때문이다. 오랜 직장 경력을 가진 퇴직자들을 어떻게 다시 사회와 효과적으로 연결할 수 있을지 깊이 고민하게 되었고 이를 위한 사회적 기업도 새로 설립했다. 사회적 기업은 유휴遊休 인력으로 분류되었던 중·장년층의 취업난과 중소·중견기업이 오랫동안 해결하기 어려웠던 구인난이라는 두 가지 사회적 문제에 대해 해결책을 함께 모색할 수 있는 좋은 아이디어라고 생각한다. '전문 경영 닥터 서비스'라 불리는 새 사업 모델을 앞으로 더 구체화할 수 있도록 끊임없이 노력하는 것이 앞으로의 목표이자 희망이다.

유순신의 책 이야기

● **무소유**   법정, 범우사

물질 만능 사회에 경종을 울리며 검소하고 단순한 삶을 예찬하는 '무소유 정신'을 다룬 법정 스님의 『무소유』는 눈코 뜰 새 없는 바쁜 일상 속에서 '나'를 되돌아보기에 좋은 책이다. 2010년 입적하면서 유언에 따라 절판되었으나 웬만한 도서관에는 모두 비치되어 있다. 또한, 이 책을 해제한 여러 책도 출간되었으니 이를 읽어도 큰스님의 높은 가르침을 엿볼 수 있다.

● 적의 칼로 싸워라 이명우, 문학동네

남과 다르고 싶은 모든 비즈니스맨을 위한 지침서. 일반 사원부터 최고 경영자의 자리에 오르기까지의 경험과 다양한 국내외 대기업, 중소기업에서 일하며 얻은 통찰은, '나만의 다름'을 만들어가는 구체적인 방법을 제시하는 데 큰 도움을 준다. 특히 자신만의 경쟁력을 파악하고 이를 실질적으로 세일링 하는 노하우가 담겨 있다.

● 관점을 디자인하라 박용후, 프롬북스

고급 인재들을 스카우트하기 위해서는 남들보다 폭넓은 생각, 새로운 관점, 미래의 트렌드 등을 숙지하고 있어야 한다. 영화 '올드보이'를 통해 질문이 주어지면 무조건 정답부터 찾는 조급함에서 벗어날 것을 이해시켜 주는 등 손쉬운 다양한 사례를 통해 관점을 전환하는 데 큰 도움을 주는 책.

● 지금 알고 있는 걸 그때도 알았더라면 류시화, 열림원

삶에 대한 통찰과 지혜를 담은 글을 묶어 만든 잠언 시집. 지금과는 다른 새로운 삶을 원하는 사람, 새로운 존재를 영위하고 싶은 모든 사람에게 자신의 삶의 방식에 대한 냉정한 관찰법과 웃음과 감동을 전해준다. 감성적인 휴식이 필요할 때 주로 찾는다. 역시 저자의 다른 저작인 『그대가 곁에 있어도 나는 그대가 그립다』, 『삶이 나에게 가르쳐준 것들』 등도 그의 지혜가 번득이는 명저다.

● 톰 피터스 Essentials(인재) 톰 피터스, 21세기북스

전문 분야를 다룬 책이기 때문에 늘 머리맡에 놔두며 눈여겨보는 책. 경영의 '원조 구루Guru'로 칭송받는 톰 피터스의 필력도 필력이지만, 책이 컬러풀하고 재미있어서 좋아한다. 특히 '고객에게 가치 있는 것에만 투자하라', '단기 수익 때문에 브랜드라는 장기적 가치를 포기하지 마라', '창의적 리더' 즉 '조직에 미적 시각을 불어넣을 수 있는 문화인을 리더로 선발하라'와 같은 논지는 압권이다.

유재원

신화와 언어의
세계를 만나다

유재원 세계문자연구소 공동대표

유재원

서울대학교 언어학과 졸업 후 그리스 아테네대학교로 유학을 갔다가 접한 그리스 신화에 그만 홀딱 빠졌다. 한국인으로는 그리스 문학 박사 2호인 이 분야 선구자로서 그리스 문화와 신화 연구의 새 지평을 열었다. 『순우리말 역순 사전』을 편찬하여 한글학회 표창장을 받고, 「한국어 음성 인식을 위한 음운 규칙에 대한 연구」라는 논문으로 '한글학회 우수 논문상'을 받는 등 한국어 사랑도 남다르다.

- 경기고등학교, 서울대학교 언어학과 졸업
- 그리스 아테네대학교 대학원 졸업(언어학 박사)
- 한양대학교 교수
- 한국외국어대학교 그리스불가리아학과 교수, 한국-그리스 친선협회 회장, (사)문화문 이사장, 한국카잔차키스학회 회장, (사)세계문자연구소 공동대표(현)
- 저서 『그리스 신화의 세계 1, 2』, 『신화로 읽는 영화 영화로 읽는 신화』, 『터키, 1만 년의 시간여행 1, 2』, 『슬픔이여 안녕』 외 다수

사람이라면 약간의 광기가 필요해요.
그렇지 않으면……. 감히 자신을 묶은 로프를
잘라내어 자유로워질 엄두를 내지 못해요.

– 니코스 카잔차키스, 『그리스인 조르바』

소년 시절부터 책에 심취했던 유재원에게 상상의 나래를 자극하는 신화와 전설은 간절한 동경의 세계였다. 어학을 좋아해서 한국어 계통론을 공부하려고 서울대학교 언어학과로 진학했으나 제대로 된 언어학을 하려면 고대 그리스어를 해야 한다는 말을 듣고 그리스 아테네대학교로 유학을 갔다. 그곳에서 어학도 연찬했지만 어릴 적 상상력을 자극했던 그리스 신화와 문화를 직접 접한 뒤 여기에 그만 깊숙이 빠져버렸다. '그리스어의 시제 일치 현상'에 대한 논문으로 한국인으로는 두 번째 그리스 박사 학위를 받고 귀국, 그리스 문화의 불모지나 다름없던 한국에 그리스 문화와 신화 연구의 새 창을 열었다.

한국외국어대학교에서 이 분야를 연찬하면서도 『순우리말 역순 사전』을 편찬하여 한글학회 표창장을 받고, 「한국어 음성 인식을 위한 음운 규칙에 대한 연구」라는 논문으로 '한글학회 우수 논문상'을 받는 등 한국어 사랑에도 심혈을 기울였다. 한때 전산 언어학에 몰두하여 '한국어 맞춤법 검색기'를 비롯하여 몇 가지 한국어와 관련된 소프트웨어를 만들었으며, 컴퓨터를 이용한 사전 편찬에도 관심이 있어 『표준 한국어 발음 대사전』과 『바른글 한국어 전자 사전』 등의 편찬에 참여했다. 사단법인 세계문자연구소 공동대표를 맡아 서울에서 열리는 '세계문자심포지아'를 주관하느라 여념이 없는 유 교수를 서울 마포구 애오개 그리스정교회 내의 사무실에서 만났다.

· ·

언어학을 하다 그리스로 유학을 갔던데.

원래 우리 국어의 뿌리를 찾기 위한 계통론을 전공하는 게 목표였다. 그러려면 만주어, 몽골어 등을 배워야 할 뿐 아니라 비교언어학으로 유명한 시카고대학교로 유학을 가야 했다. 하지만 그보다는 고대 그리스어를 배우는 게 순서라는 선배의 충고로 그리스로 떠났다. 아테네대학교에서 그리스어도 배웠지만 그리스 문화, 특히 고대 신화에 매료되어버렸다.

(그는 국내 2호 그리스 박사인데다 그리스어 최고 권위자다. 한국-그리스 정상 회담의 단골 통역자이기도 하다.)

현재 우리나라의 50대 이상은 대개 토마스 벌핀치의 『그리스 로마 신화』란 책으로 그리스 신화를 접했을 것이다. 그런데 이 책은 한계가 많다던데 사실인가?

벌핀치의 책은 1855년 출판됐다. 이때는 아직 슐레이만에 의해 트로이나 뮈케나이가 발굴되기 이전이다. 영국의 고고학자 에번스가 크레타의 크노소스 궁전을 발굴한 것은 1890년대고 아시리아의 수도였던 니네베도 1880년대에야 발굴되었다. 히타이트 제국이 발견된 것은 1905년이고 이집트 투탕카멘의 묘지가 발굴된 것은 1920년대 일이다.

　1855년 이후로 우리의 신화에 대한 정보와 이해는 비교할 수 없을 정도로 넓어지고 깊어진 셈인데 벌핀치 책은 새로운 흐름을 담지 못했다. 또한, 벌핀치는 그리스 신화의 다소 난감한 내용, 즉 근친상간, 시기, 질투 등 이른바 '19금 소재'를 교육적으로 순화해서 썼다. '청소년들에게 안심하고 읽힐 수 있는 책'으로 낸 것이다. 이 바람에 기독교적 시각으로 변질돼 그리스 신화의 원초적 의미가 많이 퇴색해버렸다. (2010년 타계한 신화학자이자 소설가인 이윤기는 "우리가 유재원 교수를 보유하게 되었다는 것은 대단한 행복"이라며 유 교수가 1998년 펴낸 『그리스 신화의 세계』는 기왕의 이 분야 수준을 총망라한 최고의 저서라고 극찬한 바 있다.)

신화, 특히 그리스 신화가 인류 문화에서 차지하는 의미는?
신화를 '재미있는 거짓말'이라고 생각하는 사람들이 많은데 이는 잘못된 것이다. 신화는 허구가 아닌 진실이며 역사다. 신화는 인류 정신세계의 보고인데 서양 문화의 원천인 그리스 신화를 제대로 이해하는 게 서양을 아는 지름길이다.

　기독교도들에게 예수가 숭배 대상이듯 고대 그리스인들에게 올림포스의 신들은 진정한 신들이자 숭배의 대상이었다. 우리가 신전이라 부르는 고대 유적들은 단순한 유적이 아니라 신자들이 기도하고 예배 드리는 경건한 교당이었다. 그런데 서양 사상이 소피스트와 플라톤을 거쳐 스토아학파, 에피쿠로스학파로 발전하면서 올림포스의 신들은 윤리적 존재가 아닌 이유로 신앙의 대상이 아닌 비난의 대상으로 전락했고 제정 로마 시대에 들어서서는 신의 신격이나 종교적 의미는 무시된 채 소재 위주의 신화 편집이 이뤄졌다.

신화는 언제 처음 접했나?
초등학교 3학년 때 소년소녀세계문학전집 중 『호머 이야기』에서 처음 그리스 신화를 접했다. 이후 그리스 신화는 나에게 꿈과 상상력을 자극해서 그 분야 책을 많이 보았다. 그래서 중·고교 시절엔 '그리스 신화통'으로 불렸다.

개인적으로 가장 호감이 가는 그리스 신은 누구인가?
단연 '술의 신'으로 불리는 디오니소스다. 로마 신화에서는 '바쿠스'라고도 불리는데 난 그의 '광기'를 사랑한다.

인터넷 시대인데도 다시 신화가 뜨고 있다.
아이러니하게도 요즘 서점에 가면 별도로 신화 책들을 한데 모은 진열대가 있을 정도로 신화가 붐이다. 21세기에 들어선 마당에 왜 신화가 이렇게 주목을 받는가? 대답은 의외로 간단하다. 신화학자 조지프 캠벨의 말대로 그리스도교의 권위주의와 아리스토텔레스의 합리주의에 바탕을 둔 서양 근대 철학의 실패 때문이다.
　서양의 학문은 데카르트 이후 과학적 합리주의로 급격하게 기울어졌다. 데카르트는 '이성은 하느님이 인간에게 내린 은총이므로 절대로 오류를 범하지 않는 사유 체계'라고 주장했다.

데카르트 전통을 충실히 따르는 현대 과학은 순수한 로고스의 세계다. 이 세계 안에서 모든 명제는 증명되어야 하고 검증할 수 있어야 한다. 증명과 검증을 하려면 모든 논의가 명확하고 정밀하게 이루어져야 한다. 로고스의 세계에서 객관성은 생명과 같은 것이다. 따라서 과학의 시대인 현대에서 신비와 꿈으로 가득한 '뮈토스의 세계', 즉 신화는 살아남을 수 없었다. 그러다 보니 이런 과학의 시대에 인간은 로고스의 횡포를 벗어날 수 없었다. 과학과 기술이 발전함에 따라 합리적 사고에 맞지 않는 신화는 불분명하고 마술적이며 온통 우연과 자의성에 의해 지배되는 비합리적 세계요 미신 덩어리로 지성인이라면 당연히 떨쳐 버려야 할 존재로 무시당하기에 이르렀다.

그러나 객관적으로 드러낼 수 있는 것만 인정되는 로고스의 세계에는 꿈이 없고 나만의 세계를 꿈꿀 자유가 없으며, 삭막하고 숨이 막히는 세계다. 인간에게는 누구나 자신만의 비밀스러운 꿈을 꿀 권리가 있다. 꿈을 꿀 수 없는 상황에서 현대인들은 인간성의 말살을 경험해야 했다. 이제 다시 인간이 인간성의 본향을 추구하고 나서기 시작했는데 신화의 부흥은 이런 배경이 있다.

'한국 카잔차키스의 친구들' 모임 회장을 맡고 있는데, 그 배경은 무엇인가?
카잔차키스는 종교적 이유 등으로 노벨상을 받지 못했지만, 서양 문학사상 대단한 추앙을 받는 대문호다. 2007년 아테네에 갔을 때, '국제 카잔차키스 친구들의 모임' 회장인 조르주 스타시나키스

씨가 '카잔차키스의 삶과 문학'이란 주제로 한국의 독자들에게 강연하고 싶다는 의사를 보이면서 한국 안의 '카잔차키스의 친구'들을 만날 수 있게 해달라고 부탁해왔다. 이를 계기로 2008년 안정효, 이윤기, 정현기 씨 등이 참여해 협회를 만들었다.

한국에도 널리 소개된 『그리스인 조르바』의 '조르바'는 그리스의 정열과 로망으로 점철된 현대판 그리스인이다. 그리스 정신은 자유, 평등, 정의에 바탕을 둔 민주주의다.

터키에 관한 책도 내는 등 터키에도 관심이 많은 것 같다.
터키는 사실 초기 그리스 문명이 시작된 곳이다. 터키의 옛 지명은 아나톨리아인데 이는 '해 뜨는 곳, 동쪽'이란 뜻이다. 호메로스의 『일리아드』의 배경이 된 트로이 전쟁의 트로이나 성서에 나오는 노아의 방주의 배경인 아라랏 산이 모두 터키에 있다. 그리스 최초의 철학자 탈레스도 터키 태생이다. 터키를 이해하지 않고는 그리스 문화를 제대로 알 수 없다.

한국어의 전산화와 한글이라는 문자 연구에도 열심인 것 같다.
자기 나라말로 학문하고 사상을 설명할 수 있는 나라가 진정한 강대국이다. 예를 들면 20세기 이전 자기 나라말로 학문을 했던 독일과 프랑스는 여전히 강국이다. 하지만 제임스 조이스 같은 문호를 다수 배출한 아일랜드는 영어로 문학을 했기에 오늘날 문화 소국으로 전락했다.

자기 문자의 존재 여부는 그 사회가 문명사회인가를 결정짓는다. 한글로 된 좋은 텍스트가 많이 나와야 한국도 문화 강국이 된다. 여기에 도움을 주기 위해 한국어의 전산화 작업을 했다. 서울에서 '세계문자심포지아 2014'를 열었던 이유도 여기에 있다. 이번 행사는 문자가 사라지면 어떤 일이 생길까, 말을 빼앗긴다면 어떤 세상이 올까, 문자가 언제 흥하고 망할까 등 문자에 대해 한번 생각해보고 상상해보고 놀아보자는 게 목적이다.

유재원의 책 이야기

● 그리스인 조르바
니코스 카잔차키스, 열린책들

원제는 『알렉시스 조르바의 삶과 모험』인데 주인공 조르바는 1917년 카잔차키스가 고향 크레타 섬에 머물던 시절 자신의 인생에 깊은 영향을 주었던 실존 인물 요르고스 조르바스의 이야기다. 고대 그리스의 민족 시인 호메로스를 비롯, 앙리 베르그송의 자유 의지, 니체의 초인주의, 부처의 무소유 사상이 내포된 작가의 세계관을 잘 반영하고 있는 대표작. 그리스정교회에서 파문당해 크레타 섬의 이라클리오 성문 밖 공터에 안장된 그의 묘비문 "나는 아무것도 바라지 않는다. 나는 아무것도 두려워하지 않는다. 나는 자유다"는 자유 의지의 실천을 노래했던 조르바의 정신을 표현한 것이다.

● 에게
다치바나 다카시, 청어람미디어

일본 최고의 지성이라는 다카시가 1982년 늦여름부터 가을까지 40일간에 걸쳐 에게 해를 둘러싼 그리스, 터키 지역의 고대 문명을 답사한 기록을 정리한 책. 그리스 신화의 신들과 기독교의 신이 어떻게 자신들의 모습을 바꾸어갔는지를 해박한 지식으로 설파한다. 동행한 일본 최고의 보도 사진가 스다 신타로의 사진도 압권이다.

● 아무도 모르는 사이에 죽다
니컬러스 에번스, 글항아리

언어학자이자 인류학자인 에번스가 쓴 '사라지는 언어에 대한 가슴 아픈 탐사 보고서'. 우리의 삶에서 다양한 언어가 생존한다는 것이 무슨 의미인가를 언어 다양성의 현장에서 생동감 있게 기술했다. 사라지는 언어의 위기에 대한 추상적·규범적 논의에서 벗어나 사라져가는 언어의 증언자들과 직접 생활하며 겪은 삶의 기록을 다루었다. 삶의 기록에서 배어 나온 흥미로운 에피소드를 정리함으로써 존폐 위기에 처한 소수 언어의 실체를 잘 보여준다.

● 그리스 신화
유재원, 북촌

내가 쓴 책을 추천하기가 좀 계면쩍지만, 그간 출간된 그리스 신화 책 중 정작 그리스인의 눈으로 써낸 책이 전무하다는 것을 알고 이를 보완하기 위해 저술한 것이라서 의미가 있다. 이 책은 내가 그리스에 관심 둔 이래 40여 년을 천착해온 그리스 공부의 완결판이나 다름없다.

유종필

지식 복지로
나아가는 책 읽기

유종필 서울 관악구청장

유종필

언론인 시절 편집이면 편집, 취재면 취재 모두 발군이었다. 정계 입문 후로는 최장수 정당 대변인으로 활약하며 상대방을 막말로 공박하기보다는 향기 있고 격조 높은 촌철살인 논평으로 정당 대변인상을 한 단계 격상시켰다는 평을 받았다. 국회도서관장 재직 시 도서관의 중요성에 눈을 떠 관악구청장이 되면서 관악구를 '지식 복지'의 메카로 탈바꿈시켰다.

- 1957년 전남 함평 출생
- 광주제일고등학교, 서울대학교 철학과 졸업
- 「한국일보」(1985~1988), 「한겨레신문 기자」(1988~1993)
- 한국기자협회 편집국장
- 서울특별시의회 의원(예결위원회 위원장 역임)
- 고건 서울시장 인수위원회 대변인
- 청와대 정무비서관(1998~1999)
- 국립영상간행물제작소 소장 겸 KTV(한국정책방송) 대표
- 노무현 대통령 후보 공보특보
- 민주당 대변인(2003~2008)
- 제17대 국회도서관장(차관급)
- 동국대학교 정치행정학부, 중앙대학교 행정대학원 겸임교수(현)
- 제24대 관악구청장, 전국평생학습도시협의회장(현)
- 저서 「잘난 체 하시네!」, 「좀 다르게 살아도 괜찮아」, 「세계 도서관 기행」 외 다수

지금까지 철학자들은 세계를 다양하게 해석해왔을 뿐이다.
그러나 중요한 것은 그곳을 변혁시키는 일이다.

– 카를 마르크스의 논문, 「포이에르바하에 관한 테제」

한 때는 카피라이터를 방불케 하는 발군의 편집 기자였고, 뚝심으로 다져진 민완 기자이기도 했으며 시청자를 쥐락펴락했던 시사 인형극의 인기 작가. 정계에 입문한 뒤에는 최장수 정당 대변인으로 활약하며 박람강기博覽强記로 다져진 조어력으로 정가에 향기로운 정치 논평을 정착시켜 화제를 모으더니 어느 날 국회도서관장이 된 뒤로는 도서관 전도사로 변모한 팔방미인.

언론이 유종필 서울 관악구청장에 붙여준 프로필들이다. 2010년 지방 선거에서 12쪽짜리 선거 공약 홍보물의 절반을 도서관 공약으로 채우고 나머지를 당시의 핫 이슈였던 교육·보육 등 복지 공약을 내세워 당선됐던 유 청장은 취임 3년 만에 관악구를 도서관 특구로 탈바꿈시키는 데 앞장서 많은 다른 지자체의 벤치마킹 대상이 돼가고 있다.

평소 "리더Reader만이 리더Leader가 될 수 있다"고 주창하는 유 청장은 "책과 도서관 덕에 15년 만에 구청장의 꿈을 이루었다"며 구청 1층에 자리한 '용꿈 꾸는 작은 도서관'을 바라보며 행복한 꿈을 꾸고 있었다.

구청의 중점 사업이 듣기에도 생소한 '지식 복지 사업'이던데 이건 무슨 뜻인가?

햇볕이 부자나 가난한 사람을 가리지 않고 골고루 비추어주듯이 구민 누구나 평등하게 지식의 혜택을 누릴 수 있도록 하자는 것이 '지식 복지'다.

요즘 '보편적 복지'가 강조되는데 이것은 물질적인 개념이다. 물질적 복지도 필요하지만, 누구나 공평하게 지식을 누릴 수 있게 하는 '지식 복지'도 중요하다. 우리 구는 '지식 복지' 실현을 위해 도서관과 교육 사업에 주력하고 있다.

구청 청사 1층에 도서관을 짓고 '작은 도서관 설치' 운동을 벌여나가는 등 도서관 전도사임을 자임하고 있는데 실제로 도서관과는 어떻게 인연을 맺었는가?

어릴 적에는 시골에서 살았기 때문에 도서관을 본 적이 없다. 고등학교에 진학해서 학교 도서관을 알게 되었다.

그 시절 독서반에 가입해서 책을 읽고 토론도 하면서 도서관을 자주 이용했다. 내가 도서관과 인연을 맺은 가장 결정적인 계기는 국회도서관장 직을 맡게 된 것이다. 정치부 기자와 정당 활동을 하면서 20년 가까이 국회도서관 앞을 지나다녔지만, 그 도서관 관장이 될 줄은 전혀 생각도 안 해봤다. 국회도서관장을 맡고 업무적으로 또는 사적으로 세계의 많은 도서관을 접하게 되면서 도서관이 내게 더 크게 각인되었다. (그의 부인은 사서 출신인데, 그가 도서관을 드나들다 만났다.)

구청 1층에 도서관이 있던데 사연이 궁금하다.

'구청 1층에 도서관을 지어 관공서 청사 도서관의 모범을 보이자' 는 것은 구청장 취임 초부터 계속 생각해오던 것이다. 그러던 중 에 구청이나 보건소를 방문하는 주민들께서 구청에 오면 마땅히 쉴 곳이 없다고 이야기를 많이 해주셨다. 그동안 예산이 부족해서 구상만 하다가 내가 아는 어떤 기업인이 일부를 지원해주겠다고 해서 설치하게 되었다.

다른 관공서에 가보면 도서관이 8층에 있거나 10층에 있기도 한데, 나는 도서관이 그런 곳에 있으면 안 된다고 생각한다. 도서 관은 일부러 찾아가지 않는다. 거리를 가다가 빵집에 진열된 빵 을 보면 갑자기 먹고 싶어 들어가게 된다. 도서관도 마찬가지다. 누구나 쉽게 이용할 수 있도록 청사에서 가장 잘 보이는 위치에 내부가 잘 보일 수 있도록 벽면을 유리로 투명하게 만들었다. 도 서관 이름이 '용꿈 꾸는 작은 도서관'인데 작은 도서관에서 큰 꿈 을 꾸라고 지은 이름이다. 마침 도서관이 '청룡동'에 있고 도서관 을 만든 2012년이 '용의 해'였다.

'걸어서 10분 거리 작은 도서관 운동'은 무엇인가?

도서관은 특별한 경우에 일부러 찾아가는 곳이 아니다. 멀리 있으 면 가지 않게 되는 것이 도서관이다. 집 가까운 곳에 있어 누구나 틈만 나면 놀러 가는 기분으로 갈 수 있어야 좋은 도서관이라고 생각한다. 이런 의미에서 '걸어서 10분 거리 도서관' 사업을 추진하 고 있다. 접근성 면에서는 물론이고, 도서관 기능도 엄숙한 분위기보다는 놀이터, 쉼터, 문화 공간처럼 변해야 한다고 본다. 실제로 우리 구의 행운동에 '책이랑놀이랑도서관'을 만들었는데 내부 열람실 한쪽에 조합 놀이대를 설치했다. 아이들이 매우 좋아한다.

평소 책은 어떤 방식으로 읽는지 궁금하다.
나는 책을 유목민처럼 읽는다. 사무실에도 놓고, 집에 가면 거실에 한 권, 화장실에 한 권, 자주 이용하는 곳마다 한 권씩 놓고 짬나는 대로 본다.

요즘 보는 책은 무엇인가?
무라카미 하루키가 3년 만에 발표한 장편 소설 『색채가 없는 다자키 쓰쿠루와 그가 순례를 떠난 해』와 개그우먼 김미화의 『웃기고 자빠졌네』를 읽고 있다. 하루키의 책은 일본에서 출간 1주 만에 100만 부를 돌파하는 경이적인 기록을 세운 작품으로, 주인공 '다자키 쓰쿠루'가 잃어버린 과거를 치유해가는 과정을 그렸다. 『웃기고 자빠졌네』는 개그우먼이자 시사 프로 진행자로 널리 알려진 김미화 씨의 자전적 에세이로 본인의 일상생활을 진솔하게 기록한 책이다.

잡 오아시스Job Oasis라는 취업 도서관도 만들었던데 어느 정도 효과가 있나?
미국 도서관에 가보니 도서관에 '취업 정보 센터'가 있었다. 도서관은 이미 모든 걸 성취한 사람보다 미래를 준비하는 사람들이 많다는 걸 생각하면 상당히 의미가 있는 시설이라고 느꼈다. 그래서 우리 구립 도서관에 일자리 센터를 만들었다. '잡 오아시스Job Oasis'라고 이름 지었다. 아마 우리나라에서는 최초로 도서관에 만든 일자리 센터일 것이다. 2012년 4월에 설치했는데 그동안 1만 3,959명이 방문했고, 331명이 이곳을 통해 일자리를 찾았다.

또, 2012년 9월부터는 삼성전자의 도움으로 '청년드림 관악캠프'를 설치하고 '대기업 임직원과 함께하는 멘토링'을 통해 진로, 취업과 관련된 상담과 교육을 실시하고 있다.

『세계 도서관 기행』이라는 책도 썼던데 인상적이었던 도서관을 소개한다면?

"도서관은 영원히 지속되리라. 불을 밝히고, 고독하고, 무한하고, 확고부동하고, 고귀한 책들로 무장하고, 쓸모없고, 부식되지 않고, 비밀스런 모습으로"라는 명구를 남긴 라틴 문학의 거장 보르헤스가 눈먼 상태로 18년 동안이나 관장으로 있었던 아르헨티나 국립 도서관이다.

독특한 개성이 인상적이었던 브루탈리스트 양식의 건축물로 지어진 도서관인데, 장식물 하나 없어도 저렴해 보이지 않고 상당히 품위가 느껴졌다.

또한, 아르헨티나 국립 도서관의 탄생은 아르헨티나 독립운동과 직결되어 있다. 스페인의 식민지였던 아르헨티나는 1810년 나폴레옹의 스페인 침공을 계기로 '5월 혁명'이라고 불리는 독립운동의 횃불을 들었다. 독립운동을 하는 중에 도서관의 필요성이

제기되어 그해 9월에 국립 도서관이 설립되었다. 도서관의 역사는 민주주의 역사와 같이한다는 것을 보여주는 대표적인 도서관 중 하나라고 할 수 있다.

'어르신 자서전 사업'도 실시 중이던데 자세히 설명해달라.

평범한 어르신 한 분 한 분의 개인사에 우리나라 근·현대사가 농축되어 있다. 아주 소박한 삶을 사신 분도 역사의 한 부분이다. 따라서 모든 사람이 자서전을 남겨야 한다고 생각해왔다. 자서전은 가족들도 잘 몰랐던 부분을 글로 알릴 수 있는 소통의 계기가 되어 가족에 대해 다시 생각해보고 이해할 수 있는 소중한 자료가 될 것이라 생각한다.

또, 요즘 칠순이나 팔순 잔치 가보면 기념품으로 수건, 우산 같은 것을 주는데 자서전을 기념품으로 나눠주면 더 좋지 않을까 생각한다.

이 사업도 전국에서 우리 구가 유일하게 시행하고 있는 사업으로, 자서전 쓰기를 희망하는 어르신을 신청받아 제작비 일부를 지원한다. 현재는 예산 사정으로 1년에 10분씩만 지원하고 있다. 나는 이 사업을 하면서 우리 구가 마중물이 되어 '자서전 쓰기'가 새로운 사회 문화 운동으로 확산되었으면 하는 바람이다.

한학에도 조예가 깊은 것 같다.

할아버님이 서당 훈장님이셨다. 돌아가시기 전까지도 책을 잡고 계실 정도로 정말 대단하신 분이었다. 이런 영향을 받아 대학 때 한국고등교육재단의 한학 장학생으로 선발되어 한학을 공부했다. 실제로 이 경험은 정당 대변인을 할 때 그때의 내공이 논평을 내는 데 큰 도움이 됐다.

유종필의 책 이야기

● **논어**   공자, 글항아리
● **도덕경**   노자, 현암사

설명이 필요 없는 동양 최고의 사상서이자 유가의 기본 성전. 『논어』는 공자와 그의 제자와의 문답을 주 텍스트로 하고 있는데, 공자의 발언과 행적을 통해 인생에 사표로 삼아야 할 주옥같은 어록이 즐비하다. 『논어』는 최근 들어 경영학에서까지 인용되는 등 동·서양에서 모두 필독서로까지 그 가치가 격상됐다. 특히 세계 G2로까지 급성장한 중국이 유학과 공자를 국가 지도 이념으로까지 내세우고 있는 점도 이채롭다. 하지만 『논어』만 읽으면 너무 현실적이고, 현상 위주가 될 수 있다. 반면에 『도덕경』은 현실을 초월한 가치를 이야기한다. 이 두 책을 함께 읽으면 현실에 살면서 이상을 추구하는 조화로운 삶을 사는 데 큰 도움이 될 수 있다.

● **데미안**   헤르만 헤세, 민음사

개인적으로 다섯 번 읽은 책으로, 열 살의 어린아이가 자신만의 세계와 공간을 만들어가면서 다양한 사람들과의 경험 속에서 진

정한 자아를 찾아가는 내용. 자아 형성은 바로 본인의 의지로 결정한다는 것으로 청소년들에게 권하고 싶은 책.

● 세종처럼　　　　　　　　　　　　　　박현모, 미다스북스

세종의 인간적인 면을 엿볼 수 있는 책으로, 소수 의견도 존중하고 목표가 정해지면 구성원들을 설득하고 감화시키며 소통하는 세종의 모습을 통해 현시대에서 리더가 갖춰야 할 자세를 잘 보여준다. 특히 집현전 학사들과 함께 국가의 미래를 위해 철야 연찬도 불사하는 대왕 세종의 애민 철학과 부지런함은 오늘날의 국가 지도자들이 반드시 귀감으로 삼아야 할 점이라고 생각한다.

● 그리스인 조르바　　　　　　　　　니코스 카잔차키스, 열린책들

종교, 이념, 사상을 뛰어넘어 자유로운 영혼의 그리스인 조르바는 글로 배우는 교육이 아닌 본인의 욕망이 원하는 대로 자유롭게 삶을 살아간다. 인생은 선택의 연속이며 지금의 선택에 가장 충실해야 과거에 대한 후회가 없고 미래를 걱정하지 않는다는 내용으로 진정한 자유와 참된 인생에 대해 생각하게 한다.

유태우

사람이라는
이름의 책

유태우 닥터 U와 함께 몸맘삶훈련 원장

유태우

의과대학을 다닐 때까지만 해도 하루에 책을 서너 권씩 읽던 책벌레였지만 불혹의 나이를 넘어서면서 진정한 지혜는 책도 책이지만 사람들과의 만남과 소통에 있다는 것을 깨달았다. 이후 대학병원 의사를 그만두고 개업의로 나서 '자신이 하고 싶은 일을 신나게 하는 게 최선의 건강법'이라는 지론을 설파 중이다. 휴일이면 모터사이클을 몰고 전국을 누비는 자유인.

- 1955년 서울 출생
- 경동고등학교. 서울대학교 의과대학 졸업. 서울대학교 의과대학원 예방의학 석·박사 취득
- 경희의료원 가정의학과 과장
- 서울대학교 의과대학 가정의학교실 주임교수 및 서울대학교병원 가정의학과 과장
- 서울대학교병원 건강증진센터·원격진료센터 책임교수
- 세계가정의학회 아태학술대회 및 세계의료정보학회 사무총장
- 의협창립100주년 집행위원회 위원
- 닥터 U와 함께 몸맘삶훈련 원장, 한국글로벌헬스케어협회 회장(현)
- 저서 『고혈압, 3개월에 약 없이 완치하기』, 『여자의 물』, 『2개월에 10kg』, 『남자의 뱃살』 외 다수

우리가 아는 유일한 보금자리인 창백한 푸른 점(지구)을
소중히 보존하는 것이 우리의 의무이지요.

– 칼 세이건, 『코스모스』

한창때는 하루에 책을 서너 권씩 읽던 책벌레였다. 새로움과 지식
에 대한 끝없는 갈망은 그를 책에만 빠져 사는 바보로 만들었
다. 하지만 불혹의 나이를 넘어서면서 진정한 지혜는 책도 책이지만
사람들, 특히 사람들과의 만남과 소통에 있다는 것을 깨우쳤다.

서울대학교 의대를 졸업했지만, 당시 의대생이라면 당연시하던 내
과나 외과를 포기하고 생소한 가정의학과를 선택했다. 유태우 닥터 U
와 함께 몸맘삶훈련 원장은 전공을 택할 때 보여준 것만큼이나 그 후
여러모로 '삐딱이' 삶을 살아왔다. 모교에서 교수를 하다 홀연히 사표
를 내고 클리닉을 개설해 '유태우 다이어트'를 개발해 반식 신드롬을
일으켰다. 또한, 국내 최초로 제과 회사의 프로젝트에 참여해 좋은 과
자를 만드는 일탈도 서슴지 않았다. 혈압약은 치료제가 아니라며 '고
혈압 3개월에 약 없이 치료하기'를 시작해 성가를 올리면서 제약 회사
들의 눈총을 받기도 했다.

책에만 의존하는 삶은 더 많은 지식의 수렁에 빠지는 오류에 젖을
수 있다며 오히려 책을 초월한 삶을 주장하는 유 원장을 만나봤다.

인터뷰 요청을 했더니 대뜸 '난 오히려 책을 권하지 않는 사람인데 시리즈 성격에 맞겠어요?'라고 되묻던데, 그게 무슨 의미인가?

책은 인간에게 큰 양식을 주지만 자칫 해악이 될 수도 있다. 『네 안에 잠든 거인을 깨워라』를 보고 감동을 받아 저자인 앤서니 라빈스를 만나려고 미국에 가서 저자가 하는 4박 5일의 세미나에 참석했었다. 세미나 내용은 이미 내가 배웠던 것이었지만, 내가 놀란 것은 아침 9시부터 저녁까지 거의 쉬지 않고 그가 이야기를 하는 것이었다. 그것도 매우 빠른 템포로 말이다. 하지만 참석자가 수천 명이나 되는데도 그 사람이 나하고만 이야기하는 듯이 들렸다. 그걸 통해 사람의 능력은 책에 쓰여 있는 어떤 지식보다 훨씬 클 수 있다는 점을 깨달았다.

마찬가지로 내가 추천 도서에서 언급한 '사람'도 그런 면에서 일종의 은유다. 이 세상에 그런 이름의 책은 없다. 하지만 사람이라는 형태의 책은 어디에나 널려 있다. 책은 책대로 보고, 누굴 만나든 더 많은 사람을 만나서 그 사람한테 배우는 것이 진정한 책이지 않을까 싶다. 그렇게 생각한다면 사람이라는 책은 Everywhere, Every time, 그러니까 언제 어디서나 볼 수 있다.

그래도 책에서 많은 것을 배우지 않았나?

물론이다. 내 인생 초반의 학습은 전부 책을 통해서 이뤄졌다. 그러다가 마음을 공부해야겠다는 생각이 들었다. 이때부터는 물론 책도 보았지만, 전 세계로 사람을 만나러 다녔다. 비록 짧은 만남이었지만, 그 사람들로부터의 배움은 시간과 거리의 비용을 상쇄

하고도 남았다.

마음공부를 어느 정도 끝내고 최근 몇 년간은 주로 삶에 대해 공부했다. 지구 상의 70억 명의 삶이 어떻게 그렇게 다를 수가 있는지를 알고 싶었다.

한창때는 하루에도 책을 서너 권씩 읽었다는데 어떤 식으로 그게 가능한가?

조금 독특하다. 처음부터 끝까지 읽지 않고. 항상 질문하면서 본다. 내가 아는 내용이냐, 모르는 내용이냐. 그래서 아는 내용은 그냥 건너뛰고 모르는 내용만 본다. 그런 식으로 보면 어떤 책은 30분이면 독파한다. 또한 책을 자주 읽다 보면 나름대로 내공이 생긴다.

언제, 어디서 읽는가?

주로 새벽에 읽는다. 책뿐만이 아니라 생각도 아침에 제일 많이 한다. 아무래도 저녁에는 집중력이 떨어지는 것 같다. 과거엔 주로 서재나 소파에 봤는데, 요새는 장소를 가리지 않고 아무 데서나 읽는다. 지하철에서도 읽고, 서서도 읽고.

요즘은 꼭 책을 들고 있지 않아도 된다. 이북e-Book이 있어서 편리하다.

서재는 어떤 곳인가?

한마디로 소모품이다. 이상하게 들릴지 모르겠지만, 서재뿐만이 아니고 나는 내가 갖고 있는 모든 소유물을 소모품이라고 생각한다. 소모품이라는 뜻은 없어진다는 것을 의미한다. 책도 없어지고, 지식도 없어지게 마련이다. 없어졌다가 다시 채워지기도 하고, 새것으로 대체되기도 하고. 그래서 과거엔 책을 모두 서재에 쌓아뒀지만, 요즘은 다 읽고 나면 다른 사람에게 줘버린다.

그러면 책이란 당신에게 무엇인가?

책은 내 삶의 반쪽이라고 해도 되지 않을까? 거의 반쪽일 것 같다. 반쪽 정도는 책이 영향을 주지 않았을까 싶고 나머지 반쪽은 사람인 것 같다. 내가 의사로서 살아갈 수 있게 해준 지식은 책으로부터 배웠지만, 나머지는 사람들에게서 배웠다. 어쨌든 책이 아니었다면 내가 갖고 있는 생각, 사상, 믿음, 확신, 이런 것들을 갖지 못했을 것 같다.

고혈압을 약 없이 치료해야 한다고 주장해서 화제던데 사실인가?

흔히 고혈압은 '완치'가 불가능하다고 한다. 서양인에 의해 질병으로 정의된 본태성 고혈압은 원인이 없거나 있더라도 고칠 수 없다고 알려졌기 때문이다.

하지만 한국인의 고혈압은 서양인과 다르다. 6년간 우리 클리닉에서 시행한 고혈압 완치 훈련과 사례를 토대로 '고혈압 완치 솔루션'을 찾아냈다. 한국인의 고혈압은 본태성 고혈압의 원인으로 알려진 유전이나 짜게 먹기, 음주, 흡연 등의 생활 습관이 원인이 아니다. 서양인의 본태성 고혈압과는 달리, 한국인의 고혈압 원인은 힘든 삶, 즉 스트레스다.

스트레스는 아드레날린이라는 호르몬을 분비해 혈압을 올린다. 고혈압은 무엇보다 스트레스와 관계가 깊은 병이다. 그다음은 예민한 '몸맘'이다. 몸맘이 예민한 사람은 같은 상황에서도 더 쉽게 스트레스를 받는 데다, 증세나 질병이 있으면 더 크게 반응하여 혈압과 증세를 악화시킨다. 세 번째 원인은 비만이다.

의과대학 졸업 후 전공을 선택할 때 가정의학을 선택한 이유는 무엇인가?

내가 좀 삐딱한 구석이 있다. 남이 안 하는 것을 하고 싶은. 그래서 이왕이면 사람들에게 가장 널리 친근하게 다가갈 수 있는 전공을 택했다. 나보다 1년 선배가 처음 택했고 내가 3호 의사다.

약을 통한 치료보다는 몸과 마음의 치유를 통한 치료를 주장하면 동료 의사나 제약 업계로부터 반발이 있지 않을까?

내가 TV 등에 나가서 약을 남용하거나 주사를 너무 많이 맞지 말라는 얘기를 하자 내 제자들이 "굶어 죽으니 그런 말 좀 그만해 달라"는 전화를 걸어오기도 한다. 하지만 그건 내 철학이니 어쩔 수 없다. 환자 중심의 진료를 해야 하기 때문이다. 난 그래서 환자들의 진료 차트도 환자나 가족들이 알아볼 수 있도록 진단명을 제외하고는 모두 한글로 쓴다.

'몸맘삶'이란 것이 무엇을 의미하는가?

병을 일으키는 나쁜 사고방식, 생활 습관, 삶의 관계를 바로잡아 스스로 질병에 대한 저항력을 기르는 게 치료의 지름길 이라는 신개념 치료법이다.

인간의 몸, 즉 신체와 맘, 즉 정신 그리고 삶 즉 인생에 두루 관여하는 생각이나 습관, 행동 전반적인 부분의 개선을 통해 사람은 행복하고 더 건강해질 수 있다는 것이 그 기본 바탕이다. 그런 점에서 내 몸의 70%를 이루는 물이 매우 중요하다.

그러면 스트레스는 왜 받는다고 보는가?

'스트레스가 쌓인다'고 이야기하는 나라는 한국뿐인 것 같다. 다른 나라 사람들은 스트레스가 쌓인다고 이야기하지 않는다. 그런데 우리말도 아닌 그 단어가 왜 이렇게 유행어가 됐나? 다들 스트레스가 쌓인다, 스트레스를 푼다, 이렇게 말하는데 영어에는 쌓인다, 푼다 이런 말은 없다. "I'm under stress" 등과 같은 표현이 있다.

이는 한국적 정서인 한恨과 관련이 깊다. 한의 가장 깊은 배경은 '어쩔 수 없다'인데 '내가 어쩔 수 없다'는 것이다. 스트레스는 쌓이는 게 아니라 자기가 만들어가는 것이다. 그 원인은 남과의 비교에서 비롯된다. '내가 너만큼 가져야 하는데 왜 나는 너만큼 못 갖느냐, 내가 너만큼 대우받아야 하는데 왜 나는 너만큼 대우받을 수 없느냐'는 식이다.

스트레스 없는 삶이 가능하다고 보는가?

남과 같은 것을 할 것인가, 내가 원하는 것을 할 것인가를 구별하면 된다. 우리나라는 공동체주의가 굉장히 강한 나라여서 어릴 때부터 "너는 튀지도 말고, 남보다 더 잘나지도 말고, 못하지도 말고, 남하고 비슷하게 돼라"라고 배운다. 그래서 다수가 하는 것을 따라 하는 걸 좋아한다. '경쟁 사회'의 논리에 빠져버리는 것이다.

스트레스 탈피, 이것은 아주 간단하다. 내가 남하고 다 똑같이 할 것이냐, 아니면 내가 원하는 것을 할 것이냐를 결정하면 된다. 스스로 질문을 이렇게 하면 된다. 다수를 따라갈 것인가, 내가 원하는 것을 할 것인가. 그러면 답이 나온다.

당신도 스트레스에 시달린 적이 있는가?

전공 선택 시나 모교 교수직을 그만둘 때도 그랬다. 난 인생의 버킷 리스트가 없다. 왜냐하면, 하고 싶은 게 있으면 그 즉시 해버리면 되기 때문이다. 몇 해 전에는 갑자기 이탈리아를 가보고 싶어 병원 문을 닫고 그냥 다녀왔다. 물론, 진료에 필요한 제반 조치는 취하고 갔지만.

요즘은 스피드를 즐겨 오토바이를 타고 다닌다. 그런데 남들이 다 선호하는 할리 데이비슨은 안 탄다. 대신, 할리 데이비슨보다 덩치는 작지만 스피드가 뛰어난 BMW 오토바이를 탄다. 요것도 몇 천만 원이나 나간다.

여생은 어떻게 살고 싶은가?

죽을 때까지 즐겁게 일하자는 게 목표다. 즐겁게 일하고, 죽을 때까지 은퇴하지 말자. 놀면서 일하자는 게 내 철학이다. 너무 열심히 일해서 과로사하거나 아프지 않고, 지금 즐겁게 일하면 된다. 하고 싶은 게 있으면 지금 바로 실행에 옮기면 된다. 앞으로도 나는 그렇게 살 것이다.

유태우의 책 이야기

● **크리스마스 휴일, 거짓된 생활**　　　월리엄 서머셋 모옴, 정음문화사

어렸을 적 내 삶의 틀을 만들어준 책. 주인공인 '찰리 메이슨'이 아니라 그의 친구인 '사이먼 패니모어'가 나에게 반면교사反面教師가 되었다. 괴팍한 성격의 그는 하루를 계획적으로 살아간다. 하지만 그렇게 자신만만하고, 전혀 감정이라고는 없으며 이성적으로 살아가던 그는 찰리 메이슨을 만나면서는 자주 화를 내는 등 이성을 상실한다. 그는 결국, 형편없는 사람이 돼버린다. 빈한했던 나는 주변의 환경이 좋은 친구들을 보면서 패니모어처럼 실패하지 않는 삶을 살겠다는 다짐을 했다. 나를 오늘날까지 이끌어온 원동력은 패니모어인 셈이다.

● **네 안에 잠든 거인을 깨워라**　　　앤서니 라빈스, 씨앗을뿌리는사람

미국 심리학자가 쓴 자기계발서. 이 책도 내 삶에 큰 이정표가 됐다. 이 책을 보기 전까진 '내가 의사로서 환자들에게 무엇을 해줄 수 있을까?'라고 생각하며 살았는데 책을 읽은 이후로는 '환자가 무엇을 원하느냐'로 생각이 바뀌었다. 굉장히 두껍고, 조금 어려운

책이지만 읽어보면 '아, 나도 할 수 있구나, 내가 원하는 것은 나도 이룰 수 있겠구나'라는 메시지를 받을 수 있을 것이다.

● 아틀라스 세계사 지오프리 파커, 사계절

청소년들을 상대로 한 교양 도서지만, 지구 역사 전체를 보여준다는 점에서 의미 있다. 이 책을 보면서 '지구 상의 생물의 역사는 어떻게 될까, 이 생물의 역사와 함께 지구 또는 우주 환경의 동시대적 역사는 어떻게 될까?'라는 의문을 갖게 되었다. 이런 고민을 통해 한 국가나 인종이 아닌 전체 인류의 변화와 성장의 흐름에 대해서는 어느 정도 이해하게 되었다.

● 코스모스 칼 세이건, 사이언스북스

일상생활에서 출·퇴근하면서 지하철만 타고, 지하철 속에서 스마트폰으로 게임만 하고, 아니면 퇴근 후에 집에서 예능 프로만 보고서는 도저히 알 수 없는 또 다른 실체, 즉 우주의 광대함을 느끼게 해준다. 그런데 아는 것과 느끼는 것에는 차이가 있다. 공간과 시간이 광대하다는 것을 알 수는 있지만, 그것을 온전히 느끼기란 쉽지가 않다. 138억 년 우주의 역사에 비해 인류의 1만 년 역사는 정말 짧은 시간이고, 내가 최대로 살 수 있는 100년은 더 말할 나위도 없다. 내셔널 지오그래픽 채널에서 다큐멘터리로 제작되어 방영되고 있다.

● 사람

내가 진짜 좋아하는 '책'. 그런데 실제로는 책의 형태를 지니지 않은 그냥 '사람'이라는 책. 사람은 책을 통해서 물론 제일 많이 배우겠지만, 더 많이 배울 수 있는 것은 '사람'이라는 책이다. 책이 나의 반쪽이라고 한다면, 사실 더 큰 반쪽은 사람이다. 나의 모든 지식, 경험, 인식은 책보다도 사람을 통해서 배웠다. 우리가 언뜻 보기에는 못난 사람, 잘난 사람, 별별 사람이 다 있지만 한 사람, 한 사람 다 뜯어보면 정말 배울 점이 많다. '저 사람은 저게 못났어, 저 사람은 밥맛이야, 저 사람은 내 타입이 아니야'라고만 볼 것이 아니라, 한 사람, 한 사람 놓치지 말았으면 한다. 책은 책대로 보고, 누굴 만나든 더 많은 사람을 만나서 그 사람한테 배우는 것이 진정한 책이지 않을까 싶다.

이만열

사무라이를 아는 서양인들,
왜 선비는 모를까?

이만열 경희대학교 국제대학 교수

이만열

예일대학교 중문학과와 전체 우등 졸업, 도쿄대학교 석사, 하버드대학교 박사. 이어서 서울대학교 대학원 연구생을 거치며 한·중·일 동양 3국의 언어와 문학, 문화에 정통한 푸른 눈의 학자. 『한국인만 모르는 다른 대한민국』이라는 책이 낙양의 지가를 올린 후 신문 기고와 방송 등에서 맹활약 중이며, 『인생은 속도가 아니라 방향이다』는 보기 드문 빼어난 한국 문명 평론서로 평가된다.

- 1964년 미국 테네시주 내슈빌 출생
- 예일대학교 중문학과(학사), 도쿄대학교 비교문화학과(석사), 하버드대학교 동아시아 언어문화학과(박사)
- 미국 일리노이대학교 동아시아언어문화학과 교수, 조지워싱턴대학교 역사학과 겸임교수, 대전 우송대학교 솔브릿지국제대학 국제경영학부 교수
- 주미 한국대사관 홍보원 이사
- 경희대학교 국제대학 교수, 아시아인스티튜트 소장(현)
- 저서 『세계의 석학들 한국의 미래를 말하다』, 『인생은 속도가 아니라 방향이다』, 영문 번역서 『연암 박지원의 단편소설(The Novels of Park Jiwon: Translations of Overlooked Worlds)』 외 다수

Build not your monuments of brass or marble,
but make them of ever living mind!

(우리 문명의 금자탑은 청동이나 대리석으로 만들지 말고
계속적으로 활기찬 시민들의 마음을 갖고 만들자!)

― 미국 1850년대 노예 제도 반대 운동에 앞장섰던
정치인 새디어스 스티븐스의 연설문 중에서

예일대학교 중문학과와 전체 우등 졸업, 도쿄대학교 석사, 하버드 대학교 박사. 이어서 서울대학교 대학원 연구생. 한·중·일 동양 3국의 언어와 문학, 문화에 정통한 푸른 눈의 학자가 2013년 『한국인만 모르는 다른 대한민국』이라는 책을 펴내며, "이제 한국이 국제 사회의 전면적 주도권을 잡을 수도 있고, 시민의 행동을 통해 세계 역사의 방향까지 좌우할 수 있다"고 말하면서 한국의 가능성을 부각해 주목을 끌었다.

이만열이라는 한국 이름으로 더 잘 알려진 임마누엘 페스트라이쉬 경희대학교 국제대학 교수는 한국에서 왕성하게 활동하는 여느 미국인들과는 여러모로 결이 다르다. 대개의 미국인들은 한국의 행정이나 기업 활동에 자문하는 역할을 하는 게 보통인데 이 교수는 한국의 전통과 예학, 문학, 인문 교육에 대한 천착과 홍보에 열심이다.

특히 그가 4년 전 '하버드 박사의 한국 표류기'라는 부제로 펴낸 『인생은 속도가 아니라 방향이다』는 한국 견문기라기보다는 묵직한 한국 문명 평론서로까지 평가된다. 강학과 연구, 한국 언론에의 기고, 초청

강연 등을 통해 한국인도 모르는 한국 정신의 재발견에 열심인 이 교수를 서울시 중구에 위치한 아시아인스티튜트에서 만났다.

· ·

명함에 한자로 이만열李萬烈로 크게 씌어 있고, 그 밑에 조그맣게 임마누엘 페스트라이쉬라 쓰여 있다. 한국 이름은 어떻게 가지게 됐는가?
한국 여성과 1997년에 결혼했는데 그때 장인어른께서 제 영어 이름의 발음을 따서 지어주셨다.

예일대학교 중문학과로 진학한 계기는?
나는 미국 중남부에서 자랐지만 고등학교 때, 서부인 샌프란시스코로 이사했다. 거기엔 중국이나 한국 등 동양계 친구들이 많이 있었는데, 그때 중국이 앞으로 더 큰 나라가 될 것이라는 판단이 들어 중국 문학을 택했다.

이어서 일본, 대만, 한국에서 중국, 일본, 한국 문학과 문화 등 동양 3국에 대해 두루 섭렵했다. 동양 2개국의 문화를 함께 전공한 학자는 많지만, 세 나라를 두루 통섭한 연구자는 거의 없는 것 같다. 세 나라의 문화를 비교해본다면?
내 박사 학위논문은 한국과 일본 지식인들이 중국 소설, 특히 백화소설白話小說 같은 단순한 한문투가 아닌 소설들을 어떻게 받아들이고 어떻게 해석했는지 비교 연구한 결과물이다.

세 나라 중 한국이 동양의 전통, 특히 유교와 불교의 정통성을 가장 잘 유지하면서도 근래에는 가장 개방적인 나라로까지 확장됐다. 유교는 중국에서 송나라 때까지는 잘 이어왔지만 원·청으로 가면서 쇠퇴했고, 불교의 경우는 일본에 비해 선불교가 잘 보존돼 있다.

세 나라 문화를 전공하고 미국에서 동아시아언어문화 전공 교수를 하다 굳이 한국에 정착한 이유는?
아내가 한국인인 이유도 있지만 일단 한국 대학의 초청이 있었고, 그 밖에 한국이 문화적으로나 학술적으로 가장 활발하게 비교문화학을 연구하기에 좋은 환경을 갖추고 있다.

어릴 적부터 책 속에 묻혀 살다시피 했다던데?
부모님이 식탁, 침대 등은 물론, 심지어 화장실에도 책을 쌓아 놓는 등 책과 친숙해질 수 있는 환경을 조성했다. 그리고 솔선해서 항상 책 읽는 모습을 보여주시려고 노력했다. 특히 아버지는 식사할 때 가끔 자신이 읽은 사상서와 예술서 등을 요약해서 들려주곤 했는데, 내 수준에는 너무 어려웠으나 나름의 정서적 교감을 통해 심리적 거리가 좁혀지는 것을 느낄 수 있었다.

그럼 자녀 교육도 같은 방식으로 하는가?
그러려고 노력 중인데 잘 안 된다. 다만 한국의 언어와 문화를 제대로 배울 수 있도록 외국인학교가 아닌 한국 학교에 보내고 있다. 다만 중학생인 큰아이는 외국인학교로 진학시켰다.

한국의 선비 정신을 높이 평가했는데?
한국은 이제 피식민지 국가 가운데 경제화와 민주화에 성공한 국가일 뿐 아니라 경제력 면에서도 세계 10위권 국가로 성장했다. 하지만 한국의 이러한 성과가 제대로 외국에 알려지지 않았다.

한국의 대표 홍보 브랜드가 부재한 것이 가장 큰 이유인데, 나는 일본의 '사무라이 정신'이나 '닌자' 캐릭터에 버금가는 개념으로 '선비 정신'을 주장하고 싶다. 선비 정신은 한국 역사에서 개인적 차원에서는 도덕적 삶과 학문적 성취에 대한 결연한 의지와 행동으로, 사회적 차원에서는 수준 높은 공동체 의식을 유지하면서도 이질적 존재와 다양성을 존중하는 태도로 나타났다. 홍익인간으로 대표되는 민본주의 사상을 품고 있는데다 '지행합일', 즉 지식인의 사회에 대한 책임감을 강조하는 게 특징이다.

한국 전통문화에서 더 재평가할 대목이 있다면?
조선 시대의 사랑방 문화다. 사랑방은 문학이나 예술 분야의 사람과 행정 관료, 학자들이 함께 모여 교류하는 장이었다. 이러한 한국의 전통 공간은 그곳에 모인 이들에게 좋은 자극이 됐고 새로운 아이디어를 창출하는 데 도움을 줬다. 이 밖에도 풍수지리, 친환경 농법 등은 재조명할 만하다. 특히 추석 명절과 비빔밥, 발효 음식 등은 세계 문화로 발전시킬 수 있는 콘텐츠이다.

한국의 해외 홍보에 문제가 많다고 책에서 지적했는데?

주미 한국 대사관에서 한국의 대미 홍보 업무를 맡은 적이 있었다. 그때 살펴보니 그간 한국의 홍보는 한국인의 시각에서 이루어진 게 대부분이었다. 외국인이 흥미를 가질 만한 포인트를 놓치고 있던 것이다. 한국인은 5,000년 역사에 대해 과도한 자부심을 갖고 있지만 정작 한국의 위대성을 말할 때면 최근의 경제 발전에 국한한다. 하지만 나는 외국인이 이해하고 인정할 만한 나름의 고유 전통, 예를 들면 홍익인간, 선비 정신, 예학, 역관 제도 등을 중점 홍보해야 한다고 믿는다.

또한 오늘날 일본이 서양에 널리 알려진 데는 하버드대학교 에즈라 보겔 교수의 『일등 국가 일본』, 루스 베네딕트의 『국화와 칼』, 제임스 클라벨의 소설 『쇼군』 등 책의 도움이 컸다. 하지만 외국의 저명 석학이 한국의 실상을 제대로 쓴 저서나 칼럼을 아직 본 적이 없다.

좋은 지적이다. 이 박사가 한번 이 작업을 해보면 어떤가?

내가 아니어도 훌륭한 학자들이 많으니 성과가 있을 것이다.

한국 작가 중에 좋아하는 사람은 누구인가?

내가 한국 고전소설, 특히 한문 소설을 전공하다 보니 현대 작가들의 작품은 잘 모른다. 그냥 시인 이산하를 좋아해서 가끔 막걸리를 마신다. 과거 작가 중에는 연암 박지원을 좋아한다. 그의 소설이 워낙 재미있는데다 당시 서민들의 생활을 애정 어린 시선으로 잘 묘사해서 영어로 번역도 했다. 이 책은 현재 하버드대학교 대학원에서 교재로 쓰이고 있다. 그런데 한국 현대문학 작품뿐 아니라 고전문학 작품도 번역된 게 너무 적어서 안타깝다.

첫 저서 제목이 『인생은 속도가 아니라 방향이다』인데, 이게 무슨 뜻인가?

외국도 그러하지만, 한국에서도 인생의 가치를 속도, 즉 컴퓨터처럼 속도에 따라서 효용을 따지는 경향이 있다. 하지만 실제로 인생은 얼마나 오래, 바쁘게 사는가가 중요한 게 아니라 살아가는 방향이 중요하다. 예를 들면 환경문제의 경우 정신세계에 집중한다면 적은 소비, 검소한 삶 등이 해결책으로 제시될 수 있다.

21세기에서 왜 인문학이 중요하다고 생각하는가?

미국 페이스북 본사 복도에는 "Is this a technology company?(우리는 기술 회사인가?)"라는 문구가 붙어 있고, 상상력을 주제로 한 작품을 주로 그린 르네 마그리트 그림이 배경으로 걸려 있다. 구글이나 페이스북, 애플처럼 정보 기술 산업의 선두 주자들이 한결같이 말하는 비결은 다양한 인문학을 토대로 한 IT 기술 분야의 통합적 연구다. 이처럼 인문학이 본질적인 면에서 매우 실용적이고 유용한 학문이라는 인식의 전환이 필요하다.

앞으로 어떤 일들을 설계 중인가?

한국의 훌륭한 전통문화와 지적 정신세계, 그리고 한국문학의 소개에 힘쓰려 한다. 또한 주변 사람들과 함께 독서하고 토론하는 작은 의미의 인문 공동체를 만들고 싶다.

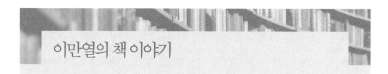

이만열의 책 이야기

● 홍루몽
조설근, 나남

중국 청나라 때 조설근이 지은 장편소설. 이 소설은 "만리장성과도 바꿀 수 없는 중국인의 자존심"이라고 평가되는데 저자는 가씨 가문의 흥망성쇠를 통해 중국 봉건 지배 계층의 부패와 죄상을 잘 드러내고 있다. 중국 고전소설 중에서 가장 위대한 작품으로 꼽히는 이 소설은 높은 예술성과 사실적인 묘사로 중국 봉건사회의 역사와 사회 상황에 대한 깊은 조망을 보여준다.

● 오이디푸스 왕
소포클레스, 민음사

아이스킬로스, 에우리피데스와 함께 그리스의 3대 비극 작가로 꼽히는 소포클레스의 희곡 작품집. 서구 문명의 원형으로 평가되는 「오이디푸스 왕」의 부자간의 대립, 친부 살해, 정체성의 탐구는 인간의 심리적 갈등의 전형이다. 아리스토텔레스가 소포클레스를 비극의 전범으로 삼은 이유를 알 수 있다. 이 작품에는 인간은 항상 운명에 순종해야 하고, 운명을 피하려 할수록 더 운명에 얽매일 수밖에 없다는 점을 곳곳에서 드러내 보인다. 이는 이 세상에 인간의 힘이나 이성의 영역 너머에도 무언가가 존재한다는 것을 보여줌으로써 인간 존재의 취약성을 시사한다.

● 죽음의 수용소에서　　　　　　　빅터 프랭클, 청아출판사

나치의 강제수용소에서 생사의 고비를 넘기면서도 삶의 의미를
잃지 않고 인간 존엄성의 승리를 보여준 빅터 프랭클 박사의 자전
적인 체험 수기. 그 체험을 바탕으로 지그문트 프로이트의 정신분
석과 알프레드 아들러의 개인 심리학 다음의 빈 제3 심리치료학으
로 불리는 로고테라피학파를 창시했다. 특히 강제수용소에서 보
고 겪은 보통 사람들의 예화를 통해 '인간은 어떤 환경에서도 적
응할 수 있다', '절망이 오히려 자살을 보류하게 만든다', '무감각한
죄수도 분노할 때가 있다'라는 사실을 보여주는 대목은 처연하기
까지 하다. 또한 강제수용소에서 겪은 사소한 유머와 행복을 묘사
한 대목은 한 편의 단막 드라마 이상이다.

이석연

맛있고 놀랍고
기쁜 독서

이석연 변호사

이석연

고졸 검정고시 출신 변호사로 주류 사회에선 아웃사이더로 불리지만,
서울대학교 조국 교수마저 보수 진영의 존경할 만한 원칙론자라고 평가
할 만큼 독특한 행보를 보여왔다. 경실련 사무총장과 법제처장을 거쳐
한때는 현실 정치 참여 의욕도 보였지만 『책, 인생을 사로잡다』 등 인문
교양 도서를 잇달아 출간하고 '책권하는사회운동본부'를 만들어 인문
교양 도서 보급 운동에 열심이다.

- 1954년 전북 정읍 출생
- 전북대학교 법학과, 서울대학교 대학원 법학과 졸업 (법학박사)
- 행정고등고시(23회), 사법시험(27회) 합격
- 법제처 사무관, 법제관, 헌법재판소 헌법연구관
- 제4대 경제정의실천시민연합 사무총장
- 감사원 부정방지대책위원장, 국민감사청구심사 위원장
- '시민과 함께하는 변호사들' 공동대표
- 제28대 법제처장
- 법무법인 서울 대표변호사, 아산나눔재단 이사, 21세기비즈니스포럼 대표, 책권하는사회
  운동본부 상임대표, 아시아기자협회 부이사장(현)
- 저서 『책, 인생을 사로잡다』 외 다수

인간은 노력하는 한 방황한다.

— 괴테, 『파우스트』

전법제처장 이석연 변호사는 이력으로만 보면 언뜻 노무현 전 대통령을 연상시킨다. 지방 출신, 중학교 졸업 6개월 만에 고졸 검정고시와 대입 예비고사에 합격했지만 대학 진학을 포기하고 금산사에 입산해 20개월 동안 동서양 고전 300권을 독파한 후 하산. 지방대졸업 후 고시 양과(행정고시, 사법고시) 합격. 시민 단체인 경실련 사무총장 역임.

여기까지는 노무현 전 대통령과 일맥상통한다. 하지만 그 이후 노전 대통령과는 반대로 보수 진영에 몸을 담근다. 물론 본인은 자신을보수주의자라기보다는 헌법적 가치를 최고의 선으로 여기는 원칙주의자라고 주장하지만. 이명박 정부 들어 법제처장으로 입신했다. 국무회의에서 국가인권위 축소 안에 반대하는 등 종종 정부 방침에 반한 주장을 펴 내각 내에서 미스터 쓴소리로 통했다. 한때 서울시장 보궐선거에서 뉴라이트 후보로 출마를 도모하기도 했던 이 변호사는 『여행, 인생을 유혹하다』, 『책, 인생을 사로잡다』라는 인문 교양 도서를 잇달아 출간했다. 그리고 2012년 김을호 국민독서문화진흥회장, 김종훈한미글로벌 회장, 작가 김홍신, 배우 안성기, 홍명보 축구 감독 등과

'책권하는사회운동본부'를 출범시켜 상임대표를 맡는 등 인문 교양 도
서 보급 운동에 앞장서면서 새로운 삶을 열고 있다. 일체의 정치적 사
안에 대한 질문을 받지 않는다는 전제하에 법전보다 동서양 고전이 더
많은 서울 서초동 사무실에서 그를 만났다.

　법률가가 아니었다면 아마도 고고인류학자가 되었을 것이라는 이
변호사는 '역사와 기적은 창조된다'는 뜻의 조어 사기창성史奇創成이 쓰
인 현액이 걸린 사무실에서 또 다른 인문학 저술을 준비하느라 구슬
땀을 흘리고 있었다.

· ·

이력이 독특하다. 중학교 졸업 후 입산해 20개월 동안 책 속에 묻
혀 지냈다는데?

나는 태생적으로 남이 가지 않은 길을 가는 식으로 살아왔다. 부
유하진 않지만 중농 집안에서 자란 나는 중학교 졸업 전에 검정고
시라는 제도가 있다는 걸 알았다. 초등학교와 중학교 시절, 전교
1등을 빼놓지 않았던 나는 인생을 절약할 수 있는 이 제도에 도
전하고 싶은 욕구가 생겼다. 부모님의 반대가 극심했으나 "경기고
에 떨어져 재수한 셈 치면 될 것 아니냐"고 우겨 도전했는데 6개월
만에 고졸 학력 검정고시에 전 과목 합격했다. 그런데 친구들보
다 2년이나 먼저 대학에 가는 게 부담스러워 고향 근처의 금산사
심원암에 들어가 책 300권을 독파했다. 동서양 문학 전집, 철학
책, 역사서 등을 읽었다. 처음엔 잘 이해가 가지 않았지만 1년여가
지나자 무슨 일이든지 해낼 수 있다는 자신감이 우러나왔다. 1년

8개월 만에 하산해 대학에 들어갔고 그 여세로 고시 양과에 합격할 수 있었다.

그때의 독서가 인생에서 매우 큰 영향을 주었을 것 같다.
그렇다. 책을 읽다 보니 어느 날 '이렇게 맛있고 놀랍고 기쁠 수 있는 일이 또 있나'라는 생각이 들었다. 고시 공부도 그때 독파한 책들의 도움으로 별 어려움이 없었다. 내가 그 이후 아웃사이더로 살아갈 수 있었던 용기도 바로 그때의 독서에서 얻은 내공에서 비롯됐다고 생각한다.

2012년에 펴낸 『책, 인생을 사로잡다』를 보니 단순히 독서를 권유하는 책만은 아닌 것 같다.
그렇다. 내가 그 책의 부제를 '이제 읽는 자가 지배한다! 책은 시대의 파도를 헤쳐나가는 인생의 나침반이다. 책과 더불어 남이 가지 않은 길을 가라'라고 붙였는데, 바로 이 구절이 내가 주장하는 핵심이다.

이석연 식 독서법이 화제던데 어떤 것인가?
책에도 나와 있는데 한마디로 '노마드 독서법'이다. 나는 독서에도 기술이 필요하다고 생각한다. 요약하자면 유목민처럼 건너뛰고 겹쳐 읽고 다시 보고 하기를 반복하라는 것이다. 또한 읽기와 쓰기는 하나이므로 베껴 쓰고, 다시 쓰고, 고쳐 쓰고, 외워야 한다. 그리고 개론서를 중시해야 한다.

개론서를 중시하자는 게 독특하다. 좀 더 자세히 설명해달라.

역사, 사회, 인간의 현실을 이해하기 위해서는 두 가지 원칙이 필
요하다. 하나는 헤겔로 상징되듯이 전체를 크게 조망한 객관적인
틀이고, 다른 하나는 각 개인을 역사의 단계나 사회의 부분이 아
니라 개인 그 자체가 목적이며 하나의 완결된 세계를 구축하고 있
다고 보는 사고다. 전체를 조망하는 틀과 완결된 세계의 구축이라
는 키워드에 중점을 두고 이 두 가지를 모두 이해하기 위해서 개론
서가 중요하다. 다만 개론서라도 쉽게 믿지 말고 저자 소개와 서문
을 꼼꼼히 읽어봐야 하고, 일간지의 서평에서 거론됐거나 전문가가
추천한 개론서를 우선 읽는 게 좋다. 또 해당 분야 전문가의 조언
을 듣고 구입 즉시 미루지 말고 일주일 내에 읽는 게 바람직하다.

무척 바쁠 텐데 책은 어떻게 보는가?

바빠서 책을 못 읽는다는 것은 핑계에 불과하다. 나는 어디를 가
든 줄 뒤에 서서 차례를 기다리지 말 것, 혼잡한 장소를 피할 것,
대중교통을 이용할 것, 약속 시간보다 30분 먼저 도착할 것, 한 시
간 먼저 일어날 것, 여행길에 책을 지참할 것 등의 원칙을 지키고
있다. 또한 집 안에서도 침대 머리맡과 화장실에도 책꽂이를 놓고
거실에 TV를 치우고 서가를 설치하는 식으로 책을 가까이 하는
환경을 만들었다.

지난번에 낸 여행 관련 서적도 인기가 좋은 것 같던데.

제법 팔리는 모양이다. 내 책은 단순한 여행기라기보다는 인문 탐

사 기행기다. 내가 책에 썼듯이 "역사 공부를 하지 않고 떠나는 것은 여행이 아닌 관광"이다. 나는 공직에서 물러난 1994년부터 매년 두 번 가족들과 함께 여행하겠다는 목표를 세워 이를 실천해오고 있다. (그는 이 책에서 '여행의 진수는 완전한 자유에 있다'며 오스트리아와 스페인, 경수로 사업 현장이었던 함남 신포, 스리랑카, 미얀마, 파나마 등 중미, 북유럽, 미국 등을 둘러보며 자신의 인문학적 현학성을 유감없이 발휘하고 있다.)

대통령에게 특별히 권하고 싶은 책이 있다면?
도리스 컨스 굿윈이 쓴 『권력의 조건』을 권하고 싶다. 퓰리처상을 받은 책으로 '라이벌까지 끌어안은 링컨의 포용 리더십'이라는 부제에서 알 수 있듯이, 포용과 통합의 리더십으로 남북전쟁의 후유증을 극복하고 미국을 한 단계 업그레이드시킨 링컨의 리더십을 조명한 책이다. 이 책은 난마처럼 얽힌 국정을 풀어가는 데 큰 참고가 될 것이다.

정치인들에게 권하고 싶은 책은?
시인 조지훈의 『지조론』과 서애 유성룡의 『징비록』이다. 시류에 편승하는 불나방 같은 정치인들이 설치는 요즘 세태에 『지조론』은 죽비처럼 다가올 것이다. 또한 임진왜란 때 왜 조선이 왜군에게 처절하게 침탈을 당했는지를 묘파한 『징비록』을 보면 국가와 민족을 위해 정치인들이 어떤 자세로 임해야 하는지를 알 수 있을 것이다.

'책권하는사회운동본부'는 어떤 곳인가?

우리나라는 OECD 국가 중 독서율이 최하다. 통계청에 따르면 국민 10명 중 4명은 1년에 1권도 읽지 않는다. 평소 독서 진흥에 관심을 보인 분들과 함께 만들었는데 현재 1.2.3운동을 펴고 있다. 공동대표가 김홍신 작가님 등 6인인데, 모두 매월 3권의 책을 가져와 1권은 청소년에게 기증하고 나머지 2권은 지인에게 전달한다. 책을 받은 사람은 매월 13일에 또 다른 지인에게 3권의 책을 전달하는 식으로 진행하는데, 대표단과 운영위원 106명이 전달을 시작하면 1년 후 65만 1,264권의 책이 전국에 보급되는 시스템이다.

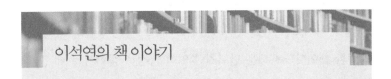

이석연의 책 이야기

● **징비록**　　　　　　　　　　　　　　　**유성룡, 역사의아침**

조선 선조 때 영의정을 지낸 서애 유성룡이 집필한 임진왜란 전란사. 제목인 징비는 『시경』 소비 편의 "예기징이비역환豫其懲而毖役患", 즉 '미리 징계하여 후환을 경계한다'는 구절에서 따왔다. 그가 책의 첫 장에서 전란의 피폐함과 참혹함을 회고한 뒤 조정의 온갖 실책을 지적하면서, 이 같은 실정이 되풀이되지 않아야 전쟁의 참화를 피할 수 있다고 지적한 대목은 현대에도 여전히 유효하다. 최근 TV 드라마로도 재조명되고 있다.

● 사마천, 인간의 길을 묻다
김영수, 왕의서재

사마천의 『사기』는 「본기」, 「세가」, 「표」, 「서」, 「열전」 등 130편으로 된 방대한 저서다. 『사기』 전편의 핵심적이고 교훈적인 부분을 체계적이고 흥미롭게 해석한 『사기』 입문서로 손색이 없다. 저자는 20여 년간 사마천의 『사기』에만 천착해온 이 분야의 대가로, 이 책은 복잡하고 방대한 『사기』를 짧은 시간에 손쉽게 이해하는 데는 최고다. 특히 생동감 넘치는 다양한 사진 자료는 『사기』의 역사적 현장을 오늘의 일처럼 이해하는 데 큰 도움을 준다.

● 예언자
칼릴 지브란, 문예출판사

영혼을 치료하는 잠언의 보고. 부모가 청소년기에 접어든 자식에게 반드시 읽혀야 할 책 중의 하나로서 추천한다. 인도 라빈드라나드 타고르의 『기탄잘리』에 이어 동양에서 탄생한 최고의 시집으로 평가받는데, 성경 다음으로 많이 읽힌 책으로도 알려져 있다. 칼릴 지브란은 이 시집에서 인생에 대한 근원적인 질문을 잇달아 제기하는데, 그가 직접 그린 삽화는 그의 철학적 배경을 이해하는 데 큰 영감을 준다.

● 낭만적인 고고학 산책
C.W. 체람, 21세기북스

저널리스트이자 역사학자였던 C.W. 체람의 첫 저서로, 출간된 후 전 세계적으로 500만 부 이상 팔린 고고학계의 최고 명저로 꼽힌다. 그는 4대 문명 발상지를 중심으로 고고학을 설명하는데, 그간 우리가 교과서에서 배웠던 4대 문명, 즉 이집트문명, 인더스문명, 황하문명, 메소포타미아문명이 아닌 그리스와 로마문명, 이집트문명, 바빌로니아문명, 아즈텍문명을 토대로 이야기를 풀어간다.

● 마르코 폴로의 동방견문록 마르코 폴로, 사계절

베니스 출신의 이탈리아 상인 겸 여행가였던 마르코 폴로의 유럽과 아시아 여행기. 그는 1271년부터 1295년까지 유라시아 대륙을 여행했는데, 이 가운데 무려 17년을 쿠빌라이 칸이 통치하는 원나라에 머물렀다. 그는 이 책에서 거친 지역의 신기한 풍습을 객관적으로 묘사하고 있는데, 덕분에 당시 인명과 지명, 여러 사건들에 대한 역사적 사료로서의 가치가 높다. 또한 프랑스어와 이탈리아어로 쓴 원본은 현재 망실됐지만, 수많은 사본이 유럽 전역에 퍼지면서 유럽인들에게 동양에 대한 흥미와 관심을 유발시켰다. 오늘날의 젊은이들에게 미지의 세계에 대한 모험심과 낭만적 도전 의식을 불러일으키기에 손색이 없다.

● 똑똑한 식스팩 이미도, 디자인하우스

영화와 영어의 명문을 통해서 창조적 상상력을 북돋울 수 있는 책이다. 한국 대표 영화 번역가인 작가는 독창적인 콘텐츠와 아이디어로 쉽고 재미있게 창의력을 자극하고 키워준다.

이인식

나는 원고지에 쓴다

이인식 지식융합연구소 소장

이인식

서울대학교 전자공학과 졸업 후 대기업에 취직했으나 월급쟁이가 체질에 맞지 않자 40대 중반에 직장을 나서 과학 칼럼니스트로 변신, 이 분야의 프런티어가 됐다. 40여 권의 대중적 과학 서적은 출간하자마자 매번 관심과 호응을 얻었다. 최근에는 '지식융합연구소'를 세워 '청색 기술, 청색 경제'를 전파하는 데 여념이 없다.

- 1945년 광주 출생
- 광주제일고등학교, 서울대학교 전자공학과 졸업
- 금성반도체 부장
- 대성산업 상무
- 국가과학기술자문회의 위원
- KAIST 겸직교수
- 지식융합연구소장, 한국청색기술포럼 회장(현)
- 한국공학한림원 해동상, 한국출판문화상, 서울대 자랑스러운 전자동문상 수상
- 저서 『융합하면 미래가 보인다』, 『자연은 위대한 스승이다』, 『나노기술이 세상을 바꾼다』, 『지식의 대융합』, 『미래교양사전』 외 다수

나는 죽음을 노년의 당연한 삶의 표적으로 받아들이고자 한다. 그런 마음가짐이 지켜지기를 바라고 있다. 죽음을 삶의 한고비로 받아들이도록 마음 쓰고 있다. 낯익은 사람을 생각하듯 죽음의 상념에 잠겨보기도 한다.

– 김열규, 『아흔 즈음에』

1960년대 전자공학과는 의과대학과 함께 이과반 수재들이 진학하는 최고의 인기 학과였다. 영어, 수학에 능해 서울대학교 전자공학과에 진학했으나 신입생 20명 가운데 유일한 호남 출신인데다 가난뱅이였던 이인식은 학교생활에서 항상 소외감을 느꼈다. 이후 그는 해군 장교로 제대한 후 취직한 회사에서나 그의 본업이 된 과학계에서나 줄곧 아웃사이더였다.

억대 연봉을 받던 기업 임원 생활을 하다가 제2의 인생을 살기 위해 한창때인 46세에 아무 대책 없이 사표를 던지고 거리로 나섰다가 우연히 과학 칼럼니스트로 밥벌이를 시작하게 되었다. 다행히 40여 권의 저서 가운데 몇 권은 낙양의 지가를 올릴 정도로 인기를 끌었고 이에 용기를 얻어 지금까지 저술과 강연을 이어오고 있다.

국내 1호 과학 칼럼니스트인데도 여전히 원고지에 연필로 글을 쓰고 그 흔한 스마트폰도 없는 묘한 고집쟁이 이인식 지식융합연구소장을 서울 강남의 한 서재에서 만났다.

인기학과를 졸업 후 기업에서도 승승장구했는데, 어떻게 글로 먹고사는 세계로 나섰는가?

대학 졸업 후 럭키금성(현 LG)에 취직했는데, 당시 나는 '병원 관리 소프트웨어'를 개발할 정도로 최고의 컴퓨터 전문가였다. 30대에 기획부장과 컴퓨터개발부장을 맡았고, 그러다 일진그룹과 대성산업에 스카웃돼 갔다. 이미 30대 후반부터 기사 딸린 승용차를 타고 다닐 정도로 제법 잘 나갔다. 그런데 어느 날 미국 인지과학자 더글러스 호프스태터가 쓴 『괴델, 에셔, 바흐』라는 책을 보고 충격을 받았다. 논리학자 괴델, 미술가 에셔, 작곡가 바흐 등이 서로 어떻게 지성적으로 융합됐는지를 예리하게 분석해 퓰리처상을 받은 저자가 나와 동갑이었던 것이다. 그런데 이 책이 1979년에 출간됐으니 불과 서른넷에 그는 이 엄청난 책을 쓴 것이다. 동갑내기가 이런 책을 쓸 때 난 뭘 했나 하는 생각이 들어 좀 서글펐다. 세상 공부를 더 해보겠다고 사표를 던졌다. 그때가 마흔여섯이었다.

어떻게 생업을 유지했는가?

기업에 있을 때 짬짬이 「컴퓨터월드」라는 전문 잡지의 기획을 도와줬었다. 컴퓨터 관련 외국 잡지 50여 권을 읽고 의미 있는 기사를 골라주면 이를 토대로 잡지를 만드는 식이었다. 이 경험을 살려 퇴직금을 털어 해외 기술 동향을 실시간으로 전해주는 월간지 「정보기술」을 창간했다. 당시 이 잡지는 이 분야에서 최고로 잘 나갔다. 그런데 영업팀에게 사기를 당해 2년 만에 문을 닫았다. 한편 『사람과 컴퓨터』라는 책을 냈는데 이게 인기를 끌었다. 그러다가

지인의 소개로 「월간 조선」 1992년 4월호에 '나노 기술의 충격'이란 글을 시작으로 고정적으로 과학 칼럼을 쓰기 시작했다. 이 연재 글을 모아 『미래는 어떻게 존재하는가』라는 책을 냈는데 이게 히트를 치자 신문, 잡지사에서 원고 청탁이 쇄도했고, 출판사에서도 과학 서적 기획과 단행본 집필 의뢰가 잇달았다. 힘든 세월이었지만 강남 아파트에 살 정도로 나름 성공했다. (그는 1971년 군 제대 후에 글을 쓰기 위해 샀던 낡은 책상을 '밥벌이의 반려'였다고 술회한다.)

칼럼을 쓰려면 책을 비롯해 많은 자료를 섭렵해야 할 텐데, 어떤 방식으로 하는가?
신문, 잡지는 매일 체크하니까 검색이 쉽지만 단행본은 그렇지 않다. 난 책의 경우 일단 뒤에 인덱스와 참고 문헌이 있는지부터 본다. 이게 없는 것은 사이비다. 인덱스를 훑어보다 내가 모르는 개념이 있으면 우선 그 분야만 찾아서 본다. 이어서 참고 문헌을 보고 내가 못 본 책을 찾아본다. 그러다 보면 자꾸 새끼를 쳐 그 분야에 안목을 키울 수 있다. 이런 식으로 보면 비록 영어 원서라도 어떤 경우는 3시간 반에 한 권을 독파하기도 한다. 독자들도 이 방법을 활용하면 좋을 것이다.

국내 1호 과학 칼럼니스트인데, 곡절이 많았겠다.
내가 석·박사 학위도 없이 과학계에 대해 이러쿵저러쿵 논평을 해대자 대학교수들이 기분이 나빴던 모양이다. 특히 미국 유학 경험도 없는 내가 자기들보다 먼저 해외 첨단 과학의 흐름을 소개하고, 정치과학자들을 비판하니까 블랙리스트에 올린 것 같다. 내 책 『사람과 컴퓨터』가 인기를 끌자 교수들이 내가 어디선가 베꼈을 것으로 보고 관련 서적을 샅샅이 뒤졌다더라. 지금도 강단 학자 중에는 내 '안티 세력'이 많다.

한국은 아직 기초 과학 분야의 수준이 낮다는 평이 많다. 한국 과학계의 문제점은?

첫째, 우리 과학자들은 코스트 개념이 없다. 과학이 좋아서라기보다는 대부분 생계형이다. 미국에서 학위를 받고 돌아와 대학이나 연구소에 안착하면 그냥 안주한다. 실패를 두려워하지 않는 비전을 가져야 한다. 둘째는 정치과학자들이 너무 많다. 학자들은 연구소에 틀어박혀서 학문에만 매진해야 하는데 기관장 등 감투에 신경을 쓴다. 셋째, 패거리 문화다. 과학계에 계보가 너무도 많고 연구비, 보직 등을 둘러싼 암투가 아직도 횡행한다. 이런 문화에서는 아무리 많은 연구개발비가 투여돼도 실속이 없다.

과학자들이 대중적 글쓰기를 많이 하던데?

그것도 문제다. 과학자는 논문으로 말해야 한다. 치열한 실험 정신과 열정으로 훌륭한 논문과 관련 저술을 써야 한다. 아인슈타인이나 스티븐 호킹이 잡문을 써서 유명한 게 아니다. 시사적 글은 과학 칼럼니스트들에게 맡기면 된다.

해외 과학 동향을 제일 먼저 전한 사례가 있는지 궁금하다.

첫 칼럼에서 '나노 기술'을 거론했다. 그런데 당시 나노 기술에 대해 과학계에선 웃기는 공상이라고 비웃었다. 역시 '유비쿼터스 컴퓨팅', '정보 통신 기술ICT', '인공 생명Artificial Life', '신경망' 등도 내가 처음 소개했다. '청색 기술'도 마찬가지인데, '청색 기술'이란 용어는 공식적으로 저작권 등록까지 했다.

과학 용어가 왜곡돼 소개된 것도 많은 모양인데.

맞다. 그 문제가 심각하다. 대표적인 게 '통섭'이란 말이다. 이 말은 미국의 사회생물학자 에드워드 윌슨의 책 『컨실리언스Consilience』를 국내의 모 학자가 통섭으로 번역한 것인데 원래 의미는 우리말의 '부합'에 더 가깝다. '컨실리언스'는 생물학을 중심으로 모든 학문을 통합하자는 '윌슨식 고유 이론'인데 국내에선 마치 지식이나 기술 융합의 대명사처럼 쓰이고 있다. 그런 의미라면 차라리 '융합Convergence'이 더 적합하다. 내 연구소 이름이 그래서 '지식융합연구소'다. 또한 곤충이 집단 행동할 때 나타나는 특성을 '집단 지성'이라고 하는데, 이는 어불성설이다. 곤충에게 무슨 지성이 있나? 이는 '집단 지능'이 맞다. 최근 유행하는 '사물 인터넷IoT'도 엉터리 용어다. '만물 인터넷'이 옳다. 이런 내용은 『통섭과 지적 사기』라는 내 책에 잘 나와 있다.

청색 기술이란 게 뭔가?

한마디로 표현하기엔 좀 복잡한 개념이다. 21세기 초반부터 생물의 구조와 기능, 자연 생태계의 순환 방식 등을 연구해 경제적 효율성이 뛰어나면서도 자연 친화적인 물질을 창조하려는 산업 및 과학 기술이 주목받기 시작했다. 생체모방(또는 자연 모사 기술)이라 불리는 이 분야는 재닌 M. 베니어스가 펴낸 『생체모방』이 베스트셀러가 되면서 주목받기 시작했다. 기왕의 녹색 기술은 환경 오염이 발생한 뒤의 사후 처리적 대응 측면이 강한 반면, 청색 기술은 환경오염 물질의 발생을 사전에 원천적으로 억제하려는 기술이다. 이 기술이 발전하면 녹색 성장의 한계를 뛰어넘는 청색 성장으로 일자리 창출과 환경 보존이라는 두 마리 토끼를 함께 잡을 수 있을 것이다.

글을 원고지에 연필로 쓴다던데?

원고지에 연필로 글을 쓴다. 그러면 집사람이 이를 워드프로세서로 입력해준다. 아내가 내 글의 첫 독자인 셈인데, 흥미로운 것은 아내가 재미있다는 글은 실제로 대중의 평가가 좋다. 20여 년 비서 노릇을 하면서 안목이 높아진 것 같다.

궁극적으로는 컴퓨터가 사라질 것이라고 주장하던데?

1988년 미국 컴퓨터 과학자인 마크 와이저가 처음 제안한 개념인 유비쿼터스 컴퓨팅은 컴퓨터를 눈앞에서 사라지게 하는 기술이다. 물건에 다는 태그처럼 자그마한 컴퓨터가 실로 천을 짜듯이 냉장고에서 침실 벽 속까지 우리 주변 곳곳에 내장되기 때문에 사람들은 컴퓨터를 더는 컴퓨터로 여기지 않게 되는 것이다. 즉 유비컴 시대에는 컴퓨터가 도처에 존재하면서도 동시에 보이지 않게 된다. 와이저가 꿈꾼 유비쿼터스 컴퓨팅을 실현할 기술로는 만물 인터넷Internet of Things이 손꼽힌다. 만물 인터넷은 일상생활의 모든 사물을 네트워크로 연결해 인지·감시·제어하는 정보 통신망이다. 만물 인터넷은 2025년께 구축될 전망인데, 그러면 사실상 요즘 개념의 컴퓨터는 사라지는 셈이다.

이인식의 책 이야기

● **괴델, 에셔, 바흐**   더글러스 호프스태터, 까치

인문학과 과학기술을 넘나들며 상상력의 정수를 모조리 모아놓은 듯한 걸작. 음악, 미술, 수리논리학은 물론 분자생물학, 인공지능과 선불교까지 등장하는 지식의 대향연이 펼쳐진다. 인문학과 과학의 융합 교과서를 찾는 독자들은 한 번쯤 읽어볼 만하다.

● **중국신화전설**   위앤커, 민음사

그리스신화에 등장하는 신들의 이름을 외우지 못하면 열등생이 되고 마는 우리 청소년들이 안타깝게 여겨진다면 이 책이 반가울지 모르겠다. 동양적 상상력의 원천이라는 중국의 신화 전설이 그리스신화 못지않게 완벽한 구성을 갖추고 있음을 확인할 수 있기 때문이다. 중국의 영향력이 날로 증대되는 요즘, 이 책을 통해 중국인들 마음의 원형을 한 번쯤 들여다보라.

● **블루이코노미**　　　　　　　　　　　　　군터 파울리, 가교

21세기 초반부터 생물의 구조와 기능, 생태계의 순환 방식 등을 연구해 경제적 효율성이 뛰어나면서도 자연 친화적인 물질을 창조하려는 청색 기술이 주목받고 있다. 저자는 100가지 청색 기술로 2020년까지 1억 개의 청색 일자리가 창출되는 청사진을 제시한다.

● **촛불, 횃불, 숯불**　　　　　　　　　　　　김지하, 이룸

'소근소근 김지하의 세상 이야기 인생 이야기'. 이 부제처럼 김지하는 "화엄 개벽의 길에서 그 숱한 풍요한 이정표들과 함께 신작로가의 그 쬐그만 풀밭에 꽂힌 초라한 나무 팻말 두 개를 여기 소개하려 한다"고 서문에 적고 있다. 특히 저자는 "통섭. 이 단어는 앞으로 틀림없이 저주받은 말로 전락할 것"(231쪽)이라고 갈파했다.

● **마음의 미래**　　　　　　　　　　　　미치오 카쿠, 김영사

인류가 풀지 못한 자연의 2대 수수께끼는 우주와 마음이다. 신경과학의 연구 성과를 일목요연하게 정리한 이 책만큼 마음과 뇌의 비밀을 이해하기 쉽게 설명하기도 어려울 것이다. 텔레파시와 염력 같은 심령 현상에서 양자 의식과 외계인의 마음까지 과학적 접근이 시도된다. 의식에 관한 저자 특유의 이론도 눈길을 끈다.

이현우

책에 대해 궁금하거든
로쟈에게 물어보라

이현우 서평 블로거

이현우

'로쟈'라는 필명으로 더 잘 알려진 서평가인 그는 이 분야에서 최고의 인터넷 파워 블로거다. 책에 대해 궁금하거든 '로쟈에게 물어보라'라는 문구가 인터넷 검색어에 등장할 정도로 인문학과 교양학계의 친절한 도서 가이드로 불린다. 서평 블로그 '로쟈의 저공비행'은 하루 방문자 수가 수천 명을 넘기도 하는데, 이제는 서평가를 넘어서 깊이 있는 인문 저작가로도 발돋움하고 있다.

- 1968년 광주 출생
- 속초고등학교, 서울대학교 노어노문학과 졸업(학사, 석사, 박사)
- 서울대학교 강사, 한림대학교 연구교수(현)
- 제50회 한국출판문화상(저술 부문) 수상
- 서평 블로그 '로쟈의 저공비행(http://blog.aladin.co.kr/mramor)' 운영 중
- 저서 『성난 얼굴로 돌아보라』(공저), 『로쟈의 러시아 문학 강의』, 『아주 사적인 독서』 외 다수

나는 울고 싶은데 신은 내게 쓰라고 명령한다.
그는 내가 빈들거리는 걸 원하지 않는다.

– 바슬라프 니진스키, 『니진스키 영혼의 절규』

한국 사회에서 나름 책을 좀 알거나, 독서인이나 인문 교양인이고 자 하는 사람들에게 '로쟈'라는 이름은 하나의 아이콘이자 전설이다. 책에 대해 궁금하거든 '로쟈에게 물어보라'라는 문구가 인터넷 검색어에 등장할 정도로 로쟈 이현우는 인문학과 교양학계의 친절한 가이드이자 바지런한 멘토로 자리 잡았다.

서울대학교 노어노문학과를 졸업하고 같은 대학원에서 「푸슈킨과 레르몬토프의 비교시학」(2004년)으로 박사 학위를 받았지만 전문 서평꾼으로 활동하는 바람에 강단 학자의 길을 사실상 포기했다. 하지만 그는 넓디넓은 인문 대중, 호모 부커스의 숲에서 인문학의 향기를 전파하는 전도사 역할을 기꺼이 해내고 있다.

그의 필명 로쟈가 근대 여성 공산 혁명가 로자Rosa 룩셈부르크가 아닌 러시아 문호 표도르 도스토옙스키의 소설 『죄와 벌』의 주인공 로쟈Rodya에서 따온 것이라는 것은 이제 인터넷상에선 상식이다. 그의 서평 블로그 '로쟈의 저공비행'에 하루에 수천 명이 방문할 정도로 그는 온라인에서 최고의 파워 블로거이기도 하다.

요즘도 책 읽기와 강의, 서평 쓰기로 하루하루를 숨 가쁘게 살아가는 로쟈 이현우를 만나 책과 인생에 대해 들어봤다.

. .

어릴 적부터 책 읽기에 익숙했나?
아버님이 직업군인이셨는데도 책을 좋아하셨다. 집에는 세계 문
학 전집 등이 있었고 자연스레 가까이하게 됐다.

중학 시절에 잠깐 과학자를 꿈꾸기도 했다던데?
중학교 2학년 때 새로 부임하신 과학 선생님이 암기식 공부가 아
니라 실험 실습을 강조한 열정 있는 분이셨다. 그래서 한때 학교에
과학 공부 붐이 분 적이 있었다. 나중에 수학에는 크게 소질이 없
다는 걸 알고 포기했다.

필명 로쟈에 얽힌 에피소드가 많을 것 같다.
이현우라는 이름이 워낙 흔해서 필명을 고민하다 내가 좋아하는
소설 『죄와 벌』의 고민하는 주인공 로지온 라스콜리니코프의 애
칭에서 따왔다. 로지온의 애칭이 '로쟈'다. 그런데 어떤 아나운서
는 나를 '노쟈' 연구자로 소개하는가 하면, 근대 여성 공산 혁명가
로자 룩셈부르크의 '로쟈'로 오해하는 경우도 많았다. 심지어는 어
떤 글에선 '로자' 룩셈부르크를 로쟈로 쓴 경우도 봤다.

『로쟈의 러시아 문학 강의』를 펴내는 등 러시아문학에 대한 사랑
이 대단하다. 러시아문학의 매력이라면?

러시아에는 톨스토이, 도스토옙스키 등 이른바 대문호라 할 큰 작가가 많다. 서유럽과 달리 러시아는 문학의 사회적 기능이 훨씬 컸고, 실제로 그 기대에 부응한 측면이 많다. 이른바 문학 극대주의 현상이 러시아에서는 통했다.

현재 서평을 기고하는 매체는 몇 개나 되고 출강하는 곳은?
시사 주간지 『시사인』, 『한겨레』, 출판문화산업진흥원의 서평지 『책&』 등에 정기적으로 기고하다 요즘에는 『시사인』과 교보생명의 소식지 『다솜이 친구』, 『출판문화』 등에 정기 기고 중이다. 기타 계간지 등에서 부정기적으로 청탁을 받아 글을 쓴다. 강의는 대학 강의를 비롯하여 전국 곳곳에 특강이 많다.

어떤 계기로 서평가가 됐나?
2000년대 초반에 인터넷 서점 알라딘에서 서평을 쓴 게 시작이다. 당시 '이 주의 리뷰'라는 코너가 있었는데 여기에 서평이 뽑히면 5만 원의 적립금이 주어졌다. 책 살 돈이 필요한 나로서는 그 코너에 뽑히면 꽤 요긴했다. 거기서 열심히 하다 보니 팬도 생겼다. 이후에는 인터넷 다음카페 비평고원에서 활동하면서 책 이야기를 썼다. 그러다 블로그 로쟈의 저공비행을 운영하기 시작했고, 2007년 한 일간지에서 나를 '인터넷 서평꾼'이라는 이름으로 소개한 뒤 서평꾼으로 알려지게 됐다.

서평은 비평과 어떻게 다른가?

비평은 독자들이 같은 책을 두 번 읽게, 다시 읽게끔 하는 것이다. 서평은 읽을 것이냐, 말 것이냐를 판단하는 자료를 독자들에게 제공하는 것이다. 비평은 어떤 책을 이미 읽은 독자를 상대로 하지만, 서평은 읽지 않은 독자를 상대로 한다. 넓게 보면 서평은 비평에 포함된다. 그런데 요즘엔 책을 읽는 독자들이 감소하면서 비평을 읽는 독자들도 실종됐다. 상대적으로 서평의 역할이 커졌다.

서평의 역할은 무엇인가?

서평은 어떤 책을 읽고 싶도록 하거나, 읽은 척하게 하거나, 안 읽어도 되도록 해준다. 정보의 홍수 시대에 양서에 대한 일종의 감별사나 길잡이 역할을 한다.

서평을 쓸 때 원칙은?

내 주관을 적게 넣는다. 이건 지면 사정과 관련이 있는데, 대개 서평 분량이 원고지 9~10매 내외다. 책 내용을 정리하고 나면 주관적인 판단을 섞는다고 해봐야 한두 문장이다. 다른 필자들은 주관적 느낌을 내용보다 더 중심적으로 다루는 경우도 있지만 나는 독자들이 책 내용을 느끼게 해주는 데 주력한다. 개성이 없다거나 좋고 싫음이 분명하지 않다거나 하는 인상을 줄 수 있지만, 서평은 어떤 책을 골랐다는 것 자체가 유익한 정보다. 비평은 다르다. 어떤 책을 비평 대상으로 삼았다는 것 자체는 정보가 안 된다.

독자들에 대한 영향력은 어느 정도라고 평가하나?

한 10부를 더 나가는 데는 기여하고 있다고 본다. 최대로 잡으면 200부 정도? 출판계 사람들의 이야기를 들어보면 지면 서평이나 지면 책 광고의 영향력은 많이 줄어가고 있다고 한다. 그러나 책을 고를 때 서평을 참고하려는 독자들의 성향은 바뀌지 않았다. 독자들이 정보를 얻는 출처가 분산됐을 뿐이다. 내 블로그 로쟈의 저공비행 방문자 수가 하루 2,000명을 넘을 때도 있다.

그 많은 서평을 쓰려면 엄청난 독서를 해야 할 텐데, 도대체 책을 얼마나 읽는가?

사실 책 읽을 시간이 많진 않다. 다만 강의하고 서평 쓰고 잠자는 걸 빼면 책 검색, 책 읽기, 서평 쓸 책을 고르는 일이 내 일상의 전부나 다름없다. 다행히 내가 주량이 적어 사교 활동에 빼앗기는 시간이 적다.

책은 어떻게 읽나? 겹쳐 읽기라는 방식을 주장하던데?

책의 종류에 따라 읽는 방식이 여러 가지다. 목차만 읽는 경우도 있고, 이동 중 차 속에서 가볍게 읽는 경우도 있다. 하지만 관심 있는 분야는 관련 서적 수십 권을 나란히 펼쳐놓고 읽는 이른바 '겹쳐 읽기', '병렬 독서'라는 걸 할 수밖에 없다. 즉 책을 읽다가 새로운 개념이나 이론이 나오면 관련 책을 찾아보는 식이다.

책 사는 데 상당한 비용이 들 것 같은데?

무명 시절에는 책값이 엄청나게 들어갔다. 아마 아파트 한 채 값은 넘을 것이다. 요즘은 출판사 등에서 참고하라고 매주 20~30권씩 우송돼 오는데, 개인적으로도 그만큼씩 사기도 한다. 내가 사는 책과 받는 책을 합하면 연간 2천 권 쯤 될 것이다. 책값만 월 2백만 원 이상이 들고, 언젠가 연말정산을 할 때 보니 교보문고에서 구입한 책값만 3천여 만 원이더라.

잘못된 번역에 대한 가차없는 비판이 화제던데?
번역의 오류는 지적인 범죄나 마찬가지다. 저자의 본뜻을 왜곡 전달하기 때문이다. 여러 곳에서 번역의 오류를 지적하다 송사에 휘말린 적도 있다.

대학교수로서의 길은 포기한 건가?
처음에는 서평을 한시적으로 할 계획이었다. 60대 서평가는 이상하지 않나. 3년 복무라고 생각했는데 2007년부터 잡으면 이미 3년을 초과해 장기 복무를 하는 셈이 됐다. 좋은 후계자가 나타나면 전역하고 싶은데, 잘 안 되고 있다. 그리고 의무적인 학술 논문 생산 작업에 몰두해야 하는 강단 학자의 길도 내게는 맞지 않는 것 같다. 나는 좀 더 많은 사람과 책을 같이 읽는 일에 더 큰 가치를 두고자 한다.

앞으로의 계획은 무엇인가?
제대로 된 비평을 해보고 싶다. 책을 자세히 음미하며 읽고 싶다. 그리고 서평 독자들을 어느 정도 규모로 만든 뒤, 이들과 함께 더 깊이 읽는 독서 문화를 만들어보고 싶다. 그런 독자들이 5,000명 이상 된다면 재미있을 뿐 아니라 인문 독서 확산 운동 차원에서 의미 있을 것 같다.

이현우의 책 이야기

● 카라마조프 가의 형제들 　　　　표도르 도스토옙스키, 민음사
고교 시절 도스토옙스키를 읽은 게 러시아문학을 전공한 계기였다면, 그의 이 대표작은 '내 인생을 바꾼 책' 가운데 하나다. 누군가 그를 가리켜 '정신 병동의 셰익스피어'라고 부른 것에 전적으로 동감한다. 인간이란 수수께끼에 대해서, 인간은 무엇으로 고통받는가에 대해서 도스토옙스키에게 배웠다. 그에게 빚이 있다.

● 니진스키 영혼의 절규 　　　　바슬라프 니진스키, 푸른숲
러시아의 전설적인 무용수 니진스키가 정신 요양원에서 쓴 일기다. 토리노 광장에서 학대받는 말을 끌어안고 울다가 결국 정신을 놓은 니체의 어떤 구절들과 함께 니진스키의 마지막 말들은 언제나 슬픔과 함께 고양된 감동을 안겨준다.

● 정본 백석 시집 　　　　백석, 문학동네
중·고등학교 때 배운 국어 교과서에 백석은 없었지만, 그의 시를 읽은 뒤에는 그가 없는 한국 근대시사를 상상하기 어렵다. 있더라도 매우 가난해 보일 것이다. 시선집 『나와 나타샤와 흰 당나귀』

가 나왔을 때, "가난한 내가/ 나타샤를 사랑해서/ 오늘 밤엔 눈이 푹푹 나린다"라는 첫 대목을 읽으며 울어도 좋을 뻔했다.

● **백가쟁명**   이중톈, 에버리치홀딩스

중국의 명강사이자 인문학자인 이중톈의 많은 책 가운데 가장 인 상 깊게 읽은 책이다. 중국 선진 시대 제자백가의 사상에 대해서, 특히 유가, 묵가, 도가, 법가 등 네 가지 핵심 조류에 대해서 저자 는 족집게 선생처럼 정리해준다. 두꺼운 분량임에도 아껴가면서 읽은 기억이 있다.

● **이기적 유전자**   리처드 도킨스, 을유문화사

대학 시절 읽은 교양 과학서 가운데 가장 압권은 역시나 도킨스의 책이었다. 진화생물학에 대한 명쾌한 설명서이면서, 다윈주의 세계 관에 대한 입문서로도 읽을 수 있다. 생물학적 존재로서 우리에게 부모가 있고 자식이 있다는 사실에 가끔 감동하는 건 이 책에 힘입 은 바 크다.

이호순

책의 감동이 이어진
새로운 삶

이호순 허브나라 원장

이호순

고교 1학년 때 우연히 읽은 류달영 선생의 『인생노트』의 영향으로 '농촌 개혁 운동가'를 꿈꾸다 마침내 한국 최고의 허브 농장을 꾸민 열정과 집념의 인간. 농대로 진학해 농촌 운동에 투신하려 했으나 부모님의 반대로 공대로 진학하는 바람에 잠시 꿈을 접었으나 50세 즈음 대기업 임원직을 포기하고 강원도로 귀농, 농학을 전공한 부인과 함께 기화요초가 만발한 거대한 허브 장원을 일궜다.

- 1945년 서울 출생
- 전주고등학교, 서울대학교 조선항공학과 졸업
- 삼성전자 임원
- 허브나라 원장(현)
- 농식품부 신지식농업인 장(章) 수상
- 대한민국 문화원상 수상

농촌에서 진짜라는 것은 지구를 오염시키지 않는 것,
사람을 속이지 않는 것, 자기 양심에 물어보아도
부끄럽지 않은 것입니다. (중략)
먹는 사람의 마음으로 가꾸지 않으면 안 됩니다.

— 고다 미노루, 『숲을 지켜낸 사람들』

공부 잘하는 평범한 학생이었던 이호순은 고교 1학년 때 우연히 한 권의 책을 읽고 가슴이 두근두근 뛰었다. '그래, 맞다. 우리 나라를 일으켜 세우려면 농촌을 개조해야 한다.' 한국전쟁의 폐해로 가난이 극심하던 1950년대 말, 이호순은 서울대학교 농대 교수이던 류달영 선생의 『인생노트』를 읽고 농촌 운동가가 되기로 결심했다. 하지만 농촌 운동에 투신하겠다는 꿈은 부모님과 선생님의 반대로 공대로 진학하는 바람에 접어야 했다. 그러나 수구초심이 워낙 간절해서였을까? 지천명을 넘긴 해에 홀연 대기업 계열사 사장직을 그만두고 강원도로 귀농해 당시에는 생소하기만 한 허브 농원을 차렸다.

강원도 평창의 '허브나라'는 현재 전국 200여 개가 넘는 허브 농원의 원조 격이지만 그 규모와 운영 면에서 타의 추종을 불허한다. 연 방문객이 50만 명을 넘는 이 농원은 단순히 볼거리만 제공하는 수준을 넘어 스토리와 체험, 그리고 이웃 주민과의 나눔까지 앞장서고 있다. 또한 농식품부 신지식 농업인 장을 수상하는 등 귀농을 꿈꾸는 중년들에게는 이미 하나의 로망이 됐다. 허브 향기가 골짜기를 가득 메운 평창 흥정계곡의 농원에서 농부로 살아가는 이 원장을 만났다.

허브나라에 대해 소개해달라.

1993년에 첫 삽을 떴으니 벌써 20년이 지났다. 현재 4만여 평의 땅에 150여 종의 허브와 각종 꽃들이 재배되고 있다. 단순히 허브를 재배하는 수준을 넘어서 보여주는 농업, 허브나 꽃을 매개로 휴식을 제공하는 콘셉트로 운영 중이다. 먹거리 중심의 농업이 육체의 양식을 제공한다면, 볼거리 중심의 농업은 마음의 양식을 제공한다고 생각한다. 이런 취지가 인정돼 2009년에는 환경부 선정 생태 관광지 20곳 중 '숲과 문화 생태계' 부문에서 문경새재, 무주 덕유산, 안동 하회마을과 함께 우리 농원이 뽑혔다.

허브가 도대체 무엇인가?

처음 우리나라에 허브를 들여온 분은 향약초라고 번역했다. 그런데 허브는 약초만이 아니다. 향신재도 허브고, 향긋한 야채도 허브다. 종류는 세계적으로 2,500여 종이 된다고 한다. 하지만 나는 허브Herb의 영문 머리글자를 따 건강한 삶Healthy Life, 맛깔진 삶Enjoy the Tasty Life, 신나는 삶Refresh Life, 아름다운 삶Beautiful Life을 지향하는 것이라고 생각한다.

농원을 시작한 계기는?

사실 내 인생은 책으로 인해 수차례 곡절을 겪었다. 선친은 워낙 가난해 중학교 3학년 때 수업료를 내지 못해 자퇴하시고 도청의 사환으로 일하시다 주경야독 끝에 농협에 취직했던 분이셨다. 그런데 지식욕이 넘쳐 책을 무척 많이 사보셨다. 집에는 아버님이 보시던 동서양 고전은 물론 당시 시사 잡지도 항상 넘쳐났다. 덕분에 나도 중학교 때 서양 고전과 『삼국지』, 『수호지』, 『임꺽정』 등은 물론 당시의 첨단 대중 소설들도 독파했다. 그러다 중학교 때 쥘 베른의 『80일간의 세계 일주』를 읽고 '커서 반드시 내가 만든 요트로 세계 일주를 하겠다'는 꿈을 품었다. 그런데 고등학교 1학년 때 류달영 선생의 『인생노트』를 읽고 농촌 운동가가 되기로 결심했다. 하지만 그 꿈은 대학 진학 때 다시 수정돼야 했다. 대입 원서를 쓰는데 서울대학교 농대를 가겠다니까 선생님이 부모님을 불러 "공대를 갈 실력인데 왜 농대에 가겠다는지 모르겠다"며 아버님을 설득했던 거다. 할 수 없이 서울대학교 조선항공학과로 진학했다.

세계 일주 꿈을 이룰 수 있었나?

그런데 당시 서울 공릉동에 공대 캠퍼스가 있었는데 다시 온몸에서 슬금슬금 농촌 현실을 타파해야겠다는 피가 되살아나는 거다. 그래서 수업을 빼먹고 거의 매일 수원의 농대 캠퍼스에 가서 놀았다. 그 때문에 학점이 미달해서 군 제대 후 학점을 보충해 겨우 졸업할 수 있었다. 하지만 덕분에 수원 캠퍼스에서 농대생이던 아내를 만날 수 있었다. 그 후 결혼 당시 "우리 나이의 합이 100살이 되면 귀농하자"고 다짐했는데 그게 결국 여기까지 오게 된 거다. (실제로 그는 그의 나이 51세, 부인인 이지인 씨가 49세 때 귀농했다.)

책을 좋아한 것을 보면 선친의 영향이 큰 것 같은데?

그런 것 같다. 중·고교 시절에서 교과서 외의 책에도 관심이 많았다. 고등학교 시절에는 훗날 언론인이 된 정동익, 김종심, 김승웅 등과 더불어 '라매불'이라는 독서 서클을 만들기도 했고, 공대 재학 시절에는 특이하게 철학책에 빠져 지내기도 했다. 요즘도 아무리 바빠도 한 달에 20여 권 이상은 사서 본다. 그간 모은 책이 제법 됐지만, 몇 년 전 화재로 대부분 소실된 게 가장 안타깝다. (실제로 농원 안쪽에 있는 그의 거실과 서재는 동서양 고전은 물론, 화제가 된 서적으로 가득했다.)

허브 농원을 시작한 이유는?

삼성전자에 다닐 때 일본 출장을 자주 갔었고 그곳 본 농촌을 둘러볼 기회가 많았다. 지바 현에 있는 '허브아일랜드'를 보고 바로 이거다 싶었다. 또한 단순히 재배하는 농장이 아니라 보여주는 테마 파크를 만들어야 한다는 것도 거기서 배웠다.

부인이 농대 출신이라 도움이 컸을 것 같은데?

단순히 농촌에 대한 동경에서 출발한 나와 달리 집사람은 처음부터 농업을 깊이 있게 공부하려 했다. 서울대학교 농대를 간 것이나, 아이들 다 키우고 마흔 넘어 대학원에 간 것이나, 도시 생활 청산하고 귀농을 결행한 것이나, 다 아내의 의지가 주효했다. 사실 농장에서도 나는 시설 관리인에 가깝고, 작물 관리는 아내가 더 전문가이다. 내가 장가를 잘 간 거다.

둘러보니 스토리가 있는 테마 파크가 많던데?

그냥 단순히 허브만 보여주는 것은 의미가 없다고 판단해서 스토리를 가미하자고 생각했다. 서울대학교 미대를 나온 딸의 디자인 기획력이 큰 도움이 됐다.

만화 박물관은 어떤 연유로 개설했나?

아들이 어릴 적부터 만화와 게임에만 빠져 살았다. 그 탓에 미술만 빼고 전 과목이 '미' 이하였는데 고등학교 3학년 때 담임선생님에게 호출됐다. "이 점수로는 어느 대학도 갈 수 없습니다." 하지만 난 "대학은 안 가도 된다. 네 인생에 자신감을 갖고 살아라" 하고 아들을 위로했다. 그러다 미국 유학길에 올랐는데 영어도 제대로 못 하는 아들에게 미국에서는 '크리에이티브하다'고 하면서 격려해주었다. 그러자 금방 용기를 얻어 랭귀지 과정을 끝내고 뉴욕의 스쿨 오브 비주얼 아트sva에 진학했다. 이어 「타임」지 인터넷 부서에서 근무한 뒤 뉴욕대학교에 들어가 석사를 받았고 거기서 만난 미국인 친구와 게임을 만들어 여러 공모전에서 수상했다. 그리고 게임 판권을 판 돈으로 뉴욕 맨해튼에 게임 랩 회사를 설립하는 등 기적 같은 성공을 했다. 현재 한국에서 '놀공발전소'라는 회사를 운영 중인데 바로 아들이 봤던 만화책을 위주로 박물관을 차린 거다.

놀공발전소는 어떤 일을 하나?

'놀듯이 공부하는' 학교에서 따온 것인데, 3년 전 유니세프와 함께 첫 캠프를 열었다. 우리나라 교육에는 '나'가 없어서 아이들이 쉽게 지치고 힘들어한다. 게임을 통해, 즉 즐겁게 놀면서 공부할 수 있도록 도와주는 것이다.

유명 가수를 불러 공연도 자주 연다는데?

17년 전인가, 잡지에 난 기사를 보고 노영심 씨가 찾아왔다. 이야기하다 보니 서로 통해 매해 겨울 다문화 가정의 아이들 초대해 '달의 크리스마스'라는 나눔 음악회를 진행 중이다. 노영심 씨가 문화계 마당발이라 이문세의 숲 속 음악회도 기획하게 됐고, 그 덕에 사위도 연극 연출을 하는 사람을 얻을 수 있었다. 이런 인연으로 조영남, 이문세, 윤석화, 이루마, 박정자 같은 분들을 모시고 음악회를 여는데 수익금은 모두 평창군에 기증한다.

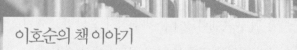

이호순의 책 이야기

● **숲을 지켜낸 사람들**   고다 미노루, 이크

일본 미야자키 현 아야정의 민선 정장(우리나라의 읍장에 해당)을 여섯 번 연임하며 조엽수림을 살린 산업 관광, 유기농업 등 개성 있는 마을 가꾸기를 펼쳐 유명해진 고다 미노루가 마을 가꾸기의 과정을 묶어 펴낸 책이다. 녹색 관광과 문화로 일본 전통 마을을 살리면서 터득한 생태 농업의 이모저모가 잘 드러나 있다.

● 왜 세계의 절반은 굶주리는가   장 지글러, 갈라파고스

유엔 식량 특별 조사관이 아들에게 들려주는 제3세계의 기아의
진실이 충격적이다. '하루에 10만 명이, 5초에 1명꼴로 어린이가
굶주림으로 죽어가고 있는' 지구의 현실이 금융자본이 지배하는
신자유주의의 필연적 산물임을 지적하고 있다.

● 해저 2만 리   쥘 베른, 작가정신

쥘 베른의 대표적인 과학소설. 신비스러운 사나이 네모 선장이 이
끄는 잠수함 노틸러스호의 해저 탐험기는 잠수함이 존재하지 않던
19세기 후반에 발표되어 세상을 놀라게 했다. 젊은 시절, 이 책을
읽고 내가 직접 만든 배로 세계 일주를 하는 인생 목표를 세웠다.

임용한

경영 혁신,
역사책에서 답을 찾다

임용한 KJ&M 인문경영연구원 대표

임용한

목사인 아버지의 영향으로 신학을 전공했으나 뒤늦게 '역사'라는 거대한 강물에 빠졌다. 인간이란 존재가 가장 극단적으로 저지르는 일탈 행위인 '전쟁'에 쏠려 거의 모든 동서양의 병법서를 닥치는 대로 섭렵했다. 전쟁에서의 승리와 기업 경영에서의 성공이 같은 논리로 작동한다는 사실을 깨닫고 이 내용을 설파하는 데 분주하다.

- 1961년 부산 출생
- 마포고등학교, 연세대학교 신학과, 사학과 졸업. 연세대학교 대학원 사학과(석사), 경희대 대학원 한국사(박사)
- 경희대, 광운대, 공군사관학교 강사. 충북대 중원문화연구소 연구교수, 경기도 문화재 전문위원
- KJ&M 인문경영연구원(구 한국역사고전연구소) 대표(현)
- 저서 『세상의 모든 혁신은 전쟁에서 탄생했다』, 『명장, 그들은 이기는 싸움만 한다』, 『세상의 모든 전략은 전쟁에서 탄생했다』, 『한국 고대 전쟁사(전 3권)』, 『시대의 개혁가들』, 『난세에 길을 찾다』, 『전쟁과 역사(전 3권)』, 『조선 국왕 이야기(전 2권)』 외 다수

제일 앞서가는 사람은 결단을 내려 실행하는 사람이다.
안전제일을 지키고 있다면 배를 저어갈 수 없다.

– 데일 카네기, 『카네기 성공론』

목사인 아버지의 영향으로 연세대학교 신학과를 선택했던 임용한의 대학 생활은 도무지 안정되지 않았다. 어딘가 허전하기만 했고 성경책도 눈에 들어오지 않았다. 고민을 거듭하다 그 답을 찾았다. 어린 시절부터 항상 가까이했던 역사책의 환영이 그를 이끌었다. 졸업후 다시 사학과에 편입해서 역사에 천착했다. 특히 인간이란 존재가 가장 극단적으로 저지르는 일탈 행위인 '전쟁'에 관심이 꽂혔다. 연구실에서 역사서와 병법서를 닥치는 대로 섭렵했다. 이를 토대로 전쟁에서의 승리와 기업 경영에서의 성공이 같은 논리로 작동한다는 사실을 깨닫게 됐다. 그는 『세상의 모든 혁신은 전쟁에서 탄생했다』를 비롯한 여러 저작을 통해 특유의 전쟁 경영론을 제시했고 큰 반향을 일으켰다.

전쟁이라는 역사에서 얻은 교훈을 바탕으로 군 자기계발 프로그램인 'Mkiss'와 삼성경제연구소의 SERI CEO에서 '전쟁으로 보는 경영의 지혜'를 강연했다. 2008년부터 「동아 비즈니스 리뷰」에 '전쟁과 경영'을 연재 중인 임 대표를 서울 강남의 연구소에서 만났다.

신학과를 졸업하고 다시 사학을 전공한 이유는?

목사였던 아버님의 영향으로 신학과에 진학했다. 하지만 어린 시절부터 좋아했던 역사책에서 비롯된 본능은 어쩔 수 없었던 것 같다. 다시 사학과에 편입했는데, 학교에서 배우는 역사에는 도무지 납득할 수가 없는 이상한 설명이 많았다. 고등학교를 졸업할 때까지 교과서와 역사관이 크게 몇 번 바뀌었다. 그중에는 내가 어릴 때 생각했던 대로 가는 것도 있었고 다시 반대로 가는 것도 있었다. 왜 이런 일이 일어나는지 궁금했다.

『시대의 개혁가들』이란 책을 썼는데 진정한 개혁가는 어떤 사람이라고 생각하는가?

두 가지가 필요하다고 본다. 시대의 변화와 미래를 보는 올바른 통찰력과 사명감이다. 통찰력이 있어도 사명감이 없다면 그 통찰을 악용한다. 반대로 사명감이 있으나 통찰력이 없으면 국가와 국민을 더 괴롭게 한다. 한국의 경우는 또 하나가 더 필요한데, 세계를 보고 이해하는 능력이다. 조선이 폐쇄적인 국가이다 보니 이 부분이 너무 안타까운 우리 역사를 만들었고, 지금도 엄청난 사회적 갈등과 낭비를 초래하고 있다.

우리 역사에서 진정한 개혁가 세 명을 꼽으라면 누구를 꼽을 수 있는가?

조선 시대로 한정해서 볼 때 정도전과 조준(이 둘은 한 세트로 통합할 수 있다), 박제가, 그리고 우리 역사의 최고의 현군인 세종이다.

그들을 선택한 배경은 무엇인가?

정도전, 조준, 세종은 모두 국가 개혁의 문제에 있어서 피상적으로 접근하지 않았다. 또한 이상론과 선입견으로 접근하지도 않았다. 여러 나라의 제도와 경험, 역사에 대한 면밀한 연구를 통해 이상을 추구하되 현실에서 실현 가능한, 최고 수준의 실현 가능성을 추구했다.

여러 책에서 박제가를 높이 평했는데, 그가 오늘날 우리에게 주는 의미는?

현재 우리 사회의 문제는 식민지 시절의 민족주의와 개발도상국 마인드가 남아 있다는 것이다. 이것을 버려야 한다. 오늘날의 논리는 우습게도 17~18세기 논리와 별다른 것이 없다. 과거 청산은 미래를 통해 이루는 것이지 과거의 논리와 묵은 과제, 그때 하지 못한 것을 하는 것으로 이루는 것이 아니다. 박제가의 경우 개인적으로는 여러 단점이 많은 사람이다. 하지만 그의 최고의 장점은 국수적, 자폐적, 과거적 시각을 버려야 한다는 것을 깨닫고 계몽하기 위해 노력했다는 점이다. 박제가의 사상을 요약하면 외국을 배우는 것도 중요하지만 그 배움이 우리 자신을 변화시키는 동력으로 작용해야 한다는 것이다. 박제가는 평생 뛰어난 학식과 명쾌한 판단력에도 불구하고 서얼 출신이라는 신분적 제약과 조선의 꽉 막힌 국수주의라는 두 가지 모순과 싸워야 했다. 그러나 박제가는 차별에 굴하지 않고 치열한 도전 정신으로 삶을 개척했고 도약을 꿈꾸었다. 박제가의 외침은 진정한 애국의 길이 무엇인지, 감정과 편협을 뛰어넘는 통찰이 왜 필요한지를 우리에게 묻고 있다.

오늘날 우리가 전쟁사를 공부해야 하는 이유는?

창의와 혁신, 개혁, 자기계발, 사회문제에 대한 종합적 인식 등의
사례를 찾다가 전쟁사를 공부한 것이다. 일단 전쟁은 결과가 분명
하고 총력전이어서 사회구조, 개혁, 기술, 자본, 역사의식 모든 것
이 총체적으로 투영된다.

역사적으로 가장 높게 평가하는 명장을 꼽는다면?

우리 역사에도 여러 명장이 있지만 대부분 잘 아는 분들이므로
서양사로 한정해서 이야기하겠다. 알렉산드로스 대왕과 프리드리
히 2세, 그리고 1, 2차 세계대전에서 맹활약했던 독일의 명장 하
인츠 빌헬름 구데리안을 꼽을 수 있겠다.

각각에 대해 설명해달라.

알렉산드로스 대왕은 병법면에서 보자면 모든 전술이 그로부터
시작되었고, 정말로 전술의 모든 요체를 한몸에 구현한 영웅이다.
동양의 전쟁사가 손자로부터 시작한다면 서양의 전쟁사는 알렉산
드로스로부터 시작한다. 손자가 현대에도 그대로 적용할 수밖에
없는 전쟁과 전술에 대한 원칙과 원론을 장악하고 있다면, 알렉산
드로스는 이른바 세기의 명장들을 만든 고전적인 장점과 전술 원
칙을 한몸에 구현하고 있다. 이것이 그가 전쟁사의 첫머리에 위치
하는 중요한 이유다. 그리스군의 무모한 도전은 알렉산드로스가

전장의 선두에 있었기에 가능한 것이었다.

다음에 프리드리히 2세의 경우를 보자. 1757년 영국에서 여러 술집이 '킹 오브 프로이센'으로 간판을 바꿔 달았고 그곳은 새롭게 등장한 전쟁 영웅에 대한 찬사로 가득 찼다. 그 프로이센의 왕이 바로 프리드리히 2세이다. 그는 독일을 유럽의 강국으로 성장시킨 주인공이다. 프리드리히는 그해 11월 로스바흐 전투에서 3만 명의 군사로 5만 명의 프랑스군을 궤멸시켰다. 이어서 8만의 대군으로 슐레지엔 지방을 침공한 오스트리아군을 3만의 소수병력으로 격파했다. 두 전쟁의 승리 후 한 대위가 그에게 "폐하처럼 훌륭한 전략가가 되기 위해서는 어떻게 해야 합니까?"하고 묻자 그는 "전쟁사를 열심히 공부하라"라고 말했다. 대위는 고개를 갸우뚱하며 "이론보다는 실전 경험이 더 중요하다고 생각합니다"라고 답했다. 그러자 그는 "우리 부대에 전투를 60회나 치른 노새가 두 마리 있다. 그러나 그놈들은 아직도 노새다"라고 말했다. 그는 전쟁사를 읽으면서 전술의 역사 속에 숨어 있는 원칙과 전제를 찾으려고 노력했다. 그래야 변화에 대응하면서 창조적 대책을 창출하는 능력이 생겨난다고 믿었다. 전쟁사든 경영사든 어떤 전술이나 방법이 승리할 수 있었던 원리와 배경을 생각하지 않고, '이 전술은 좋고, 이 전술은 나쁘다', '누구는 이 방식으로 성공했다'라는 식의 외형만 배운다면 또다시 노새가 되는 실수를 반복할 수밖에 없다.

마지막으로 구데리안의 경우를 보자. 2차 대전에서는 비록 패전했지만 독일에도 명장이 많았다. 그중 에르빈 로멜과 함께 최고 명장으로 꼽히는 인물이 이른바 속도전의 창안자로 불리는 구데리안이다. 프랑스와 영국은 방어전 개념에 얽매인 나머지 전차를 독자적으로 작전에 이용하지 않고 보병 사단에 소속시켜 보병과 함께 움직이도록 했다. 반면 독일은 방어 중심의 소모전을 타개할 새로운 기갑 전술을 창안했는데, 여기에 크게 공헌한 사람이 바로 구데리안이다. 전차가 단독 또는 보병 부대와 함께 움직이는 한 결정적인 이점을 갖지 못한다고 본 그는 기동력이 생명이라고 확신했다. 구데리안 기갑 전술의 기본 원칙은 강력한 기갑 부대가 일거에 충격을 가해 전선을 급속히 찢은 후 속도를 더해 돌파하고, 적의 배후에 위치한 전략 거점을 빠르고 완전하게 제압하는 것이었다. 1939년 제2차 세계대전의 시작을 알리는 폴란드 침공에 투입된 기갑 부대는 다른 부대에 비해 3배나 빠른 속도를 보이면서 혁혁한 전과를 올렸다.

세상의 모든 혁신이 전쟁에서 탄생했다는 의미는?
혁신이 전쟁에서 탄생한 것은 아니지만, 유럽이나 중국에서는 전쟁으로 국가가 경쟁하고 흥망성쇠를 거듭했다. 즉 국가 혁신이 결과적으로 전쟁으로 반영되는 경우가 많았다.

기업에서 전쟁론을 특강을 많이 했는데 CEO들의 반응은?
개인적으로 묻지는 않았지만 대체로 긍정적이었다. 필요한 이야기라는 반응이 많은 편이다. 다만 연륜이 있는 CEO들은 여러 분야의 강의를 많이 들어서인지 상투적 사례와 결론을 들면 금방 싫증을 낸다. 그래서 강의 준비에 신경을 많이 쓴다.

CEO들이 가장 궁금해하는 내용은 무엇인가?

위기 관리와 혁신, 창의이다. 특히 열세한 전력에서의 역전, 성취 같은 내용을 좋아한다.

요즘은 무슨 책을 읽는지?

항상 두 가지 작업을 동시에 하는데, 전공 논문을 위해서 조선왕조실록과 자료를 읽고 있고 교양, 경영 강좌를 위해서는 동서양의 고전을 읽고 있다. 요즘은 플라톤, 아리스토텔레스로부터 이어지는 정치경제학의 고전을 다시 읽고 있다. 역시 말 그대로의 고전이 시사하는 바가 많다.

임용한의 책 이야기

● 철학이야기
월 듀런트, 문예출판사

미국의 문명사학자 듀런트가 써서 공전의 히트를 한 철학 입문서. 플라톤, 아리스토텔레스에서부터 산타야나, 제임스, 듀이 등에 이르는 중요한 철학자 열다섯 명의 이야기를 통해 서양 철학 사상을 소개한다. 철학자들의 사상을 통해 '삶, 도덕, 정의' 등에 대한 묵직한 질문을 던진다.

● 서양의 지적전통
브로노프스키 · 매즐리시, 학연사

레오나르도 다빈치와 갈릴레오 갈릴레이에서 시작해서 칸트와 헤겔에 이르는 서양 근대 세계의 사상적 전개 과정을 체계적으로 서술한 책이다. 인물 중심의 까다로운 사상사를 일반인들이 이해하기 쉽게 재미있게 엮어서 인기가 높다. 각주에 소개된 적절한 참고 문헌은 전문적인 연구자들에게도 큰 도움이 된다.

● 예술의 역사   헨드릭 반 룬, 동서문화사

네덜란드 출신의 미국 역사가이자 저술가인 헨드릭 반 룬의 대표작. 선사시대 예술에서부터 로마와 비잔틴 예술, 르네상스 미술, 로코코 양식, 바흐, 모차르트, 베토벤 등의 음악가 이야기 등, 반 룬의 역사와 문화에 대한 해박한 지식이 뛰어난 필치로 잘 묘사돼 있다. 그림, 조각, 건축, 가곡, 오페라, 연극 등 예술의 모든 분야가 총망라돼 있을 뿐만 아니라, 온갖 예술이 태동한 역사적 배경의 설명도 충실하다.

● 아르마다   개릿 매팅리, 너머북스

16~17세기 유럽 정치사 분야에서 독보적인 역사학자인 매팅리의 최고의 역작으로, 역사상 가장 빼어난 전쟁 연대기로 꼽는다. 1588년 영국과 에스파냐 사이에서 벌어진 해전의 막전 막후를 드라마틱하게 그려낸 책이다. 매팅리는 에스파냐 무적함대인 '아르마다'와 영국의 전쟁을 이념전이라는 새로운 관점으로 재해석한다. 그는 이 전쟁을 당시 전 유럽이 휩싸여 있던 가톨릭 세력과 프로테스탄트 세력의 이데올로기적 대립의 결과이자 국제정치전적인 전면전으로 분석했다.

장만기

책을 통해 인간과 경영의 관계를 알다

장만기 한국인간개발연구원 회장

장만기

대학교수를 하던 중, 휴머니즘에 바탕을 둔 경영의 중요성을 깨닫고 1974년 사단법인 인간개발연구원을 설립해 '인간의 얼굴을 한 경영'을 확산하는 데 앞장서고 있다. 매주 목요일 경제인을 중심으로 한 조찬 공부 모임 '인간개발경영자연구회'는 인간 경영론을 우리 사회에 정착시킨 모태로 꼽힌다. 장만기 회장은 경제계에 모르는 사람이 없는 최고의 마당발로 불리며 '아침형 인간'이 성공한다는 신념을 실천하고 있다.

- 1937년 전남 고흥 출생
- 한남대학교 영문학과, 서울대학교 대학원 경영학 석사
- 명지대학교 경영학과 교수
- 코리아마케팅 대표이사
- 1974년 인간개발연구원 설립, 초대 원장
- 1993년 한러친선협력회 부회장, 회장직 대리
- 한국LMI 대표이사 회장(현)
- 한국인간개발연구원 회장(현)

생각이 바뀌면 행동이 바뀌고
행동이 바뀌면 습관이 바뀌고
습관이 바뀌면 성격이 바뀌고
성격이 바뀌면 운명도 바뀐다.

– 윌리엄 제임스, 『심리학의 원리』

지난 대선 과정에서 "사람이 먼저다"라는 구호가 등장해 화제를 모았다. 경영에서도 사람의 중요성과 인재 개발은 이제 새삼스러운 화두가 아니다. 장만기 회장은 인간 개발의 중요성을 간파하고 인간개발연구원을 설립한 이 분야의 프런티어다.

경제계 최고의 마당발로 불리는 장 회장은 이에 걸맞게 '미스터 스터디', '아침형 인간의 효시' 등 다양한 별칭으로도 불린다. 대학교수라는 괜찮은 직업을 과감히 벗어던지고 '사람을 이해하는 리더가 좋은 세상을 만든다'는 신념 아래, 지금까지 한 주도 거르지 않고 매주 목요일 경제인을 중심으로 한 조찬 공부 모임 '인간개발경영자연구회'를 지속해오고 있다.

'더 좋은 사람이 더 좋은 사회를 만든다'를 모토로, 사회 각 분야의 최고 전문가의 강연을 중심으로 진행되는 조찬 연구회는 한국 기업계에 책을 가까이하는 인문학적 경영 마인드를 꽃피우는 계기가 됐다는 평을 받고 있다.

2013년 7월 '새로운 미래를 찾아서—인문을 통한 성찰, 창조를 통한 미래'를 주제로 한 제주 CEO 여름 포럼을 열기 위해 준비에 경황이 없는 장 회장을 서울 강남구 대치동 사무실에서 만났다.

그의 사무실에는 평소 애지중지하는 플라톤, 아리스토텔레스 등 서양 고전 시리즈, 브리태니커, 그레이트북스 등을 비롯해 동서양의 고전과 최신 경영학 서적 등이 빼곡했다. 특히 경영학 원서들 사이에 김대중 전 대통령의 『옥중서신 1,2』, 박노해 시집 『참된 시작』, 『함석헌 전집』, 『목민심서』, 박경리의 『꿈꾸는 자가 창조한다』 등 다양한 분야의 책도 꽂혀 있어 눈길을 끌었다.

· ·

경제계에서 독서광으로 가장 널리 알려졌다. 그렇게 된 계기가 궁금하다.

어느덧 1,800회가 넘는 목요 조찬 모임 '인간개발경영자연구회'를 진행해오다 보니 그렇게 됐다. 초청 인사를 선정하는 것부터 그 인사의 관심사와 저작, 그리고 그 분야의 흐름 등을 내가 먼저 알지 못하면 모임을 진행할 수가 없다. 그래서 관련 분야에 천착하다 보니 다방면에 관심을 갖게 됐고, 특히 경제와 관련이 없어 보이는 인문 고전 분야에까지 독서의 폭을 넓힐 수 있었다.

당시에 '인간 개발'이라는 용어 자체가 생소한 때였다. 연구원을 설립한 동기는?

서울대학교 대학원에서 경영학 석사를 마치고 곧바로 명지대 경영학과 교수직을 얻게 되었다. 당시 월급이 1만 5,000원일 정도로 적었는데, 유상근 학장과 청와대 공보수석이 찾아와 「뉴욕타임스」

일요판 같은 국가 홍보물을 만들어달라고 요청해왔다. 이를 계기로 KMI(Korea Marketing International)라는 국내 최초의 광고 회사를 창업해서 정부 홍보물은 물론 기업 홍보물 등을 만들어 승승장구했다.

하지만 창업 5년 만에 10월 유신이 선포되면서 국가 홍보 자체가 의미 없게 되어버렸고, 경영상 어려움이 커지는 바람에 새로운 돌파구를 찾아야 했다. 이 과정에서 교수 시절에 개인적으로 인연을 맺은 폴 마이어 교수가 세운 SMI(Success Motivation Institute: 성공동기연구소)의 일본 지사 부사장이 찾아와 인간 개발에 대한 영감을 더해주었다. 바로 이거다 싶어 연구원을 세웠다.

인간개발연구원을 운영하면서 어려움이 적지 않았을 것 같은데?
곡절이 많았다. 처음에 서울 충무로 4가의 어느 적산가옥에 연구원을 세웠는데 어려움이 많았다. 하나뿐인 직원이었던 아내의 도움이 컸다.

그리고 인간 개발, 자기계발이라는 새로운 세계에 눈뜨게 한 폴 마이어의 가르침을 통해 난관을 극복할 수 있었다. 마이어는 젊은 시절, 취업 면접에 57번이나 떨어졌으나 반드시 성공하여 사회에 꼭 도움이 되는 사람이 되겠다며 죽을 각오를 하고 노력했다. 그 결과 보험 판매원으로 성공하여 30세에 백만장자 대열에 합류했다.

하지만 마이어는 거기서 머물지 않고 자신의 성공 사례를 체계적으로 정리하여 자기계발 프로그램을 만들기 시작했는데, 그게 바로 그 유명한 '폴 마이어 자기계발 프로그램'이다. 이 분야의 선구자인 셈이다.

특히 '생각을 명료하게 하라', '목표 달성을 위한 계획을 세우고 최종 시한을 정하라', '인생에서 원하는 것을 충심으로 구하라', '자기 자신과 자기의 능력에 대한 최상의 확신을 키우라', '장애와 비난과 여건이 어떻든 자신의 계획을 관철시키겠다는 집요한 결의를 품으라'라는 마이어의 5가지의 '백만 달러짜리 성공 계획'은 내 최고의 신조로 여기고 있다.

경영에서 왜 독서가 중요한가?

정치든 경영이든 결국 사람이 하는 것이다. 책은 인간이 만든 지성의 집합체이다. 그러므로 책을 보면 인간 본연의 모습을 볼 수 있다. 인간개발연구원의 기본 철학이 된 폴 마이어, 척추가 여섯 군데나 부러지는 큰 사고를 당하고도 뇌의 신비한 치유력으로 단 12주 만에 일어나 걸은 조 디스펜자 박사, 인간의 무한한 가능성을 믿은 생의학자 알렉시 카렐 등은 한결같이 인간을 이야기하고 있다. 나는 이들의 저작을 보면서 경영과 인간의 관계를 알 수 있었다.

책은 주로 어떻게 읽는가?

매일 새벽 4시에 일어나 1시간 정도 명상을 한다. 이어 기도를 한 후 보통 2시간 정도 책을 본다. 낮에도 틈틈이 책을 펴본다. 책은 그냥 읽는 게 아니라 매 페이지마다 책에 대한 내 생각을 작은 글

씨로 메모해둔다. 이렇게 해놓으면 나중에 그 책의 필요한 대목을 찾기도 쉬울 뿐 아니라 메모하는 과정에서 좋은 아이디어들도 샘물처럼 솟아난다. (실제로 그가 가까이했던 책을 펴 보니 빨강, 파랑 펜으로 깨알처럼 써놓은 메모가 곳곳에 가득했다.)

가장 가까이하는 금과옥조 같은 책은 무엇인가?

다른 종교인이 보면 어떨지 모르겠지만 성경이다. 성경은 하루에도 몇 번씩 빼놓지 않고 펴 본다. 성경을 기독교의 경전이 아닌 인간의 측면에서 보면 예수는 인간 경영에 가장 성공한 분이다. 열두제자를 양성해 70명의 소규모 조직으로 당시 이스라엘 백성을 리드했다. 자기 훈련, 극기, 희생, 인간 경영, 위기관리 등의 측면에서 예수만 한 리더가 없다.

요즘 관심사는 무엇인가?

사람에 투자하고 사람을 연구하는 세계적인 연구소를 만드는 것이다. 현재 'TPT(Total People Technology) 100 멘토 캠페인'을 시험 운영 중이다. 기업도 사람에 투자하고 사람을 연구해야 한다. 그러므로 CEO는 끊임없이 공부하고 스스로 멘토가 되어야 한다. 현대사회는 IT(정보 기술), BT(바이오 기술), NT(나노 기술), ET(환경 기술)에 이어 곧 PT(People Technology: 사람 기술) 시대가 온다. 이는 내가 창안한 말이다. 모든 중심이 사람이 되는 시대, 즉 TPT 시대가 오는데 우리는 이를 미리 준비해야 한다.

● **기부왕 폴 마이어의 좋은 습관 24가지**　　폴 마이어, 생명의말씀사

감사, 비전, 긍정, 용서, 웃음. 진실, 언행일치 등 진정한 성공의 문을 여는 24가지 습관을 체득하라고 제시한 책이다. 오전에는 열심히 돈을 벌고, 오후에는 돈이 필요한 사람이나 단체를 찾아가 그 돈을 나눠 주며, 저녁이 되면 집에 돌아와 돈을 벌 새로운 아이템을 연구한다는 게 저자의 철학이다. 그는 수입의 절반을 기부하고 있다.

● **자조론**　　새뮤얼 스마일스, 21세기북스

영국 근대화에 큰 기여를 한 새뮤얼 스마일스가 고향의 야학에서 행한 강연을 바탕으로 쓴 책. 이 책은 산업혁명 시기 인물들의 삶을 흥미롭고 감동적으로 묘사해 성공과 행복을 꿈꾸는 수많은 젊은이에게 영감을 주었다. 저자는 끈기가 없으면 사회적 성공은 불가능하며, 신사다운 인격을 지닌 사람만이 삶을 책임 있게 관리할 수 있다고 말한다.

● **리더십 골드**　　존 맥스웰, 다산북스

세계적인 리더십 전문가이자 성공학 강사인 존 맥스웰이 60세가 되는 해에 "지금까지 살면서 힘들게 깨달은 리더십의 교훈 중 불필요한 것을 걸러내고 핵심만을 정리하겠다"며 쓴 책이다. 잭 웰치, 피터 드러커, 짐 콜린스 등 리더십 대가들의 명언이 곳곳에 인용되어 있다.

● **몽테뉴 수상록**　　　　　　　미셸 드 몽테뉴, 동서문화사

프랑스 최고의 사상가 미셸 드 몽테뉴가 쓴 유일한 책으로, 인간이 누구인가를 이해하는 데 최고의 책이다. 그가 천착한 "내가 아는 것은 무엇인가?"라는 명제는 후세에 과학주의, 민주주의의 원천이 되었다.

● **가난한 사람들을 위한 은행가**

　　　　　　　　　무하마드 유누스·알란 졸리스, 세상사람들의책

2006년 노벨 평화상을 수상한 무하마드 유누스의 자서전이다. '신용은 모든 인간의 기본권'이라는 그의 신념은 방글라데시 그라민은행 설립의 기초가 되었다. 인간에 대한 신뢰를 재확인할 수 있다.

조영탁

행복한 경영을 위한
독서

조영탁 ㈜휴넷 대표이사

조영탁

한때 입시계에서 '공부의 신'으로 불릴 정도로 시험 선수였고 대학 졸업
후, 대기업 직장 생활을 10년 만에 그만두고 교육 사업에 뛰어들었다. 단
순한 '성공학 교육'을 넘어서 '지식 나눔'의 실천이 행복의 지름길이라는
소신을 가지고 매일 아침 '행복한 경영이야기'라는 이메일 행복 경영 편
지를 부치고 있다. 조영탁 이사가 대표로 있는 휴넷의 인문학 강좌인 '도
전! 문사철 100클럽'은 이 분야에서 고급 인문학 클래스로 이름이 높다.

- 1965년 전남 진도 출생
- 서울대학교 경영학과 졸업, 서울대학교 경영대학원 석사 취득
- 공인회계사시험 합격
- 금호그룹 금호쉘화학, 회장부속실 미래기획단 근무
- (주)휴넷 창업(1999년)
- (주)휴넷 대표이사, 다산연구소 감사, 한국이러닝기업연합회 부회장, 이러닝산업협회 이
  사(현)
- 저서 『조영탁의 행복한 경영이야기(전 10권)』, 『위대한 경영자들의 말』 외 다수

다른 모든 사람들이 하고 있는 것을 그대로 따라만 해 가지고서는
탁월한 경제적 성과를 달성하는 것이 불가능하다. 또한 남들과 똑
같이 행동함으로써(정상적이기를 바라면서), 비정상적인(탁월한) 결과를
기대할 수 없다.

– 제프리 페퍼, 『휴먼 이퀘이션』

고교 시절에는 이른바 '공부의 신'으로 불릴 정도로 성적이 빼어났
다. 명문대를 졸업하고 대기업에 입사해 그룹 회장실에서 근무하
는 등 초고속 승진을 거듭하며 항상 최선두로 앞서나갔다. 그러던 직장
생활 10년 차의 어느 날, 갑자기 '나도 월급쟁이가 아닌 경영자가 되고
싶다'는 욕망에 사로잡혀 과감히 사표를 던지고 창업 전선에 나섰다.

'내가 잘할 수 있는 게 무엇인가?'를 고민하던 그는 대학 시절에 연
찬했던 경영 전략과 자신이 잘할 수 있는 학습 분야를 살릴 수 있는
영역이 '지식 나눔'이라고 판단하고 '교육 사업'에 뛰어들었다. 하지만
단순한 '성공학 교육'만으로는 결코 행복을 창출할 수 없다는 사실을
깨닫고 '행복한 경영이야기'라는 이메일 뉴스 레터 서비스를 시작했고,
현재는 180만 명에게 매일 아침 행복 경영 편지를 보내고 있으며, 이에
힘입어 사업도 날로 번창해갔다.

또한 일반적인 교육 사업체와는 달리 별로 장사가 잘 안 되는 인문
학 강좌인 '도전! 문사철 100클럽'을 개설하는 등 인성 교육으로까지
교육 영역을 넓혔다.

사업도 성공했지만 직원들에게는 즐거운 회사, 사회에는 지식을 값

싸게 환원하는 두 가지 목적도 달성했다. 이렇듯 이러닝 교육 사업 분야에서 선두 주자로 달려가면서 '행복 경영학'을 설파하는 조영탁 대표는 아직도 욕심이 끝이 없다. 항상 책과 함께한 인생이 행복한 삶의 원천이었다고 설파하는 조 대표의 얼굴에는 '행복은 멀리 있지 않다'는 사소한 진리가 배어 있었다.

서울 구로동에 자리한 회사에서 만난 직원들의 얼굴에는 왜 이 회사가 2013년 '취업하고 싶은 중소기업' 1위로 꼽혔는지를 느끼게 하는 자부심과 즐거움이 배어 있었다.

· ·

왜 잘나가던 샐러리맨 생활을 접고 창업 전선에 나섰는가?
운이 좋았는지, 내가 열심히 했는지 모르지만 입사 7년 만에 차장을 달았다. 일반 직원보다 두 배나 빠르게 승진한 셈이다. 그러던 어느 날 '내가 그저 월급쟁이로 살아서는 안 되겠다'는 생각이 들었다.

특히 IMF 외환 위기 당시 본의 아니게 과감한 구조조정이 진행됐는데 회사 핵심 부서에서 근무하며 이를 수행했다. 그 과정에서 동료와 후배들이 잘려나가는 모습을 보면서 여러모로 안타까웠다. 그러다 차라리 내가 창업해서 모든 걸 감당하는 게 낫다는 생각을 했다.

그런데 왜 교육 사업에 뛰어들었나?
회사에서 구매, 회계, 영업, 기획 부서 등에서 근무했다. 특히 신입 사원 교육 등을 해봤기 때문에 이 분야에서 부딪쳐보면 해볼 만하다고 생각했다.

업계에서는 '행복한 경영이야기'라는 이메일 서비스가 매우 유명하던데?

'아침 편지'로 유명한 고도원 선생님의 이메일을 받아 보고 있었는데 여기에서 힌트를 얻었다. 나는 경영학도이면서 경영 전략을 전공했기에 이 분야의 메시지를 메일링하면 재미있겠다 싶어서 시작했다.

그런데 이게 정말 놀랍게도 빵 터진 거다. 메일을 읽는 사람 숫자가 엄청나다. 현재는 매일 180여만 명이 매일 아침 나의 경영 관련 이메일 메시지를 받아 보고 있다.

'행복한 경영' 메일링 서비스로 인한 에피소드도 많겠다.

아주 많다. 아시아나항공 전 직원이 내 메일을 받아 보고 있다. 어느 날 비행기를 탔는데 스튜어디스가 알아보고 극진히 대접해주기도 했다. 또한 교육 사업에서도 기업하는 독자들의 덕을 많이 보고 있다.

그 메일을 죽 훑어보니까 매일매일 그 메시지를 쓴다는 게 매우 힘들겠던데?

나름대로 스트레스가 많다. 좋은 구절을 고르려면 거의 매일 1권 이상의 책을 봐야 한다. 그러다 보니 연간 최소 500권 이상의 책을 보게 되었다. 얼마 안 있으면 메일링을 시작한지 꼭 10년이 된다. 통상 메일 1개당 1시간 이상씩 시간을 들였는데 요즘에는 제법 노하우가 생겨서 이미 400개 이상의 여유분을 비축해둘 정도가 됐다.

일반적으로 '수단 방법을 가리지 않고 성공하라'는 식의 '성공학 개론'이 많은데 유난히 '행복 경영', '행복 성공학'을 강조하고 있다. 행복 성공학이란 게 무엇인가?

통상 경영학에서는 주주의 이익을 최우선시하는 것을 강조한다. 그런데 제일 중요한 것은 주주가 아니다. 고객과 직원, 사회가 먼저이다. 이 부분을 중시하다 보면 주주의 이익이 자연히 창출된다. 그리고 아무리 성공했다 하더라도 행복이라는 양질의 가치가 뒤따르지 않으면 공허해진다.

일반적인 경영학, 직장 재교육 프로그램 말고도 '도전! 문사철 100클럽' 강좌를 개설하는 등 인문학 강좌에도 열심이다. 그 배경이 궁금하다.

우연히 역사 소설가로도 유명한 신봉승 작가님을 만나 이야기를 나누다 지식인이 되려면 30대 이전에 문학 300권, 사학책 200권, 철학책 100권은 읽어야 한다는 말을 듣고 깜짝 놀랐고, 큰 자극도 받았다.

그래서 이 분야 강좌도 개설해야겠다는 생각이 들어 고은, 이어령 선생님 등 그 분야 권위자들의 조언을 받아 우선 100권의 책을 추렸다. 이어서 서울대학교를 비롯한 각 대학의 교수님들의 도움을 받아 100권의 동영상 강의록을 만들었다. 처음에는 상업적으로 별로 기대를 하지 않고 시작했는데 요즘에는 인기가 올라가면서 제법 벌이도 된다.

한때 '공부의 신'으로 불릴 정도로 공부의 달인이었다는데, 굳이 공부 잘하는 학습법을 강조하고 설파하는 이유는?

'학문에는 왕도가 없다'고는 하지만 나름대로 지름길은 있다. 사교육 혜택을 보지 못하는 계층에게 학습법을 제대로 가르치면 일종의 복지 효과가 나타난다. 또한 시간을 적게 투입하고 좋은 성과를 올릴 수 있다면 남은 시간에 인성 교육을 시킬 수도 있다. 그래서 학습법의 경우는 '주니어 성공 스쿨', '비전 꿈 프로젝트' 등의 프로그램을 모두 무료로 배포하고 있다.

공부를 잘하는 비법이 있다면?

천지개벽할 비법은 없다. 제일 중요한 점은 공부하는 이유, 즉 꿈을 갖게 하는 것이고 이어서 공부하는 습관을 익히게 한다. 그리고 예습, 복습 등이다.

직원들에게는 어떤 식으로 학습을 권장하나?

직원들에게 먼저 독서를 강조한다. 아울러 직원들이 보고 싶어하는 책은 모두 사서 무료로 나눠 주고 있다. 연간 도서 구입비로만 약 2천만 원 정도 들어간다. 또한 직원들에게 '연간 365학점제'를 실시하고 있다. 매일 1시간 일찍 출근하거나 늦게 퇴근하면서 독서하면 1학점을 획득할 수 있는데 연간 365학점을 따야만 정상적으로 승진할 수 있다. 다만 특이한 사정이 있을 때는 책을 읽고 독후감을 내면 6학점으로 인정해준다. 근무 성적이 좋았으나 이 학점을 제대로 이수하지 못해 정상 진급하지 못한 경우도 많다.

매주 한 번씩 실시하는 혁신 아카데미가 인기라던데?
매주 금요일에 1시간 일찍 출근하도록 하고 직원들을 상대로 '각 분야에서 일가를 이루면서도 도덕적 품성을 갖춘' 외부 강사를 초빙해 강좌를 열고 있다. 사회의 여러 저명한 강사를 초빙하는데 매우 인기가 좋다. 벌써 수백 회가 넘게 열렸다.

나름의 인생 성공 비결이 있다면?
기업에 다닐 때 회사에서 잘 나가는 선배에게 직장 생활에서의 성공 비결을 물었더니 남보다 먼저 새벽에 출근하는 것이라고 했다. 너무도 평범한 그 이야기를 듣고 실천하기로 했다. 바로 다음 날부터 6시 반 출근을 시작했다. 그랬더니 정말 놀랍도록 회사가 재미있어지고 근무 성과가 나더라. 행복 경영 이메일도 새벽 출근 후 남는 여유 시간에 쓸 수 있었다. 그런데 최근에는 일단 이 출근 패턴을 보류했다.

왜 그런 건가?
큰애가 벌써 중학교에 들어갔다. 나는 학교에서의 공부도 중요하지만 가정에서의 '밥상머리 교육'이 더 중요하다고 본다. 그래서 아이들이 대학에 갈 때까지는 아침을 함께하며 대화하는 생활을 하기로 했다.

조영탁의 책 이야기

● **논어**   공자, 글항아리

고전의 정수. 2500년 전 지혜가 오늘날에도 통할 수 있다는 데 놀라움을 금할 수 없다. '학이시습지 불역열호'. 논어 첫 구절에 나오는 내용으로, 학습하는 것이 즐거움이라는 것을 제대로 깨닫기만 해도 개인의 인생과 세상이 달라질 것이다.

● **데일 카네기 인간관계론**   데일 카네기, 리베르

성공의 85%는 인간관계 능력에 있다는 말이 있다. 인간관계는 노력으로 개선될 수 있는 영역이다. 이 책은 인간관계의 중요성, 그리고 구체적인 기법들이 잘 정리된 이 분야의 바이블 같은 책으로, 몇 년에 한 번 정도는 다시 읽어볼 필요가 있다. 인간 경영과 자기계발 분야의 최고 컨설턴트로 불리는 카네기는 전 세계적으로 5,000만 부나 팔린 이 책 덕에 단번에 스타가 됐다. 특히 '꿀을 얻으려면 벌집을 건드리지 마라', '상대의 이름을 기억 못 하면 문제가 생긴다', '논쟁으로는 결코 이길 수 없다', '자신의 잘못에 대해 먼저 얘기하라', '개에게도 착한 개라고 말해주어라'라는 등의 촌철살인 지침은 하나하나가 금과옥조다.

● 적극적 사고방식 노만 V. 필, 종합출판범우

자그마한 차이가 엄청난 차이를 부른다. 자그만 차이는 태도, 즉 긍정과 부정의 차이이고, 큰 차이는 결과의 차이이다. 적극적 사고방식의 필요성과 방법을 배울 수 있는 좋은 책이다. 내 인생을 가른 책 중 하나이다.

● 좋은 기업을 넘어 위대한 기업으로 짐 콜린스, 김영사

경영학 서적 중 최고로 꼽는 책으로, 짐 콜린스 교수의 역작이다. 14년 경영에서 가장 큰 영향을 받은 책이자, 적합한 사람을 뽑는 게 경영에 있어 가장 중요하다는 교훈을 얻은 책이다. 처음부터 위대한 회사였던 기업들보다는 좋은 회사이긴 하지만 위대한 회사가 아닌 기업들에게 어떻게 위대한 회사가 될 수 있는가를 알려준다. '좋은 것은 위대한 것의 적이다', '냉혹한 사실을 직시하되 믿음을 잃지 마라'라는 지적은 절묘하다.

● 소유냐 삶이냐 에리히 프롬, 홍신문화사

인생 전체를 관통하는 철학을 세우는 데 가장 큰 영향을 끼친 책. 소유가 아닌 인간 존재에 초점을 맞춘 삶을 살게 한 계기가 됐다. 받는 것보다 주는 것이 더 행복하다는 깨달음도 얻었다. 독일의 정신분석학자이자 사회심리학자로서 신프로이트학파의 거성으로 평가되는 에리히 프롬의 최고 명저. 소유와 존재의 양극 사이에서 다양한 형태로 존재하는 인간들에게 물질적 소유와 탐욕의 소유 양식을 벗어나 창조하는 기쁨을 나누는 존재 양식으로 전환해야 한다는 점을 가르친다. 한국에서도 큰 반향을 일으켰다.

한근태

독서는 미래를
디자인하는 힘

한근태 한스컨설팅 대표

한근태

『몸이 먼저다』라는 책으로 잘나가는 '자기계발서' 업계의 선두 주자. 서울대학교 공대를 나와 미국에서 공학박사 학위를 취득해 귀국한 후, 잠시 대기업에 몸담았다가 컨설팅 업계에 투신해 입지를 다졌다. '운동을 통해 몸을 바꾸면 길이 보이고, 얼굴이 달라지고, 삶이 예술이 되고, 자유로운 인생을 즐길 수 있다'는 지론을 갖고 있다.

- 1956년 서울 출생
- 경복고등학교, 서울대학교 섬유공학과 졸업
- 미국 애크런대학교 고분자공학 박사
- 핀란드 헬싱키대학교 대학원 경영학 석사
- 럭키화학 중앙연구소 연구원
- 대우자동차 이사
- 한국리더십센터 소장
- 서울과학종합대학원 교수
- 한스컨설팅 대표, 환경재단 운영위원 (현)
- 저서 『나에게 사표를 써라』, 『피터 드러커 노트』, 『몸이 먼저다』, 『일생에 한번은 고수를 만나라』, 『잠들기 전 10분이 나의 내일을 결정한다』, 『회사가 희망이다』 외 다수

인생은 무슨 일이 벌어지느냐에 의해 결정되지 않는다.
그 일에 대해 어떻게 생각하느냐,
어떻게 대응하느냐에 의해 결정된다. 그게 주도성이다.

– 스티븐 코비, 『성공하는 사람들의 7가지 습관』

요즘 자기계발서 분야 선두 주자로 꼽히는 한근태 한스컨설팅 대표를 만나고 깜짝 놀랐다. 실제 나이보다 매우 젊어 보였기 때문이다. 건강한 피부와 해맑은 미소와 힘이 넘치는 목소리는 40대 후반이나 50대 초반으로 보일 정도였다. 그 궁금증은 곧장 풀렸다. 한근태 대표가 쓴 책에 그 비결이 실려 있었기 때문이다.

2014년 5월 초판을 낸 이래 벌써 6쇄를 찍은 그의 책 『몸이 먼저다』에는 그가 매일 1시간 정도 몸을 단련하면서 느낀 사연이 흥미롭게 담겨 있다. '운동을 통해 몸을 바꾸면 길이 보이고, 얼굴이 달라지고, 삶이 예술이 되고, 자유로운 인생을 즐길 수 있다'는 것이다.

그는 서울대학교 공대를 나와 국비 유학생으로 박사 학위를 취득했고, 귀국하자마자 대기업에 들어갔다. 곧이어 최연소 임원이 됐다가 불혹을 갓 넘긴 나이에 고연봉 임원직을 그만두고 컨설팅 업계에 뛰어들었다.

이후 매년 200회 이상의 기업 강의와 200권 이상의 책을 읽고 40여 권 이상의 책을 펴내느라 바쁜 한근태 대표를 여의도에서 만났다.

공학을 전공하고 미국 유학으로 공학박사 학위를 취득하고도 대학교수직을 포기하고 기업으로 갔는데?

고등학교 때 이과반이었던 이유로 공대에 갔다. 하지만 체질적으로 공학이 맞지 않았다. 남들이 하니까 그저 쫓아가느라 박사까지 했던 것 같다. 그러던 차에 대우자동차에서 좋은 조건을 제시해 취업했다. 입사 후 얼마 있다가 최연소 임원으로 승진했다.

왜 8년 만에 대기업을 그만두고 낯선 컨설팅 업계로 선회했나?

자의 반 타의 반이었다. IMF 외환 위기 무렵이었는데 회사에서 무슨 묘한 일이 있었고 몸담은 회사가 위기에 처해 있다는 점도 한 이유가 됐다. 그런데 임원으로 일할 때 컨설팅 회사의 젊고 유능한 컨설턴트들이 대기업 임직원들 앞에서 자신 있게 회사의 각종 현안에 대해 진단하고 문제점을 지적하는 것을 보고 '나도 저런 것 한번 해보고 싶다'는 생각을 했다.

그냥 대책 없이 사표를 내고 서울대학교 모 교수의 추천으로 IBS컨설팅이라는 회사로 옮겨 기초부터 다시 배웠다. 2년간 열심히 공부해 거기서도 바로 임원이 됐다. 마침 이때 헬싱키대학교에서 경영학 공부도 더 할 수 있었다.

책을 보니까 글 솜씨가 보통이 아닌 것 같다.

새롭게 컨설팅 회사를 하면서 매주 직원들에게 편지를 쓰기 시작했다. 그러다 보니 자연스레 글 쓰는 법에 대해 안목이 생겼다. 이를 토대로 오늘의 나를 있게 한 '한스레터'라는 블로그도 시작했다. 이 블로그는 한창때 제법 인기를 끌었다.

앞만 보고 무작정 뛰지 말고 효과적인 재충전을 하라는 조언이 많다. 재충전의 노하우를 요약하자면?

독서와 산책, 운동, 그리고 혼자만의 시간 갖기이다. 독서는 미래를 디자인하는 힘이며 천천히 걷는 산책은 사람의 긴장을 풀어준다. 헨리 소로와 칸트와 니체는 산책광이었다.

또한 운동은 무엇보다도 사람을 명상에 잠기게 한다. 이것은 내책 『몸이 먼저다』에서 여러 번 강조한 내용이기도 하다. 운동은 단순히 땀을 흘리는 데 그치지 않는다. 운동을 하다 보면 쓸데없는 생각이 사라지고 생각의 액기스만 남는 것을 느낄 수 있다. 또한 운동을 하면 자신감이 생기고 삶에 대해 긍정적인 시각을 갖게 된다.

독서에 대해 좀 더 부연하자면?

오늘의 나를 있게 한 건 독서다. 처음 컨설팅 업계로 전환했을 때정말 많은 책을 보았다. 경영 관련 책뿐만 아니라 성공한 사람들의 성공담, 최신 흐름들을 보여주는 보고서 등 분야에 구애되지않고 많은 책을 읽는다. 요즘도 매년 200권 이상의 책을 읽는다.

책은 어떻게 고르는가?

좋은 책 고르기는 독서의 전제 조건이다. 먼저 좋은 책을 고르는안목을 길러야 한다. 여기엔 왕도가 없다. 난 매주 두세 번씩 서점을 가는데 책을 많이 구입해서 읽어봐야만 눈이 떠진다. 다만 저자를 참고하는 게 좋다. 난 한 번 읽어봐서 검증된 저자의 책은 무조건 산다. 과거 최인호, 박완서, 구본형 소장, 피터 드러커, 스티븐 코비, 제러미 러프킨 등의 책은 신간이 나오자마자 샀다. 다음에 출판사도 기준이 된다. 나름 성가가 있는 출판사 책은 믿어도 된다.

서문도 중요하다. 서문을 잘 살펴보면 그 책의 대강을 알 수 있다. 각 일간지의 북 섹션도 좋은 참고가 된다. 난 신문의 서평란을 꼼꼼히 읽는 편이다. 마지막으로 책은 역시 자기 돈을 주고 사봐야 의미가 있다.

책은 어떤 식으로 읽는가?

직업상 책을 많이 읽을 수밖에 없다. 신문 기고, 학생·기업인 상대 강의와 컨설팅을 하기 위해서는 계속적인 업그레이드가 필수적이다. 그런 측면에서 독서는 나에게 숨을 쉬고 밥을 먹는 것과 같다.

나는 책을 보면 일단 그냥 읽은 책, 개인적으로 감명받은 책, 방송에서 소개하고 싶은 책, 경영자에게 추천하고 싶은 책 등으로 분류한다. 읽으면서 줄도 긋고, 순간적으로 생각이 떠오르면 컴퓨터에 바로 옮겨 적는다. 그리고 이것을 독후감이란 파일에 따로 정리하는데 그 내용을 이슈별로 나눠서 한다. 예를 들면 가정, 교육, 걱정, 두려움, 성실, 믿음, 신뢰 등, 이런 식으로 나눈 게 약 200가지 정도 된다. 이 파일은 내 중요한 지적 자산이다. 그래서 예컨대 '결혼'이라는 이슈에 대해 글을 쓰거나 강연을 할 때 이 키워드로 파일을 검색해서 내 나름의 원고를 준비하는 것이다.

『일생에 한번은 고수를 만나라』라는 책을 보면 최고의 경지에 오른 사람들의 특징을 잘 요약했다. 그 특징을 대충 5가지 정도 들라면 어떤 것들인가?

그 책은 3,000번의 기업 강의와 CEO 700명과의 인터뷰를 통해 얻은 깨달음을 정리한 것이다. 기업의 수장인 CEO들은 현대판 무림 고수들이다. 고수들의 경우 남다른 특질이 많은데 우선 꼽자면 철저한 자기 관리, 스마트한 일 처리, 탁월한 몰입력, 뛰어난 관찰력, 좋은 사람을 보는 직관력 등이다. 하나 더 덧붙이자면 호기심이 강한 점과 역발상에 능한 점도 있다.

피터 드러커를 자주 언급하던데, 그의 철학을 요약한다면?

그는 40여 권의 저서와 각종 칼럼 등을 통해 20세기 최고의 교육자, 철학자, 컨설턴트로 활약했고 경영 관리의 방법을 체계화시켜 현대 경영학을 창립했다. 존 메이너드 케인스가 경제학을 창시했다면 그는 경영학을 발명했다. 그의 경영 철학은 혁신, 공정한 인사, 지식 업그레이드, 리더십으로 요약할 수 있다.

특히 그가 사회에서의 성공 못지않게 가정적으로도 성공한 점은 대단하다. 보통 일을 많이 한 사람은 일에 치여 가정을 소홀히 하기 쉬운데 그의 경우를 보면 가정을 희생해야만 일을 잘하는 것이 아님을 보여준다.

요즘 취업난으로 고통받는 청춘들에게 해주고 싶은 얘기는?

요즘 젊은 세대가 안타깝긴 하다. 하지만 어느 시절이고 청춘들은 상처받게 되어 있다. 우리 세대도 마찬가지였다. 대학 생활도 유신 치하였고, 취직도 역시 쉽지 않았다. 초년고생은 사서도 한다고 했다. 차근차근 계단을 밟아 나가려는 자세가 필요하다. 내가 책에서도 강조했지만 화났다고 술을 마시는 것은 자살 행위다. 술을 마신다고 스트레스가 해소되는 게 아니다. 그저 일시적으로 망각하는 것이다. 육체적으로도 해롭기 그지없다.

자기계발서를 많이 써내는 이유는?

내 책 『오픈 시크릿』에서도 얘기했지만 사실 이런 분야의 책 내용은 전혀 비밀스럽지 않다. 누구나 알 만한 이야기, 한 번쯤 겪었음 직한 이야기다. 즉 공개된 비밀인 것이다. 하지만 아는 것과 행동하는 것은 전혀 별개다. 일류와 이류도 그렇다. 이류는 이런 사실을 알면서도 실행에 옮기지 않는 경우다.

명강사로도 성가가 높다. 말을 잘할 수 있는 비결은?

내가 『말은 임팩트다』란 책에서 강조했듯이 말은 내가 무슨 이야기를 했는지보다 상대방이 어떻게 들었느냐는 것에 초점을 맞추어 '상대방이 듣고 싶어하는 말'을 해야 한다. 또한 자신의 생각을 잘 정리하여 무슨 말을 어떻게 전달할지 고민하여 핵심이 드러난 정확한 의사 전달을 통해 사람의 마음을 움직이는 말을 해야 한다. 또한 적절한 비유와 대비, 본질을 꿰뚫는 임팩트, 모순 어법의 활용 등이 효과적이다. 그리고 무엇보다도 정직한 언어가 중요하다.

● 성공하는 사람들의 7가지 습관 　　　스티븐 코비, 김영사

대우자동차에 다니던 시절, 당시 회사의 여러 문제로 힘들었는데 이 책에서 "어떤 일이 벌어지느냐가 중요한 게 아니다. 그 일에 대해 어떻게 해석하고 받아들이냐가 중요하다. 그게 인생을 결정한다"는 구절이 눈에 들어왔다. 상사는 어떻게 할 수 없지만, 그 상사에 대해 어떻게 대응할 것이냐는 내가 정할 수 있다는 생각을 했다. 이후 여러 변화가 생겼다.

● 프로페셔널의 조건 　　　피터 드러커, 청림출판

경영학의 아버지라는 피터 드러커가 제시한 자기실현에 관한 최고의 고전. "사람을 뽑는데 5분의 시간밖에 쓰지 않는다면 그 사람의 잘못을 고치는 데 5,000시간을 쓸 것이다"라며 채용의 중요성을 강조한 대목에 꽂혔다. 훗날 『채용이 전부다』라는 책을 쓴 계기가 됐다.

● 익숙한 것과의 결별 　　　구본형, 을유문화사

배가 불타고 있다면 바다로 뛰어들어야 한다. 그렇지 않으면 같이 타 죽을 수밖에 없다. 변화 경영 전문가인 구본형의 이 책은 내가 대기업을 그만두고 컨설턴트로 인생 전환을 하게끔 용기를 주었다. 대우자동차에서 비전이 없다고 판단해 외환 위기임에도 뛰쳐나가게 한 책이다.

● 프리에이전트의 시대가 오고 있다　　다니엘 핑크, 에코리브르

앨 고어 전 미국 부통령의 수석 연설문 작성가였던 저자가 직접 미국 전역을 돌아다니며 다양한 프리 에이전트(독립 노동자)들을 인터뷰하고 쓴 책이다. 이제 모두가 같이 출근하고 퇴근하는 시대는 끝났다는 내용이다. 당시 그게 과연 가능할까 생각했는데 지금의 내가 그런 생활을 하고 있다.

● 도덕경　　노자, 현암사

중국 도가 철학의 시조인 노자가 지었다고 전해지는 책이다. 인위적인 것을 싫어하는 그의 사상이 큰 영감과 위안이 된다.

한기호

공독, 백독하면 인생 후반전 걱정 없다

한기호 한국출판마케팅연구소 소장

한기호

출판평론가라는 새로운 직역을 개척한 한국 현대 출판계의 산증인. 창
작과비평사(현 창비)에서 영업, 기획 등 출판의 중요 분야를 익혔고 『소
설 동의보감』, 『나의 문화유산답사기』 등 여러 베스트셀러를 기획했다.
좋은 성과를 거두던 중 1998년 창비를 나와 한국출판마케팅연구소를
설립해 '건강한 출판 활동'을 견인하고 있다.

- 1958년 경북 경주 출생
- 평택고등학교 졸업, 공주대학교 국어교육과 졸업
- 1982년 온누리출판사 근무
- 1983년 창작과비평사 근무
- 1998년 한국출판마케팅연구소 설립
- 1999년 격주간 출판 전문지 「송인소식」(현 「기획회의」) 창간
- 2010년 월간 「학교도서관저널」 창간
- 조선대학교 겸임교수, 중앙대 신문방송대학원 초빙교수
- 한국출판마케팅연구소장, 「학교도서관저널」 발행인(현)
- 저서 『마흔 이후, 인생길』, 『한기호의 다독다독』, 『새로운 책의 시대』, 『베스트셀러
  30년』, 『위기의 책 길을 찾다』, 『디지로그 시대 책의 행방』, 『책은 진화한다』 외 다수

정신분석가인 아돌프 구겐빌 크레이그가 젊은 시절 아버지에게 우정에 대해 물었더니 '친구란, 밤 10시에 자동차 트렁크에 시체를 넣고 찾아가 어떻게 하면 좋겠냐고 할 때 그 이야기를 잠자코 들어주는 사람'이라고 답했다고 한다. '서로 깊이 신뢰하고 먼저 의심하거나 화내지 않고 일단 이야기를 들어주고 무엇이든 해보자고 하는 사람'이 친구다. 이런 친구가 있는 한, 인생은 살 만하다.

— 한미화, 『아이를 읽는다는 것』

한국출판마케팅연구소 한기호 소장은 흔히 한국 현대 출판계의 산증인으로 불린다. 1982년 조그만 출판사 편집자로 출판계에 입문한 이래 한국 인문, 사회과학 출판계의 지형을 바꾼 창작과비평사(현 창비)에서 영업, 기획 등 출판의 중요 분야를 섭렵했다. 이 기간에 400만 부가 팔린 『소설 동의보감』, 360만 부의 『나의 문화유산답사기』 등을 기획하는 등 수많은 베스트셀러를 탄생시키며 출판 마케팅 분야의 새 지평을 열었다. 1998년 주위의 만류를 뿌리치고 창비를 나온 후 한국출판마케팅연구소를 설립, 쓴소리를 도맡으며 출판계의 건강한 방향성 정립에 기여했다는 평을 얻었다.

출판 평론가로 활동하며 출판 전문 격주간지 「기획회의」의 발행인과 월간 「학교도서관저널」 발행인을 겸하고 있다. 인생 오솔길 1기(편집자, 마케터 15년)와 인생 오솔길 2기(출판 평론가 15년)를 거쳐 세 번째 '오솔길'인 독서 모델 학교 설립을 위해 동분서주 중인 한 소장을 5만여 권의 장서고이자 개인 집필실로 쓰기 위해 사용하는 마포의 사무실에서 만났다.

사범대를 다녔는데 어떻게 출판계와 인연을 맺었나?

대학 때까진 교사가 꿈이었다. 하지만 대학 시절 민주화 시위를 주
동했다가 구속돼 감옥에 다녀오는 바람에 교사자격증을 따지 못
했다. 먹고살기 위해 얼떨결에 온누리출판사에 입사했지만 재미가
적지 않았다. 처음 기획한 책이 『농민문학론』(신경림 편)과 『신동엽
그의 삶과 문학』이었는데 나름의 의미가 있었다. 하지만 부족함을
많이 느끼던 차에 창비로부터 제의가 와서 그리로 옮겼다.

영업 사원을 하다가 출판 기획가에 이어 출판 관련 연구소장, 베
스트셀러 작가로까지 외연을 확장했는데, 그 과정이 궁금하다.

창비에 15년 동안 다니면서 정말 많은 것을 배웠다. 창비의 백낙청
선생님은 워낙 바쁘신 분이라 "어떻게 할까요?"란 말을 허용하지
않으셨다. 나는 늘 결정을 스스로 내리고 그 이유를 10분 이내의
짧은 시간에 설명드려야 했다. 그게 '엘리베이터 스피치' 혹은 '3분
력'이라고 불린다는 것은 나중에 알았다. 창비에서의 삶은 내가 어
떤 자리에서도 버틸 수 있는 자신감을 안겨줬다.

『소설 동의보감』 등 숱한 베스트셀러의 명 기획자로 알려졌는데
출판 기획의 핵심 착안 사안은?

『소설 동의보감』은 한 신문의 서평이 계기가 되어 400만 부나 팔렸
다. 『나의 문화유산답사기』부터는 처음부터 철저하게 마케팅 기
획을 한 다음 베스트셀러를 만들게 됐다. 출판 기획의 핵심은 독
자의 결핍을 읽는 것이다. 목이 마른 사람은 물을 마시게 돼 있다.

그러나 그 결핍은 늘 바뀐다. 『나의 문화유산답사기』가 20년 넘게 장수하며 360만 부나 팔린 것은 저자가 그 결핍을 더 잘 읽고 있었기 때문이다. 그래서 좋은 저자를 만나는 것이 중요하다.

출판 마케팅을 간단히 정의하자면?

졸저 『출판 마케팅 입문』에는 "출판 마케팅은 구매자인 독자의 욕구와 욕망을 충족시키거나 창출할 목적으로 그에 맞는 출판물을 기획, 편집, 디자인하여 유통 경로와 가격을 결정하고 판매를 촉진하기 위하여 광고, 홍보, 이벤트 등의 프로모션 활동과 새로운 직접 판매 경로를 개발하는 출판시장에서의 판매자 활동"이라고 되어 있다.

한국 출판계의 문제점을 간단히 진단하자면 무엇인가?

한 출판인은 2000년대 이후의 한국 출판은 "새로운 기획이 아니라 선인세 경쟁과 저자 캐스팅에 열을 올리고 점유율 싸움"만 했다고 지적했다. 이 말에 우리 출판의 모든 모순이 집약돼 있다. 팔리는 책을 펴내다 보니 책의 다양성은 크게 훼손됐다.

최근 인생 3기라는 취지의 새로운 책 읽기 운동을 시작했던데, 그 이유와 앞으로의 계획은?

과학기술의 발달은 '고용 없는 성장'을 낳고 있다. 이제 아무리 좋은 대학을 졸업하고 수많은 스펙을 쌓아도 주도적인 삶을 살 수 없다. 설사 좋은 자리를 차지했다 해도 대학 졸업하고 길어야

20년 일하고 그 자리를 내놓아야 한다. 앞으로 그 기간은 더 짧아질 것이다. 인간이 앞으로 정보화 시대를 이겨내는 사람은 '독서'와 '손의 참여'를 중시해야 마땅하다. 책을 읽으며 논제를 뽑아내고 토론을 통해 미래를 상상할 수 있는 사람은 어떤 자리에서도 살아남을 수 있다. 기계가 할 수 없는, 즉 손으로만 할 수 있는 일을 할 줄 아는 사람이 되는 것도 한 방법이다.

공독共讀이라는 개념의 독서법을 주창했다. 이게 무슨 의미인지?
아마존의 전자책 단말기 '킨들'을 만든 엔지니어 제이슨 머코스키가 쓴 『무엇으로 읽을 것인가』를 읽다가 미국에서 고등학교를 졸업하고 책을 한 권도 읽지 않는 비율이 33%, 대학을 졸업하고 책을 한 권도 읽지 않는 비율이 44%라는 통계를 보고 깜짝 놀랐다. 우리는 이보다 더 심할 것이다. 그러니 혼자서 책을 읽는 방법을 제대로 모를 수밖에 없다. 그래서 함께 읽는 것이 중요하다. 같은 책을 읽으면서 드러나는 사람마다의 차이, 그게 바로 상상력이다. 학문의 역사가 바로 공독의 역사이기도 하다.

최근 잇달아 출간되는 자기계발서를 버리라고 했던데, 그 이유는?
자기계발서는 자신의 내부에 숨어 있는 잠재력만 키우면 경쟁에서 이길 수 있다고 속삭인다. 하지만 자기계발서를 비판한 『거대한 사기극』을 펴낸 이원석은 "사실 자기계발서 열풍은 거대한 사기극이었다. 국가와 학교와 기업이 담당해야 할 몫을 개인에게 떠넘김으로써(민영화, 사교육, 비정규직 등), 사회 발전의 동력을 확보한 셈"

이라고 서문에 꼬집었다. 그의 말대로 스스로 돕는 자조 사회에서 서로 돕는 공조 사회로 바꿔가야 옳다고 본다.

스마트 시대임에도 글쓰기가 중요하다고 강조하던데?

근대 이후에는 '소수'가 쓰고 '다수'가 읽는 시대였다. 그러나 지금은 누구나 읽고 쓰는 세상이다. 사실 근대 이전에도 읽기와 쓰기는 연동됐었다. 조선 시대 사대부가의 자제를 보라! 최근에 읽기와 쓰기의 연동이 부활된 것은 소셜 미디어 때문이다. 이제 자신의 생각을 일상적으로 잘 표현하는 것이 중요하다. 그래서 책을 낼 수 있다면 그게 난세를 이겨낼 수 있는 포트폴리오가 된다.

최근 저서에서 100권의 독서를 주장했는데, 이게 무슨 뜻인가?

10~15년 후에는 한 사람이 평균 29~40개 직업을 갖게 될 것이라는 전망이 나와 있다. 이제 '직업'은 사라지고 '일'만 남는 시대가 곧 온다. 그런 시대에 한 분야에 적응하려면 입문서부터 전문서까지 100권만 읽으면 해결된다. 그런 능력을 갖춘 사람은 어느 자리에서나 역량을 발휘할 수 있다.

『마흔 이후, 인생길』이란 책을 냈는데 나이 마흔이 갖는 의미는?

마흔은 '내가 정말로 하고 싶었던 것을 다시 시작할 수 있는 가장 젊은 나이'이며, '비로소 남 눈치 보지 않고 인생의 주인공으로 설 수 있는 시기'이다. 100세 시대에 나이 80세까지만 건강하게 일하며 산다고 하더라도 후반기 인생이 시작되는 출발점이기도 하다.

엑스퍼트가 아닌 프로페셔널을 강조하던데?

'엑스퍼트'란 한 분야에서 전문적인 지식과 풍부한 경험으로 돈을
버는 사람이다. 가령 치과 의사가 최첨단 기술로 충치를 치료하는
것은 엑스퍼트다. 그런 기술이 없으면 경쟁에서 도태되어 살아남
을 수 없지만 이제 그런 능력으로는 한계가 많다. 치과 의사라면
충치의 예방과 치료, 나아가 생활 습관의 개선까지 제공할 수 있
어야 한다. 그게 프로페셔널이다. '프로페셔널'이란 전문 분야에서
횡적인 지식과 경험을 겸비하고 있으면서 그것을 기본으로 상대의
요구에 적절하게 맞추어 제공할 수 있는 능력이다.

퍼블리싱Publishing과 퍼블리킹PUBLICing이란 어떤 차이가 있나?

글이 웹에 오르면 누구나 볼 수 있기에 그 자체로 출판이라는 행
위가 이뤄진 것으로 볼 수 있다. 출판 편집자 출신이면서 미디어
학자인 하세가와 하지메는 이런 형태의 출판을 기존의 '출판'과 구
별하기 위해 '퍼블리킹'으로 부르자고 제안했다. 퍼블리싱과 퍼블
리킹은 '선 여과 후 출판'이던 출판 시스템이 '선 출판 후 여과'로 완
전히 달라진 것을 구별하자는 것이다.

매월 몇 권이나 책을 보는지?

『베스트셀러 30년』을 한 포털에 연재할 때는 1주일에 20권의 책을
읽기도 했다. 지금은 적어도 하루에 한 권은 반드시 읽으려고 노력
하고 있다.

● 창문 넘어 도망친 100세 노인   요나스 요나손, 열린책들

젊은 시절에 프랑코, 트루먼, 마오쩌둥, 스탈린, 김일성과 김정일 등을 만나 격동의 현대사를 바꿨다고 주장하는 알란 칼손의 이야 기다. 나는 2014년의 트렌드를 '추억의 반추'로 잡았는데 이 트렌드 에 가장 부합하는 영화가 '명량'이라면 책은 이 소설이다.

● 투명인간   성석제, 창비

이 소설의 주인공 김만수는 압축 성장의 시대를 살면서 평생 게을 렀던 적이 단 한 순간도 없다. 그의 헌신적인 노력에도 불구하고 만수의 가족은 항상 흩어지거나 사라지거나 죽는다. 가족 해체 시 대에 개인의 삶과 가족의 진정한 의미를 묻는 소설이다.

● 2030 기회의 대이동   최윤식·김건주, 김영사

과학기술 혁명이 불러온 기계화·자동화는 '고용 없는 성장'을 초래 한다. 로봇 한 대가 도입될 때마다 34명의 일자리가 사라진다. 하지 만 10년 안에 지금 존재하는 직업의 80%는 사라질 것이지만 새로 운 일자리는 다시 탄생한다. 미래 생태계를 주도하려면 이 책을 읽 어보자!

● 사물인터넷   커넥팅랩, 미래의창

일상생활에서 사용하는 시계, 안경, 가전제품, 공장 설비 등 모든 사물이 '지혜'를 갖추기 시작했다. 이 책은 인공지능의 시대가 오기 전에 '지혜를 가진 사물'의 시대, 즉 'Things Sapiens' 시대가 먼저 올 것임을 예측한다. 달라진 도구가 인간의 사고를 어떻게 바꿀 것인지를 상상하게 만든다.

● 아이를 읽는다는 것   한미화, 어크로스

세상의 모든 부모가 '태어나 한 일 중에 가장 잘한 건 아이를 낳고 키운 일'이다. 하지만 아이는 언제 터질지 모르는 '폭탄' 같은 존재다. 그런 아이를 제대로 이해하기 위해서는 책을 함께 읽는 것이 최고다. 책을 고르는 안목이 뛰어난 저자의 경험이 잘 녹아들어 있다.

한승헌

나는
'책 변호인'이었다

한승헌 변호사·사법개혁추진위원장

한승헌

법률과 법정, 문학과 해학, 그리고 무엇보다도 한국 민주화 운동사에서 굵직한 족적을 남긴 1세대 인권 변호사. 전북 진안 산골 출신으로 어렵게 공부했지만 재치와 골계 미학이 넘쳐나는 수필가이자 저명한 칼럼리스트, 저작권법 전문가, 유머리스트 등 다양한 타이틀에 걸맞게 요즘도 각종 모임에 빠지지 않고 참석하는 등 왕성하게 활동 중이다.

- 1934년 전북 진안 출생
- 전주고등학교, 전북대학교 정치학과 졸업
- 부산지검, 서울지검 검사
- 1965년 변호사 개업
- 1975년 「어떤 조사」 필화 사건으로 반공법 위반 혐의로 구속
- 1976년 한국저작권연구소 설립, 초대 소장
- 1978년 도서출판 삼민사 창업
- 1980년 계엄법 위반 혐의 구속
- 1985년 한국저작권법학회 창립 초대 이사, 월간 「다리」 편집위원
- 1988년 「한겨레신문」 창간 위원장   1990년 민족문학작가회의 이사
- 언론중재위원, 사회복지공동모금회 회장, 한국기자협회 법률고문, 서울특별시 시정고문단 대표
- 감사원장, 사법개혁추진위원장
- 저서 『한국의 법치주의를 검증한다』, 『산민객담』 외 다수

무릇 한 나라가 서서 한 민족이 국민생활을 하려면 반드시 기초가 되는 철학이 있어야 하는 것이니, 이것이 없으면 국민의 사상이 통일되지 못하여 더러는 이 나라의 철학에 쏠리고 더러는 저 민족의 철학에 끌리어, 사상과 정신의 독립을 유지하지 못하고 남을 의뢰하고 저희끼리는 추태를 나타내는 것이다.

— 김구, 『백범일지』

한승헌 변호사의 프로필을 정리하다 보니 원고지 1장으로는 어림도 없다. 물론 팔순이니 살아온 이력도 시공간적으로 짧고 좁지 않아서이겠지만 법과 법정, 문학과 해학, 그리고 한국 근현대사의 격랑을 헤쳐오며 시대의 아픔을 함께해온 궤적이 가히 일가를 이루고도 넘쳐나기 때문일 터이다. 이제는 역사박물관으로나 들어갔어야 할 어휘인 '시국 사건', '인권 변호사', '필화 사건' 등이 등장하는 역사의 현장에 항상 함께했던 한 변호사는 한때는 변호사직을 박탈당하고 끼니마저 걱정해야 하는 처지였고, 국민의 정부 때는 관료들의 저승사자인 감사원장이라는 고위 직책을 지낸 굴곡진 인생을 살아왔지만 항상 신념과 웃음을 잃지 않은 것으로 유명하다.

그의 호는 산민山民이다. 산 사람, 즉 산골 출신, 혹은 촌사람이라는 뜻일 것이다. 하지만 감옥을 두려워하지 않는 용감하고 양식 있는 인권 변호사, 감성 어린 시인, 골계 미학이 넘쳐나는 수필가, 풍자적 칼럼리스트, 저작권법 전문가, 유머리스트, 엄정한 감사원장 등 그에게 따라붙는 다양한 타이틀을 보면 그는 단순한 산사람이라기보다 짙고 푸르른 태산 그 자체임이 틀림없다.

요즘에도 지하철을 타고 각종 모임 참석을 거르지 않는 등 왕성하게 활동 중인 한 변호사를 만났다. 한 시간여 계속된 인터뷰는 그의 인생에 대한 따스한 해학과 풍자와 골계의 미학이 넘쳐나는 즐거운 담론 그 자체였다.

· ·

산토끼하고 발맞춰 다닌다는 산골에서 자랐다는데, 제대로 책이나 볼 수 있었는가?

첩첩산중인 전북 동북부 진안고원에서 태어났다. 일제강점기여서 참 먹고살기 힘든 시기였는데 산골이라 더 심했다. 청운의 뜻은 품을 여지도 없었고, 초등학교를 나온 후엔 상급학교 진학을 포기하고 싶었다. 부모님을 도와 농사를 짓고 산에 가서 나무나 해야겠다며 작심을 하고 지냈는데, 결국 부모님 설득에 못 이겨서 진학하게 되었다. 한학을 배운 부친이 동네 대서방 노릇을 할 정도로 문리가 트인 분이었던 게 다행이다.

고등학교와 대학 시절에는 사실상 거의 고학을 하고 지내느라 제대로 공부도 못했다. 신문 배달, 잡지 외판, 좌판 노점상, 도장집에서 도장 파기, 인쇄소 필경사까지 했다. 하지만 돌이켜 보면 그런 산간 지역에서 고학하며 소외되고 불쌍한 사람들을 보면서 자라온 것이 인생관 형성에 크게 영향을 미친 것 같다.

내가 살던 곳은 이제 용담댐 수몰 지역이 되어 마을 자체가 다 없어져 버렸다. 지금 찾아가 보면 댐의 수면만 보인다. 정말 기가 막힌 것은 그리워도 찾아갈 고향이 없어졌다는 것이다. 나의 지난

추억은 그렇게 내 기억 속에만 존재하고 있다.

40여 권의 저서를 보면 역사적 체험도 다양하지만 폭넓은 독서 이력을 엿볼 수 있다. 청소년기의 독서는 어떠했는가?

초등학교는 일제강점기하에서 다녀서 제대로 책을 볼 만한 게 없었다. 해방 후인 1947년 중학교에 입학했으나 조잡한 세계 문학전집 외에는 역시 책다운 책이 없었다. 그때 우연히 접한 『백범일지』는 내게 평생 큰 감동과 위안을 준 책이다. 책 사볼 돈이 마땅찮아 전주 시내 책방에 가서 시사 잡지를 즐겨 봤다. 「민족공론」, 「삼천리」 등의 잡지가 기억난다. 지금 생각해보면 참으로 불쌍한 세대다.

호가 산민山民이던데 산골 출신의 이력에 맞게 절묘하다는 생각이 든다. 누구의 작품인가?

1970년대 초에 서울 인사동의 고서점 '통문관' 2층에 있는 '검여劍如서실'에 다니면서 서예를 배운 적이 있다. 그 서실의 운영자가 금석학자이자 서예가로 유명하신 검여 유희강 선생이셨는데, 그분께서 아호를 내려주셨다.

뫼 산에 백성 민, '산민山民'이라는 아호를 내가 산골 출신이어서 그렇게 지어주셨는가 싶었는데 그게 아니었다. 그때 써주신 휘호에 '한승헌 선생 근재산민近在山民'이라고 쓰여 있었다. '서민 또는 민중들과 가까이 있을지어다'라는 뜻이었던 거다. 이른바 사회적 약자나 소외받는 계층 등을 멀리하지 말라는 당부였다고 생각한다.

검여 선생께서 일깨워주신 '산민 정신'을 지금껏 소중하게 마음에 새기며 살아오고 있다. 그 후에도 여러 분들이 다른 아호를 지어주었지만 절대 받은 적이 없을 만큼 산민을 아끼고 있다.

출판사를 운영하기도 했던데?

1975년 잡지 「여성동아」에 쓴 '어떤 조사'란 글이 문제가 돼 반공법 위반 혐의로 실형을 살고 8년간 변호사 자격정지를 받았다. 사형 반대에 대해 쓴 에세이가 문제가 된 건데, 제목 그대로 사형 집행된 사람에 대한 조사의 형식을 빌어서 사형 제도를 비판했었다. 내가 1975년 초에 시국 사건을 맡으면서 김대중 대통령 선거법 위반 사건과 김지하 씨 사건 등을 변호 중이었는데 중앙정보부에서 사퇴하라고 했었다. 그런데 사퇴를 안 하고 버텼더니 그 보복으로 그 글을 문제 삼아 반공법으로 몰아세운 것이다.

여러 사람의 도움을 받으며 살았는데 생활의 방편으로 출판사를 차렸다. 책을 40여 권 냈는데 처음에는 제법 장사도 됐다. 당시 유명 필자였던 김동길, 지명관 선생님들의 원고를 내가 받을 수 있었던 거다.

한국에서 저작권법에 가장 먼저 관심을 가진 것으로 아는데?

출판사를 운영하다 보니 자연히 저작권법에 관심을 갖게 됐다. 그런데 당시 한국에선 저작권법 체계가 엉망이었고 국제 저작권법에 대한 개념도 별로 없었다. 그래서 1976년 한국저작권법연구소를 창립해 초대 소장을 맡았고, 이어 1980년 계엄법 위반 혐의로 수감 생활을 하던 때 집중적으로 저작권법을 연찬했다. 당시 대학에도 관련 강의가 없던 시절이었다. 전두환 전 대통령 덕분에 공부하게 된 셈이어서 지금도 감사하게 생각하고 있다.

출감 후에는 중앙대학교 등에서 관련 과목을 개설해 시간강사도 하며 후학들을 키웠다. 1988년에는 『저작권의 법제와 실무』라는 서적도 내는 등 나름대로 열심히 하다 보니 내가 저작권법 선구자가 돼버렸다.

두 권의 시집을 낸 시인이기도 하던데?

10대나 20대 때는 누구나 다 시인이 아닌가? 내가 전북대학교에 다닐 때 대학신문 창간을 맡았는데, 신문을 만들다가 원고가 부족하면 공간을 메우려고 그냥 내 시를 실은 게 시를 대중 앞에 발표한 계기다. 그러다가 지방 일간지에 시를 싣게 됐고, 또 어느 해 신석정 선생이 뜻밖에 내 시를 호평해주셔서 용기를 얻기도 했다.

법조인이면서 문인들과 교유가 깊은 것도 흥미롭다.

물론 내가 시를 좋아하면서 시인협회 회원 등으로 문단의 말석을 차지한 덕도 있지만, 각종 필화 사건 변호를 하다 문단에 가까워진 측면도 있다. 김지하의 오적 사건, 남정현의 분지 사건, 월간 「다리」 사건, 조금 성격은 다르지만 마광수 교수의 『즐거운 사라』 사건 등 각종 필화 사건을 도맡았다. 군사정부 시절에는 출판사들의 이적 표현물 관련 사건 등도 맡았다. 민족문학작가회의 이사를 맡기도 했다.

어느 자리에서 저를 문인이라고 표현하길래 내가 그랬다. 이때의 문인은 '무인武人'이 아니라는 뜻이라고.

수많은 시국 사건 변호를 맡았는데 가장 기억에 남는 사건과 인물을 든다면?

내가 100건 넘게 변호를 했는데 그 하나하나가 다 기억에 남는다. 굳이 한 건을 들라면 이른바 '민청학련 사건'을 들고 싶다. 그 규모의 황당함이나 법정에 섰던 피고인들의 당당한 법정 투쟁 등이 지금도 생생하다. 또한 그 배후로 몰려 1975년 4월 8일 대법원에서 사형 확정 판결을 받은 다음 날, '사법 살인'으로 사형당한 인혁당 사건의 경북대학교 여정남 씨가 기억난다. 내가 변호하던 피고인이 사형당한 첫 케이스이다.

그때 마침 나도 서대문 구치소에 필화 사건으로 수감 중이었는데, 여 씨가 새벽에 내 방문 앞을 지나 사형장으로 끌려갈 때 그 사실도 모르고 나는 감방에서 자고 있었다. 나중에 소식을 듣고 대경실색, 대성통곡했다.

시국 사건 변호 때의 에피소드 좀 들려달라.

피고인의 억울함을 풀어주기 위해 변호에 나섰지만 독재 정권하의 사법 체계에서는 불가항력이었다. 그래서 나중에는 분명한 사리와 정의를 재판 기록으로 남기고 싶다는 자세로 임했다. 벌거벗은 권력 앞에 외롭게 서 있는 피고인에게 위로가 되는 우군이 되어주자, 그리고 이런 우스꽝스러운 재판 현장을 후세에 알려주는 증인이 되자는 목적이었다.

그러다 보니 무죄가 될 사건도 유죄가 된 경우도 많았다. 어떤 분은 징역을 살고 와서는 "당신이 변호한 사건 치고 무죄 받은 사건이 있냐?"고 한 적도 있다. 그래서 내가 "내가 변호한 사람 중에서 징역 가면서 인사하지 않은 사람이 없다. 그리고 내가 변호한 사람 치고 석방 안 된 사람이 없다. 최소한 만기 석방은 다 되더라"라는 말까지 했다. 열심히 했지만 성과는 별로 없던 변론이었다.

유머에 관한 일화도 많던데. 기록을 찾아보니까 무진장하더라. 예를 들면 국제저작권 포럼에서 영국 대표가 "한국은 출판물 해적 국가"라고 몰아붙이자 "영국인이 해적을 욕하면 조상을 모독하는 것이지요"라고 맞받아쳤다. 마광수 교수가 소설 『즐거운 사라』로 공연음란죄로 기소되었을 때 "재판관 세 분 모두 이 소설을 읽고 성적으로 흥분한 일이 없을 테니 음란물이 아니다"라고 한 적도 있고. 유신 시절 긴급조치 위반 사건에서 검사의 구형을 법원이 낮추지 않고 항상 같은 형량을 선고하자 "우리나라 정찰제는 백화점이 아니라 법정에서 비롯됐다"고 했더라. 김대중 전 대통령 재임 시절 청와대에 초청받았을 때, 김 대통령이 "청와대는 감옥과 같은 곳입니다"라고 하자, "아닙니다. 감옥은 들어갈 때 기분 나쁘고 나올 때는 기분 좋은 곳인데, 청와대는 그 반대이니 다르지 않습니까?"라고 해서 좌중을 웃기기도 했던데. 유머의 자산은 어떻게 얻었나?
어머님이 무학이셨지만 머리가 좋으셔서 뒤늦게 한글을 깨우치시고 이제는 소설책도 읽으실 정도가 되셨다. 어머님은 아무리 힘들더라도 항상 웃음과 해학을 잊지 않으셨다. 어릴 적 삶의 연륜이 배어 있는 어머니가 들려주신 한마디 한마디가 나에게는 소중한 웃음의 자산이다.

인생에서 가장 좌표로 삼는 말은?
'자랑스럽게 살지는 못할망정 부끄럽게는 살지 말자'가 내가 가진 소신이다.

한승헌의 책 이야기

● **백범일지**   김구, 돌베개
대한민국 임시정부 주석인 백범 김구 선생의 자전적인 책이다. 김구 선생의 나라 사랑의 기개와 담백한 성품, 그리고 꾸밈없는 고백이 나를 감동케 했다. 김구 선생의 자당께서 아들 못지않게 훌륭하신 대목에도 마음이 끌렸다.

● **논어**   공자, 글항아리
● **사마천 사기**   이성규, 서울대학교출판부
내가 두 번 감옥살이하는 동안 정독한 명저다. 공자가 그의 제자들과 주고받은 어록인 『논어』는 세상과 인생에 관한 광범한 가르침을 나에게 주었으며, 패장을 변호하다가 궁형에 처한 사마천의 『사기』는 그 집필 동기부터가 비범해서 내 마음을 끌었다. 『논어』

와 『사기』는 단순히 동양의 고전을 넘어서 현대사회와 경영학, 처세학, 인사조직론에까지 지대한 영향을 미쳤다. 지금도 틈나는 대로 이 책들을 보며 '온고이지신'의 철학을 되새긴다.

● 김대중 옥중서신

김대중, 한울

김대중 전 대통령이 독재의 핍박을 받아 영어 생활을 할 때 옥중에서 가족들에게 보낸 서신을 모은 책. 그분의 초인적 의지와 신앙, 그리고 학문적 열정에 머리가 숙여진다. 1980년 김대중 내란음모 사건을 뒤집어쓰고 청주 교도소에 수감됐을 때 쓴 편지가 바탕이 되었는데, 김 전 대통령의 서신뿐만 아니라 함께 수록된 부인 이희호 여사의 답신들도 애잔한 감동을 불러일으킨다. 특히 이 서신을 통해 드러나는 김 전 대통령의 신앙, 역사, 경제, 문학, 철학 분야에 걸친 박람강기는 그의 엄청난 독서량을 짐작하게 한다.

● 레 미제라블

빅토르 위고, 더클래식

가난과 범죄와 박해에 시달리는 등장인물들의 삶의 속살을 투시하면서 법학도로서 많은 성찰을 하게 한 명작이었다. "한 저주받은 비천한 인간이 어떻게 성인이 되고, 어떻게 예수가 되고, 어떻게 하나님이 되는"지 그려냈다. 빅토르 위고가 35년 동안 마음속에 품은 이 이야기를 17년에 걸쳐 완성한 이 작품은 워털루 전쟁, 왕정복고, 폭동이라는 19세기 격변을 다룬 역사 소설이자 당시 사람들의 애환을 그린 민중 소설이다. 빵 한 조각을 훔친 죄로 전과자가 된 장 발장의 스토리는 공정한 법 집행이 얼마나 중요한지를 염두에 둬야 할 법률가들이 항상 새겨야 할 것이다.

허구연

모든 스포츠에는
공부가 필요하다

허구연 야구 행정가

허구연

최고의 인기 스포츠인 프로 야구의 명해설가. 명문 경남중학교를 체육
특기가 아닌 시험으로 들어가 경남고등학교와 고려대학교, 실업팀을 거
치며 호타준족의 명선수로 활약했다. 부상으로 조기 은퇴하는 불행을
겪었으나 특유의 성실함과 부지런함을 활용해 어려운 프로야구 용어의
한국화와 전국 곳곳에 야구장을 설립하는 데 앞장서고 있다.

- 1951년 경남 진주 출생
- 경남고등학교, 고려대학교 법학과(학사, 석사), 순천향대 명예 언론학 박사
- 고교 및 대학 야구 국가 대표, 1972년 대학 야구 홈런왕
- 1975년, 1976년 실업 야구 올스타
- 상업은행, 한일은행 선수(고교 및 대학 선발 국가 대표)
- 경기대 강사
- 청보 핀토스 감독
- 롯데 자이언츠 수석코치
- 미국 프로야구 마이너리그 토론토 블루제이스 유급 코치
- 대한야구협회 이사
- 대한야구협회(KBO) 규칙위원장
- MBC 스포츠 플러스 야구 해설위원, 서울시 체육회 이사, KBO 야구발전실행위원장(현)
- 저서 『허구연의 여성을 위한 야구 설명서』, 『허구연의 야구』, 『프로야구 10배로 즐기기』
  외 다수

삶은 기분이 좋지 않을 때 느끼는 그것만큼 절대로 나쁘지 않습니다. 오히려 나쁜 기분에 머물러 있지 말고, 지금 자신의 판단력에 의문을 제기하십시오. 그렇게 된 이유야 어떻든 관계없이, 자신에게 이 기분 역시 흘러가고 말 거라고 일깨워주십시오. 꼭 그렇게 지나가고 말 것입니다.

— 리처드 칼슨, 『사소한 것에 목숨 걸지 마라』

소년 허구연은 또래보다 체구가 커 각종 운동, 특히 야구를 썩 잘했지만 공부도 항상 우등생이었다. 부산 대신초등학교 5학년 때 야구선수로 뽑혀 출전한 부산시 대회에서 우승을 차지하면서 인생이 바뀌었다. 반장으로 공부를 잘해 경기고등학교를 거쳐 서울의 대학에 가고자 했던 꿈이 4번 타자에 투수까지 겸하며 연전연승하는 바람에 운동선수로 선회해야 했던 것이다. 집 근처의 명문 경남중학교는 체육 특기생을 뽑지 않아 시험을 봐서 입학해야 했지만 이후엔 경남고등학교, 고려대학교와 실업팀을 거치며 항상 호타준족으로 명성을 쌓았다. 하지만 한창 전성기를 구가하던 1976년, 일본 실업 올스타팀과의 경기에서 정강이가 부러지는 큰 부상을 당하면서 조기에 선수생활을 접어야 했다. 그러나 이 불행은 도리어 전화위복이 되어 이젠 한국 최고의 야구 이론가이자 명해설가, 그리고 야구 행정가로 제3의 인생을 구가하고 있다. 최근에는 장학회를 만들어 후배들을 돕는 한편 캄보디아 등 동남아시아에 야구를 전파하느라 여념이 없는 허 위원을 서울 용산의 한 사무실에서 만났다.

처음 야구를 시작한 계기는?

초등학교 5학년 때 부산 시내 초등 야구대회에 참가했다. 운동부
도 아니었는데 모든 운동을 잘한다는 이유로 선발돼 우연히 참가
했다가 홈런을 펑펑 터뜨리는 등 맹활약해 주목받았다. 당시 공부
도 잘해 반장을 맡았었는데 운동할 생각도 아니어서 망설이다가
워낙 야구를 잘하니 주변에서 계속 권유했다. 결국 부모님이 초등
학교 때만 일단 해보라고 해서 야구를 하게 됐다. 그러다 당시 부
산의 명문 경남중학교 시험에 합격해서 들어갔는데, 부산에서 야
구를 잘하는 학생이 들어왔다고 계속 야구를 하라고 권유해서 결
국 야구를 시작했고 이후 경남고등학교, 고려대학교, 한일은행에
가서도 계속 야구를 했다.

국가대표를 지낼 정도의 빼어난 선수였지만, 부상으로 조기 은퇴
를 했다. 그때 심정이 어땠는가?

대학 입학하자마자 4번 타자를 맡으며 홈런왕에 오르는 등, 그때
는 거칠 것이 없었다. 프로야구가 생기기 전 최고의 실업팀인 한일
은행에서도 4번 타자를 맡았다. 그러다 1976년 7월 30일 일본 실업
올스타와의 경기에서 2루수로 나서서 더블플레이를 시도하다 일
본 1루 주자의 스파이크에 부딪혀 왼쪽 정강이가 부러지는 큰 부
상을 당하게 되었다. 왼 다리가 덜렁덜렁할 정도였다. 4번의 큰 수
술을 받고 재기했으나 예전의 기량을 회복하지 못해 결국 1978년
에 은퇴했다.

그래서 대학원에 진학한 것인가?

거의 1년 넘게 투병 생활을 하면서 '이러다 정말 운동을 못 할 수도 있겠다'라는 생각이 들었다. 그래서 만약을 대비해 병상에서 하루 10시간 넘게 공부했다. 대학 때 거의 손을 놓았던 법학책을 다시 보려니 참 힘들었다. 13명만 뽑는 대학원 시험에 53명이나 응시했는데 다행히 합격했다. 혹시 떨어지면 어쩌나 싶어 당시 나를 아껴주시던 김상협 총장님께도 말씀드리지 않고 시험을 치렀다. 덕분에 잠깐이긴 하지만 대학에서 상법을 가르치며 강단에 설 기회가 있었고 훗날 해설위원으로 활동하면서도 '논리적 화법'을 구사하는 기본을 익힐 수 있었다.

어쨌든 공부도 매우 열심히 하고 또 잘한 것 같은데, 운동과 공부를 병행할 수 있는 비법은 무엇인가?

요즘 운동선수들이 공부가 어렵다고 하지만 내 경험에 비추어보면 야구보다 공부가 훨씬 쉽다. 물론 1, 2등은 탁월한 두뇌와 성실한 노력이 있어야 하지만 10등 하는 사람이 5등 하려면 5등 하는 친구보다 두 배 더 공부하면 된다. 공부는 내가 노력한 만큼 실력이 나타난다. 그런데 야구는 실력이 없거나 몸이 약하거나 유연성이 부족하거나 운이 안 따르거나 하면 좋은 성적을 낼 수가 없다. 그만큼 야구는 잘하기 위한 조건이 너무 많다. 그리고 팀워크도 좋아야 한다. 나도 운동과 공부를 다 같이 했지만 운동을 하고 나면 정신이 맑아져서 공부가 훨씬 잘되고 집중력도 좋아진다. 특히 야구는 머리를 많이 써야 하는 운동이다. 공부를 안 하고 운동,

특히 야구를 잘하려 하는 것은 불가능하다. (허 위원은 유명 선수, 특히 레전드로 불리는 과거 톱스타들 중에 두뇌가 뛰어나지 않은 선수가 거의 없었다고 부연했다.)

학생 선수들에게 학업과 스포츠를 병행해야 한다고 자주 주장하던데?

모든 스포츠에 명민한 두뇌는 필수적이다. 또한 스포츠, 온라인 게임, 인터넷 등 한 가지만 편식하면 전인적 인간이 될 수 없다. 청소년 시절에는 땀 흘리며 운동도 하고 즐길 땐 즐기고 공부할 땐 공부해야 한다. 특히 스포츠 정신이 사회 전반에 접목돼야 한다. 스포츠 정신의 핵심은 정당한 룰에 따라 승부를 해야 하고 그 결과에 승복해야 한다는 것이다. 우리 사회엔 정당한 승부와 패배 후 승복하는 자세가 부족하다. 특히 정치권이 그러한 것 같다.

한국에 프로야구가 생기면서 '프로 해설위원 1호'로 데뷔한 셈인데, 야구 해설가라는 직업은 어떤가?

1982년에 프로야구가 생겼다. 당시엔 내 선배들 중에 인기 해설가가 많았다. 나는 당시 대학 강의에 한창 재미를 붙이고 있었고 조금만 기다리면 전임강사 자리도 맡을 수 있었다. 그런데 MBC에서 해설위원이 사정이 생겨서 그러니 한 번만 해달라고 했다. 그래서 3만 6,500원을 받고 한 번 출연했는데 엄청난 반향을 일으켰다. 해설에 재미와 깊이가 있다는 반응이 뜨거웠던 것이다. 그해 2,200만 원 연봉 계약을 하고 공식 데뷔했다. 해설위원이 연봉 계약을 한 것은 내가 최초다. 연봉도 당시 톱클래스이던 박철순 (2,400만 원), 김봉연(2,200만 원)과 비슷한 후한 대우였다. 야구 해설을 통해 국내 야구계에 선진 야구를 소개하고 야구장 인프라 확충 등에 쓴소리를 해서 나름대로 야구계에 기여한 것을 보람으로 꼽는다. 물론 베이징 올림픽에서 우승할 때와 같이 국민에게 기쁨을 주는 경기를 해설하는 즐거움은 덤이다.

야구계에 난무하던 국적 불명의 용어를 정비하는데 큰 기여를 했다던데?

해설위원을 하면서 보니 대부분의 야구 용어가 일본식 용어로 물들어 있었다. 이건 문제가 있다는 생각이 들었다. 태권도의 경우 우리 사범들이 해외에서 우리말 용어로 외국인들에게 가르치듯 야구도 미국이 원조이므로 가능한 한 미국식 용어를 존중해 줘야 할 것 아닌가? 해설을 시작하면서 PD, 아나운서들과 회의를 해 "난 국어학자는 아니지만 현재 한국 야구가 일본식 야구 용어의 식민지가 돼 있는데 이를 정비하는 것도 일종의 독립운동이다. 이번에 제대로 바로잡지 못하면 영원히 못 고친다"고 주장했다. 방송사에서 "자신 있느냐?"고 묻기에 LA 다저스의 전설적 구단주 월터 알스턴이 쓴 『The Baseball Handbook』을 보여주며 "여기에 다 나와 있다"며 호기를 부렸다. 다행히 이를 계기로 대부분의 왜식 용어가 정화됐다. 예를 들면, 데드볼, 포볼 등 왜식 용어가 바로 잡혔고, 이어서 최근에는 한국식 용어, 즉 볼넷, 몸에 맞는 볼 등의 쉬운 용어로까지 진화했다. (그는 보기 드물게 경기인 출신 가운데 영어와 일본어 원서를 해독하는데, 이를 보여주듯 그의 사무실 서가엔 야구 원서가 가득했다. 미국, 일본 출장길에는 반드시 서점에 들러 최신 야구 서적을 사 가지고 온다고 한다.)

그래서 야구 해설서를 쓰기 시작한 것인가?

사실 야구는 규칙을 제대로 알고 봐야 더 재미있다. 1983년 『허구연의 야구』를 시작으로 일반인들에게 야구를 좀 더 쉽게 알려주는 책을 지속적으로 냈다. 또한 최근 급격하게 늘고 있는 여성 팬들을 대상으로 한 『허구연이 알려주는 여성을 위한 친절한 야구 교과서』도 같은 차원에서 썼다.

지금까지 야구와 함께하면서 야구의 가장 큰 매력은 무엇이라고 생각하나?

야구에는 인생이 있다. 야구에서 가장 중요한 건 희생정신이다. 희생정신 없이는 결코 우승할 수가 없다. 다른 스포츠도 마찬가지겠지만 야구는 팀워크와 협력, 명석한 두뇌가 필요하다. 힘만 가지고 할 수 있는 운동이 아니다. 또한 야구는 머리싸움이 중요하다. 순간순간의 상황을 판단하려면 머리가 좋아야 한다. 무엇보다 야구에는 9회 말에도 역전할 수 있다는 점에서 매력이 있다. 인생도 마찬가지다. 못한다고, 안 된다고 미리 포기할 필요가 없다. 반대로 자기가 가장 잘한다고, 잘나간다고 교만해서도 안 된다. 인생 후반전이 어떻게 될지 모른다. 바로 그런 인생철학이 야구에 담겨 있다.

해설 활동 말고도 여러 기업 등에서 자주 특강을 하는 명강사라고 하던데, 주로 어떤 주제로 강의하는가?

대상의 성격에 따라 다르지만 대개 진정한 프로 정신, 리더십 그리고 팀워크의 중요성에 대해 야구를 소재로 이야기한다. 굉장히 여러 군데서 요청이 들어오는데 시간을 많이 뺏기는 바람에 주로 수도권 근처 위주로 매월 10회 정도 강의한다. 그 가운데 노무현 정부 초기에 청와대 직원들을 상대로 한 특강이 기억난다. 사전에 총무 비서관에게 들으니 청와대 비서진의 경우 정치권, 정부, 시민단체 등 여러 군데서 모이다 보니 팀워크가 잘 안 맞아서 걱정이라고 하더라. 그래서 야구에서 팀플레이가 제대로 되지 않으면 결코 승리할 수 없다며 청와대도 마찬가지일 것이라고 강조했다. 강연을 끝내고 나오려는데 비서관이 "속이 후련하다"며 좋아하더라.

정치권에서 러브콜이 많았을 것 같은데?

지난 얘기지만 전두환 정권 때부터 서너 차례나 부산에서 출마할 것을 권유받았으나 모두 거절했다. 정치는 나 아니고도 잘할 사람이 많지만 체육계, 특히 야구계에 내가 할 일이 많다는 사실을 잘 알고 있었기에 그랬다. 정치권에도 지인이 많다. 정세균 의원은 대학 동창이고, 김무성 의원은 중학교 동창이다.

허구연 장학회를 만들고 곳곳에 야구장 건립 운동을 하고 있던데?

야구를 하지 않는 나라인 캄보디아에 야구장을 사비로 지어주고, 베트남에도 하나은행과 함께 야구장 건설을 추진하면서 스포츠를 통해 아이들에게 뭔가 해주고 싶다는 생각이 들었다. 특히 우리나라에 와 있는 다문화 가정의 아이들을 보면서 그 생각이 더해졌다. 그래서 경기 고양시에 다문화 가정 아이들을 위한 야구팀을 만들었다. 처음에는 아이들이 공동생활에 잘 적응하지 못해 어려움이 있었지만 야구를 시작한 이후로는 규칙도 잘 지키고 말도 잘하고 표정도 훨씬 좋아졌다. 이 아이들도 같은 대한민국 사람으로 어울려야 하고, 우리 사회에서 소외 계층이 되지 않도록 우리가 함께 돌보아야 한다. 그리고 그 방법은 스포츠를 통해 함께 어울리는 것이 가장 빠르다. 그런 의미에서 참 보람을 느낀다.

한국 야구사에서 투수와 타자 중 가장 빼어난 선수를 한 명씩만 꼽는다면?
단연 선동열과 이승엽이다.

허구연의 책 이야기

● 야구란 무엇인가   레너드 코페트, 황금가지
20세기 미국 스포츠계에 가장 큰 영향을 미친 언론인 코페트의 역저를 야구 대기자였던 이종남 씨가 공들여 번역해 야구의 저변 확대에 크게 기여했다. 야구가 과학이 아니라 예술이라는 야구 철학이 돋보인다. 과학은 자연의 법칙으로 불확실한 인간적인 요소가 끼어들 여지가 없지만 예술은 어떤 결실을 맺기까지 직관과 의지가 덧붙여진다. 의지와 능력에 따라 결과는 천양지차로 나타나는 것이다. 아무리 뛰어난 선수, 감독일지라도 완성을 향해 정진하는 예술가로 본 저자의 혜안이 탁월하다.

● 사소한 것에 목숨 걸지 마라 리차드 칼슨, 도솔

스트레스를 덜 받고 행복하게 사는 법을 가르치는 심리학자이자 카운셀러 리처드 칼슨의 행복 지침서. '사소한 것에 목숨 걸지 않는다'와 '그건 그저 사소한 것일 뿐이다'라는 두 가지 전략을 중심으로 자연스럽고 편안한 삶을 위한 수행의 핵심을 100장의 짧은 글로 담았다. 해외 토픽감이 매일 끊임없이 쏟아져 나오는 각박한 현실 속에서 스트레스 탈피를 위한 간단한 방법이 잘 제시되어 있다. 긍정적 마인드와 과거보다는 현재와 미래에 무게를 둔 습관을 만드는 것이 중요함을 가르친다.

● 육조단경 읽기 김윤수, 한산암

불교 단체에 신도로 등록되어 있지도 않고 불교의 종교의식에 참여도 잘 하지 않는 나의 친한 친구이자 법조인 김윤수 판사가 낸 책. 참 불교를 알고 싶어 하는 이들을 위한 불교 안내서로, 중국 당나라 초의 혜능 스님의 역저 『육조단경』을 통해 대승불교뿐 아니라, 선불교에 대해 알려줌으로써 한국 불교를 바르게 이해할 수 있도록 해준다. 궁극적인 지혜는 선정禪定 없이는 체득할 수 없다는 가르침, 특히 "좌선을 하여 선정을 익혀라. 선정을 익히지 않고 해탈을 얻는다는 것은 있을 수 없다"는 가르침이 죽비처럼 울린다.

● 심플하게 산다 1
도미니크 로로, 바다출판사

동양적인 아름다움에 빠져 1970년대 말부터 일본에 살기 시작한 프랑스 출신 수필가 도미니크 로로가 삶의 핵심을 '심플함'에서 찾고, 아무리 풍족해도 만족하지 못하는 이 시대의 역설을 지적한 책. '심플한 삶'이란 적게 소유하는 대신 삶의 본질과 핵심으로 통하는 것을 뜻한다. 저자는 적게 가지고 소박하게 사는 '심플한 삶'을 통해 욕심으로 인한 부당함과 편견, 악취미, 낡은 습관을 극복해야 한다고 이야기한다. 이 책은 우리의 삶을 '물건', '몸', '마음' 세 부분으로 나누어, 단순하지만 인간의 일생을 이루는 모든 것을 살펴본다. 이를 통해 외면에서 내면으로 향하는 '심플한 삶'을 알려주고, 단순하고 소박한 삶을 실천하면서 깨달은 예리한 성찰과 도움이 될 만한 조언들을 고스란히 전해준다.

황인원

시인처럼 생각하면
창조 경영이 보인다

황인원 문학경영연구원 대표

황인원

일간지 기자를 하다 대학원에서 시를 주제로 학위를 받은 인문학자. 시의 창조력을 경영과 접목시키면 이른바 '창조 경제'가 가능하다고 믿고 '문학경영연구원'을 설립해 이 같은 지론을 보급 중이다. 컨버전스(융합)의 시대, '인문학적 자기 경영'이라는 문학 전공자와 경영학자가 한데 어우러져 창의적인 아이디어를 생산하는 동아리를 만드는 게 꿈이다.

- 성균관대학교 대학원 국문학과 문학박사(시 전공)
- 『시조문학』(1986)과 『민족문학선집』(1990)으로 등단
- 『중앙일보』, 『경향신문』 기자
- 경기대학교 국어국문학과 교수
- 문학경영연구원 대표(현)
- 저서 『감성의 끝에 서라(공저)』, 『시 한 줄에서 통찰은 어떻게 시작되는가』, 『시에서 아이디어를 얻다』, 『CEO 시를 알면 성공한다』, 『두엄 속에서 시여』, 『한국 서정시와 자연의식』, 『생각의 뼈』 외 다수

5층에서 떨어지는 사람이 바닥에 완전히 닿기 전까지
그를 그려내지 못하면 걸작을 남길 수 없다.

– 미셸 루트번스타인, 『생각의 탄생』

경제뿐만 아니라 사회와 문화 등 인간사와 부딪치는 모든 현장마다 바야흐로 '창조'가 화두다. 문학, 그중에서도 가장 상상력이 뛰어나야만 비로소 정복할 수 있는 장르가 '시'라는 데는 반론이 없다. 바로 그 시의 창조력을 경영과 접목시키려는 다소 엉뚱한 시도를 시작해 성공적으로 이 분야를 개척해나가고 있는 황인원 문학경영연구원 대표는 시인의 눈과 마음으로 사물을 바라보면 창의적 사고가 가능하다고 주장한다.

시인에의 꿈을 숨긴 채 언론인 생활을 하다 등단의 꿈을 이뤄 두어 권의 시집도 상재했지만, 시를 통해 세상을 이해하고 분석하는 과정이 경영학에도 절대적으로 필요하다는 사소한 진리를 깨닫고 홀연히 사직서를 냈다. '인문학적 자기경영'이라는 컨버전스의 시대, 문학 전공자와 경영학자가 한데 어우러져 창의적인 아이디어를 생산하는 동아리를 만드는 게 꿈인 그를 서울 마포의 문학 서적과 경영학, 자기계발 서적이 즐비한 사무실에서 만났다.

문학경영연구원은 어떤 곳인가?

문학에서 콘텐츠를 생산해 개인적 삶이나 기업 경영에 창조 아이디어로 이어질 수 있도록 다리를 놓는 연구와 강의를 병행하는 곳이다. 지금은 내 전공인 시를 활용해 경영에 필요한 창조 아이디어, 공감, 리더십, 배려, 소통 등 다양한 분야의 콘텐츠를 생산하고 이를 토대로 강의하고 있다. 최고위 과정도 운영하고 실무자들이 직접 우리 콘텐츠를 활용해 창조 아이디어를 생산하는 과정도 있다. 앞으로는 다른 장르에서도 콘텐츠를 생산하고 활용하도록 할 것이다.

CEO 과정은 언제 시작했고 거쳐 간 분들의 반응은 어떤가?

2012년에 시작했는데 현재 4기까지 마쳤다. '시인의 눈으로 경영을 바라보자'는 캐치프레이즈로 시작했는데 각 기수가 약 40여 명으로 현재까지 이수자가 모두 140명쯤 된다. 시인의 창조법을 통해 '보이지 않는 것을 보고, 남들과 다르게 보는 것'을 배우는, 즉 'Think Different'가 모토이다.

하나금융지주 김정태 회장과 오리온 이화경 부회장 등이 열심이었다. 특히 오리온 이 부회장은 매우 감동적이라며 회사의 팀장급 이상을 대상으로 다시 교육할 기회를 만들어주기도 했다. 이 밖에 교육 담당자들이나 개발 부서, 연구 부서 등 실무자 100여 명, 또 특강을 통해 문학경영연구원을 아는 사람까지 포함해 600~700여 명 될 거다. 이제 시작인 셈이다.

시인의 눈으로 본다는 것을 좀 더 자세히 설명해달라.

시인은 창작의 기술이 내면화한 사람들이다. 이를 순서대로 요약하자면 먼저 문을 열기(감성의 눈 뜨기), 말을 걸기(관찰의 눈 뜨기), 포옹하기①(연결의 눈 뜨기), 포옹하기②(융합의 눈 뜨기), 기존 질서 거부하기(역발상의 눈 뜨기), 새 유전자 잉태하기(시각화의 눈 뜨기)이다. 특히 대상에 말을 걸어 의인화하는 단계가 중요하다.

'Litermanus'라는 재미있는 표현을 사용했던데 무슨 뜻인가?

문학을 뜻하는 영어 'Literature'와 경영을 뜻하는 영어 'Management'의 어원인 'Manus'를 합친 조어다. 문학에서 콘텐츠를 생산해 경영에 접목하겠다는 의지를 표명한 새로운 형태의 인문 경영학이라고 할 수 있다.

왜 경영에 문학이 필요하다고 보는가?

우선 시를 이야기해보자. 최근 경영하시는 분들이 인문학 강좌를 많이 듣는다. 왜 그런 걸까? 인문학이 경영에 필요하기 때문이다. 새로움을 만드는 데 필수적이기 때문이다. 그런데 이 말은 맞는 말이기는 하지만 틀린 말이기도 하다. 왜냐면 인문학적 '지식'이 아니라 인문학적 '상상'을 공부해야 하기 때문이다. 지금은 지식 공부하고 있다. 우리에게 필요한 것은 상상력이다.

상상력의 보고는 시다. 그러니까 시에서 상상을 배워서 선진국이 사례를 만들었듯 우리도 사례를 만드는 기업이 되고 국가가 돼야 하는 것이다. 스티브 잡스도 아이디어가 막힐 때마다 시를 읽었다. 이처럼 상상력의 보고인 문학, 특히 시를 공부해야 한다. 물론 공부법이 좀 다르다. 내가 하는 방법이 바로 상상력을 증가시켜 준다고 할 수 있다.

시를 알면 창조 경영이 보인다는 말은 어떤 의미인가?

사실 시가 죽어가고 있다. 시는 감성을 살리는 도구일 뿐 아니라 상상력의 보고인데 이를 외면한다는 사실이 안타까웠다. 어떻게 하면 시를 읽을 수 있게 할까 생각했다. 아무리 정책적으로 지원한다 해도 시의 부활은 불가능하다. 왜냐면 시는 우리 생활에, 기업 경영에 전혀 쓸모없는 것이라 생각하기 때문이다. 그러면 기업을 움직이면 되겠다 싶었다. 기업에서 '아, 시가 우리 경영에 정말 필요하구나' 하고 느끼면 사원 뽑을 때 시에 대한 질문을 할 것 아닌가? 예비 사원들은 당연히 시를 읽고 준비를 해야 하고. 그러면 대학에서도 시를 다시 생각하게 될 것이다.

교육대학이나 사범대 국어교육 전공자들조차 시 창작 한 번 안하고 교사가 된다. 이게 말이 되는가? 그러나 기업에서 시를 아는 사원이 필요하다고 느끼면 대학 교육이 달라질 것이고 대학 교육이 달라지면 곧 시의 시대가 다시 부활할 것이다. 기업에서 움직여야 시의 시대가 부활한다.

실제로 문학 경영을 제대로 실천하는 분이 있는가?

아직은 개념 자체가 낯선데다 걸음마 단계여서 구체적으로는 나오지 않고 있다. 그러나 간간이 저와 함께 공부했던 분들이 시적 방법으로 광고도 제작하고 제품도 만들어내고 있는 걸 보며 기대가 크다. 앞으로 더욱 많아질 것이다.

최근 쓴 칼럼을 보니 마음→생각→현상이라는 식으로 생각하지 말고 현상→생각→마음 순으로 돌아가라고 말했던데?
나를 알아차리는 방법이자 창의적 생각의 방법을 얘기한 거다. 마음이라는 단어의 의미는 생각 공간이다. 마음에도 어떤 생각을 넣느냐가 중요하다. 그런데 우리는 태어나면서부터 교육을 받는다. 그러다 보니 교육받은 대로 생각하게 된다. 어떤 현상이 나타나면 그 현상을 해석하는 게 전부 교육받은 지식에 의한 것이다. 그러니 새로운 해석이 나올 수 없다.

만약 화가 난다면 '내가 지금 화가 났구나' 하고 알아차림으로써 '그런데 왜 화가 났지?', '아, 내가 이런 걸 싫어하는구나', '싫어하지 않을 수는 없을까?' 하고 질문으로 자신을 알아차리는 과정이 계속되면 마음이 편해진다. 나를 알아차려서 마음이 편안해지는 것이다. 또 불이 켜졌다(현상)면, 아 불이 켜졌구나 하고 알아차리고 (생각), 전구는 어떤 마음으로 불을 켰을까(마음)를 생각하는 거다. 그러면 사람이 스위치를 눌렀으니 불이 켜진 것이라고만 여기지 않고 다른 해석이 가능해진다. 그것이 쌓이면 스스로 공감과 소통 능력이 증가되는 것이다. 이게 사실 창의적 생각의 바탕이 된다.

언론인 생활을 하다 방향 선회를 했는데, 그 계기는?
방향 선회라기보다는 인생 후반기를 준비한 것이다. 언론인 시절

선배 중에서 정년 후 별로 할 일이 없어 고민하는 분들을 많이 봤다. 언론인의 경우 56~57세가 정년인데 젊은 나이다. 나는 결혼을 늦게 해서 아이도 아직 어리고 오랫동안 일을 해야 하는데 기자 끝나고 나면 할 일이 없으니 고민이었다.

그러다가 자수성가한 기업인들을 만나면서 그들의 성공 키워드가 시에 다 있다는 것을 알았다. 그래서 이것을 연구하면 새로운 분야가 나올 수 있겠다 싶어서 하게 됐다. 그 까닭은 오래전부터 시를 사회생활에 접목해야 한다고 생각했기 때문이다. 그래서 한 주에 일어난 사건, 사고를 시로 풀이하는 칼럼을 쓰기도 했다. 말하자면 시를 다른 곳에 접목하는 사고를 가지고 있었던 것이다. 이런 생각이 지금의 일을 하는 바탕이 되었다고 생각한다.

가장 마음에 드는 시인은?

쉽게 쓰는 시인들을 좋아한다. 누구라고 딱 집어서 이야기하지는 못한다. 안도현, 나희덕, 장석남, 김용택, 정일근, 이재무 시인의 작품을 주로 인용해서 기업인에게 설명하곤 한다.

나름의 독서법은?

나는 과거 전공 책만 봤다. 그런데 이 일을 하면서 경영 관련 서적이나 심리, 종교, 자기계발 서적을 많이 보게 되는데 엄청난 도움이 된다. 이 책들을 읽고 중요 문장과 내용을 10페이지 내외로 정리해서 강의 때나 책을 낼 때 인용하곤 한다. 필요에 따라 그 정리 내용을 다시 들여다보면서 기억을 되살리곤 한다.

황인원의 책 이야기

● 회복탄력성   김주환, 위즈덤하우스

우리는 수많은 시련 속에서 살아간다. 이때의 시련을 다른 말로 역경이라고 할 수 있다. 이 역경을 극복하는 힘이 바로 회복탄력성 이다. 심리학에서는 주로 시련이나 고난을 이겨내는 긍정적인 힘 을 의미하는 말로 쓰인다. 도전과 어려움을 끊임없이 어떻게 극복 해나갈 수 있는지 구체적인 방법을 알려주고 이를 실행하는 노력 을 보여준다.

● 댄 애리얼리 경제 심리학   댄 애리얼리, 청림출판

경제가 감정에 의해 움직인다는 저자의 주장이 이색적이다. 하지 만 인간의 비이성이 삶에, 경제에 어떤 긍정적인 영향을 끼치는지 주목하고 이를 활용하는 방법까지 제시한다. 즉 직장 생활과 일상 생활에서 나타나는 사람들의 실제 행동을 관찰해 인간의 본성이 어떻게 동기를 부여하는지, 이성적이지 못한 감정적인 행동이 어 떻게 장기간에 걸친 습관이 되어 의사결정에 부정적으로 작용하 는지, 주변 사람을 사랑하게 되는 진짜 이유가 무엇인지 등에 관 한 놀라운 진실을 전해준다.

● 김선우의 사물들   김선우, 단비

시인의 관찰 습관 혹은 관찰의 힘이 느껴지는 책. 시인인 저자는 우리 주변에서 흔히 볼 수 있는 20여 개 물건을 시인의 독창적 상 상을 통해 새로운 이미지로 빚어낸다. 새로 빚어진 사물들은 기존의 의미를 넘어서고 경계를 넘어서, 완전히 새로운 몸을 갖게 된다. 이러한 변화를 우리에게 쉽게 인식할 수 있게 해준 글은 저자의 내면에 담긴 통찰의 힘이다. 시이면서도 산문이고 산문이면서 잠언인 듯한 글맛이 깔끔하다.

● 순간의 꽃
고은, 문학동네

대시인 고은의 시집. 짧은 시들로만 묶여 있다. 한 줄짜리 시도 있고 두세 줄짜리도 있다. 이 작은 시구들이 같은 집에서 산다. 시인이 그런 집을 만들었다. 그런데 이 집을 들여다보면 우리가 살아가면서 잊지 말아야 할 삶의 자세뿐 아니라 통찰 방법, 융합이나 역발상 방법까지도 나온다. 물론 시인이 의도한 바는 아니다. 하지만 시를 읽을 줄 아는 사람이 본다면 창조 아이디어로 가득한 작은 집이다.

● 디퍼런트
문영미, 살림Biz

하버드대학교 경영대학원 사상 첫 한국인 종신교수이자, 학생들이 뽑은 '최고의 교수'상을 연이어 수상하기도 한 문영미 교수의 책. 이 책은 우리가 그동안 가져왔던 경쟁에 대한 기존의 관념을 완전히 뒤집어놓는 데 사례가 얼마나 쓸데없는 것인지를 보여준다. 우리는 사례를 매우 중요하게 여긴다. 사례가 논리적, 객관적 증거를 의미한다고 여기기 때문이다. 하지만 사례는 이미 창조성을 잃은 것이다. 기업이든 사람이든 경쟁에서 승리하기 위해 고군분투하면 할수록 결국 개성이 사라진다고 말한다. 이를 벗어나기 위해서는 경쟁 무리에서 벗어나야 한다.

KI신서 6006

리더의 서재에서

1판 1쇄 인쇄 2015년 6월 10일
1판 3쇄 발행 2021년 1월 11일

지은이 윤승용
펴낸이 김영곤 **펴낸곳** (주)북이십일 21세기북스
영업팀 한충희 김한성 이광호 오서영
제작팀 이영민 권경민

출판등록 2000년 5월 6일 제406-2003-061호
주소 (10881) 경기도 파주시 회동길 201(문발동)
대표전화 031-955-2100 **팩스** 031-955-2151 **이메일** book21@book21.co.kr

(주)북이십일 경계를 허무는 콘텐츠 리더

21세기북스 채널에서 도서 정보와 다양한 영상자료, 이벤트를 만나세요!
페이스북 facebook.com/jiinpill21   포스트 post.naver.com/21c_editors
인스타그램 instagram.com/jiinpill21   홈페이지 www.book21.com
유튜브 www.youtube.com/book21pub
서울대 가지 않아도 들을 수 있는 명강의! 〈서가명강〉
네이버 오디오클립, 팟빵, 팟캐스트에서 '서가명강'을 검색해보세요!

ISBN 978-89-509-6043-8 03810
책값은 뒤표지에 있습니다.

*이 책은 관훈클럽 신영연구기금의 도움을 받아 저술 · 출판되었습니다.